suhrkamp taschenbuch 4805

D1854924

Perth, Western Australia, 1975. Die Chefin eines Luxusbordells wird ermordet. Es besteht kein Zweifel daran, dass Polizisten die Frau publikumswirksam hingerichtet haben. Alle Ermittlungen aber verlaufen im Sande. Superintendent Frank Swann will das nicht hinnehmen und ermittelt auf eigene Faust gegen seine Kollegen. Deswegen ist sein Ruin beschlossene Sache in den Etagen der Macht. Mit einem aufwändigen Verfahren soll er aus dem Verkehr gezogen werden.

Aber Swann ist zäh, ruppig und gefährlich. Er schlägt zurück und setzt damit sein Leben und das seiner Familie aufs Spiel. Dass er früher selbst kriminell war und selbst beste Kontakte im Milieu hat, hilft ihm in dem mörderischen Überlebenskampf. Auch wenn seine Chancen nicht allzu gut sind.

David Whish-Wilson, geboren 1966 in Newcastle, New South Wales, aufgewachsen in Singapur, Victoria und Western Australia. Lebte zwischenzeitlich in Europa, Afrika und Asien, jobbte u. a. als Barkeeper, Schauspieler, Straßenverkäufer, Kammerjäger und Testpatient. Lebt zurzeit in Fremantle, Western Australia, und lehrt dort Creative Writing an der Curtin University. Die beiden folgenden Bände der Trilogie, *Zero at the Bone* und *Old Scores*, erscheinen demnächst bei Suhrkamp.

David Whish-Wilson

DIE RATTEN VON PERTH

Thriller

Aus dem australischen Englisch
von Sven Koch

Herausgegeben von
Thomas Wörtche

Suhrkamp

Die Originalausgabe erschien 2010 unter dem Titel
Line of Sight
bei Penguin Viking.

Erste Auflage 2017
suhrkamp taschenbuch 4805
Deutsche Erstausgabe
© der deutschen Ausgabe Suhrkamp Verlag Berlin 2017
Text copyright © David Whish-Wilson 2010
Suhrkamp Taschenbuch Verlag
Alle Rechte vorbehalten, insbesondere das
des öffentlichen Vortrags sowie der Übertragung
durch Rundfunk und Fernsehen, auch einzelner Teile.
Kein Teil des Werkes darf in irgendeiner Form
(durch Fotografie, Mikrofilm oder andere Verfahren)
ohne schriftliche Genehmigung des Verlages reproduziert
oder unter Verwendung elektronischer Systeme
verarbeitet, vervielfältigt oder verbreitet werden.
Umschlagmotive: Holloway / Getty Images (Schwan);
ballyscanlon / Getty Images (Hintergrund)
Umschlaggestaltung: zero-media.net
Druck und Bindung: CPI – Ebner & Spiegel, Ulm
Printed in Germany
ISBN 978-3-518-46805-0

DIE RATTEN VON PERTH

Lasciata, insomma, alla letteratura la verità, la verità – quando dura e tragica apparve nello spazio quotidiano e non fu più possibile ignorarla o travisarla – sembrò generata dalla letteratura.

Leonardo Sciascia, L'affaire Moro, 1978

Die Babysitterin hatte Ruby Devine noch nie so schick gesehen. »Das Kleid ist von einem Freund«, sagte Ruby. »Der ist einer der besten Modemacher in Perth.« Sie begrüßte das Mädchen mit einem Küsschen. »Komm rein. Rebecca ist oben und guckt fern. Sie wird dich in Ruhe lassen, sie hat ja morgen Schule.«

Ruby führte die Babysitterin in die Küche, wo sie für das Mädchen etwas zu essen vorbereitet hatte. »Mach's dir einfach warm, wenn du Hunger hast. Heute Abend läuft im Fernsehen noch ein Bogart-Film. Also dann, ich geh schon mal raus und warte beim Auto. Wird auch nicht spät werden.«

Die Babysitterin war schon im Bikini, als es an der Tür läutete. Schnell schlüpfte sie wieder in Jeans und Bluse und öffnete. Ruby. Sie kramte beim Eintreten in ihrer silbernen Kettenhandtasche.

»Ich hab die falschen Schlüssel mit«, sagte sie, nun etwas nervös.

Ein Mann stand neben Rubys Dodge Phoenix und blickte über den Fluss. Auf dem Kopf hatte er einen Fedora. Ruby zog die Babysitterin von der Tür weg, ehe sie nach oben lief. Als sie wieder runtergekommen war, gab sie dem Mädchen einen weiteren Kuss auf die Wange.

Nun konnte das Mädchen in dem großen Haus tun und lassen, was es wollte. Und im beheizten Pool schwimmen. Das Haus war das schönste, das sie kannte. Als sie die Tür verriegelte, hörte sie, wie der Motor röhrend angelassen wurde.

Dienstag, 25. November 1975. Vor sechs Monaten war Ruby Devine mit einem abgesägten Gewehr Kaliber .22 vier Mal in den Kopf geschossen worden. Aber damit hatten Swanns Probleme nicht angefangen. Losgegangen war es schon ein paar Wochen vorher, als seine Tochter von daheim weggelaufen war. Als er vom Mord an der Königin des Lasters erfuhr, war er unten im Süden gewesen und hatte die Städtchen von Great Southern nach Louise abgesucht.

Auf allen Kanälen wurde darüber berichtet: Ruby Devine tot in ihrem Dodge Phoenix auf dem Fairway des South Perth Golf Club. Ermordet und zur öffentlichen Beschau freigegeben. Man hatte keinerlei Anstalten gemacht, die Leiche zu verstecken. Sogar die Australian Broadcasting Corporation, sonst immer nichtssagend staatstragend, bezeichnete die Tat als einen Unterweltmord, und Fernsehexperten faselten von Perths verlorener Unschuld. Auf der langen Fahrt zurück fragte ihn jeder Tankwart und jeder Lastwagenfahrer, ob er's schon gehört habe. Natürlich wussten sie nicht, dass er Polizist war. Sonst hätten sie auch kaum gefragt.

Die Nachricht war keine Woche alt, und schon kursierte das Gerücht, Ruby sei von der Polizei umgebracht worden. Überall in der Stadt hörte Swann dazu zynische Kommentare.

»Den Täter kriegen die nie«, sagte ein Zeitungsverkäufer mit Gefängnistätowierungen auf den Unterarmen. »Diese Schweine wissen doch genau, wie's geht. Zuschlagen, ohne dass hinterher was zu sehen ist.«

»Irgendwen kassieren sie schon«, wandte der Mann hinter Swann ein. »Drauf kannst du einen lassen. Ist halt nur nicht der, der's war.«

Recht behalten sollte der Zeitungsverkäufer, denn selbst nach sechs Monaten hatte die Polizei nichts vorzuweisen. Der Criminal Investigation Branch hatte keinerlei Anhaltspunkte. Nicht den Hauch einer Spur.

Aber was sollte man vom CIB groß erwarten, hatte Swann laut gefragt, wenn Ruby Devines Mörder die Ermittlungen leiteten?

Die Supreme Court Gardens waren vom Glockenläuten erfüllt. Die Verspätung betrug nun schon eine Stunde. Swann wartete im vollbesetzten Gerichtssaal an seinem Tisch. An der Decke schnurrten Ventilatoren. Das Geplauder auf den Rängen hallte vom blanken Boden und den holzgetäfelten Wänden wider. Der einzige freie Platz war der Lederstuhl für den Vorsitzenden der Royal Commission.

Swanns Anzug war frisch gebügelt, seine Haare gekämmt, die Schuhe geputzt und die Krawatte korrekt geknotet. Er saß über den Tisch gebeugt und trommelte mit den Fingern auf die Platte, damit sie nicht zitterten. Jeder Gedanke an seine Tochter war wie ein Stich ins Herz. Im Gerichtssaal waren viele Journalisten und Besucher, aber er wollte niemanden sehen. Viele waren zu seiner Unterstützung gekommen, doch aus einigen Gesichtern sprach auch blanke Sensationsgier.

Swann hatte sich öffentlich über den sogenannten Purple Circle geäußert, eine Gruppe von Polizisten, die über die Verbrecherbosse in Western Australia ihre schützende Hand hielten, und es war ein offenes Geheimnis, dass sie Swann im Visier hatten. Vielleicht war sogar ein Attentäter hier im Saal und wartete auf eine günstige Gelegenheit.

Bei seiner Rückkehr nach Perth und der Nachricht vom Mord an Ruby Devine war er sofort zum Tatort gefahren. Die Polizei hatte den siebten Fairway von der schmalen Straße abgesperrt, die parallel zum Kwinana Freeway verlief; dort standen die Pendler im Stau und glotzten durch den Regen herüber. Am Tatort waren keine Detectives, nur zwei Uniformierte, denen er seine Marke zeigte. Sie hoben für ihn das Absperrband an und führten ihn in das Zelt, das man über Rubys Dodge errichtet hatte. Sie erklärten ihm, was bisher geschehen war, leuchteten mit einer Taschenlampe auf die Blutspritzer am Wagenhimmel und berichteten, dass man auf der Fußmatte, ein Stück weit unter den Beifahrersitz gerutscht, eine einzelne Patronenhülse gefunden hatte.

Nach den Blutspuren im Wageninnern zu schließen, hatte der Mörder vom Beifahrersitz aus einmal auf Ruby geschossen, war dann in aller Ruhe ausgestiegen, auf die Fahrerseite gegangen und hatte drei weitere Schüsse auf sie abgefeuert, ehe er sich davongemacht hatte. Der Todeszeitpunkt war noch nicht bekannt.

Swann verließ den Golfplatz und fuhr nach East Perth zu den CIB-Büros in der Central Police Station. Weil er schon ein paar Jahre nicht mehr in der Stadt arbeitete, kannten ihn die beiden jungen Officers an der Pforte nicht, und er musste sich erst ausweisen, ehe Casey kam.

Schon vom ersten Augenblick an hatte Swann einen Verdacht. Detective Inspector Donald Casey, als Leiter der Consorting Squad zuständig für Bandenwesen und organisierte Kriminalität, hatte eigentlich keinen Grund, wegen Swanns Interesse an dem Mord misstrauisch zu sein, und dennoch war er abweisend und brüsk und wich den Fragen aus unerfindlichen Gründen aus. Vor gut zehn Jahren hatten sie in Kalgoorlie zusammengearbeitet, und beide kannten Ruby Devine recht gut. Aber das schien Casey egal zu sein, vielmehr schnauzte er Swann vor den anderen Polizisten an, er solle abschieben und sich um seinen eigenen Mist kümmern.

Um fünf nach zehn betrat der Right Honourable Justice Partridge schließlich den Gerichtssaal. Der Richter war ein kleiner Mann mit aufrechter Haltung und undurchdringlicher Miene. Er stellte sich neben den Richterstuhl, hob den Hammer und ließ seine wachen blauen Augen durch den Saal schweifen. Dass Partridge aus Victoria stammte und bereits pensioniert war, war das einzige, was Swann über den älteren Mann wusste, der nun mit dem Hammer auf das Bänkchen schlug.

»Auf Geheiß des Gouverneurs erkläre ich die Royal Commission zur Untersuchung über die Durchsetzung des Gesetzes zur Regelung der Prostitution im Bundesstaat Western Australia mit dem heutigen Tag im Monat November im Jahre des Herrn neunzehnhundert und fünfundsiebzig für eröffnet.«

Partridge nickte dem unter ihm sitzenden beigeordneten Anwalt zu. Adrian Wallace, Queen's Counsel in schwarzer, im Sonnenlicht schimmernder Seidenrobe, drückte die Brust heraus und legte eine Hand auf seinen Rücken. Dann räusperte er sich und nickte Swann zu, dessen Hände aufgehört hatten zu zittern. Nun war er bereit.

»Ich beantrage, dass zur Eröffnung des Verfahrens Superintendent Keith Barlow von der Kommission angehört wird.«

Ein Stöhnen ging durch die Besucherränge. Am meisten enttäuscht waren die Journalisten, die mit gezückten Stiften in der ersten Reihe saßen. Auch Swann sackte zusammen. Kein guter Anfang.

Barlow ging nah an Swann vorbei, und am Zeugenstand setzte er ein Lächeln auf. Er war in vollem Ornat gekommen und hielt seine Ausgehmütze gut sichtbar in beiden Händen. Das Abzeichen darauf glänzte, auch seine Manschettenknöpfe waren auf Hochglanz poliert. Bei der Vereidigung glitzerten seine grünen Augen wie Fischschuppen.

QC Wallace wartete, bis die Bibel wieder an ihrem Platz neben dem Gerichtsstenographen lag. »Superintendent Barlow, nennen Sie uns doch bitte den Dienstgrad, den Sie bei der Western Australia Police bekleiden.«

»Ich wurde unlängst zum Superintendent der uniformierten Polizei an der Central Perth Police Station ernannt.«

Wallace nickte. »Danke, Superintendent. Meine nächste Frage zielt auf den Grund unserer Zusammenkunft hier, nämlich die Anschuldigungen Ihres Kollegen Superintendent Frank Swann. Diese dürften jedem hinlänglich bekannt sein, der in letzter Zeit Zeitung gelesen, Radio gehört oder ferngesehen hat. Wie stehen Sie, als Superintendent der uniformierten Polizei im selben Dienstgrad wie Swann, zu dessen Behauptung, es gebe in den Reihen der Polizeikräfte von Western Australia eine Gruppe korrupter Officers und diese ungenannten Personen stünden mit dem tragischen Tod von Mrs. Devine in Verbindung?«

»Nun, ich will gleich zu Beginn deutlich machen, dass diese Anschuldigungen vollkommen aus der Luft gegriffen sind. In meiner jetzigen Funktion habe ich selbstverständlich eine gründliche Untersuchung ...«

Swann beobachtete Barlow bei der Ausführung seiner Antwort. Intern hieß der Mann nur der lächelnde Hinterhalt, er galt als jemand, der schmutzige Wäsche wusch und Kollegen bei Vorgesetzten anschwärzte, um die eigenen Karriereaussichten zu verbessern.

»Es ist natürlich eine Grundregel der Polizeiarbeit, dass man die Stichhaltigkeit der vorhandenen Informationen prüft, ehe man über die Motive einer Tat spekuliert. In dieser Hinsicht hat Superintendent Swann in letzter Zeit einige, nun ja, doch problematische ...«

Swann blickte zu Partridge, weil er hoffte, der Richter

würde einschreiten, und stellte überrascht fest, dass dessen Miene unverkennbar Missbilligung ausdrückte. Sein Gesicht war so bleich wie seine Perücke, die Stirn lag in Falten, und seine Augen starrten angestrengt auf Wallace.

»Superintendent Barlow, können Sie uns vielleicht erklären, warum sich Superintendent Swann in die Mordermittlungen im Fall Ruby Devine eingeschaltet hat, obwohl er zu jener Zeit eigentlich ...« – QC Wallace blickte in seine Unterlagen – »obwohl er Superintendent in Albany war, also einem kleinen Bezirk mit etwa zwanzigtausend Einwohnern gut fünfhundert Kilometer von Perth entfernt?«

Swann sah Partridges Gesichtszüge versteinern, obwohl er die Frage zuließ. Barlow allerdings sprach mit größter Zufriedenheit weiter. Er straffte die Schultern und legte beide Hände auf die Oberschenkel.

»Mr. Wallace, ich hatte keinerlei Kenntnis davon, dass sich Superintendent Swann mit dem Mord an Ruby Devine befasste, ehe mich einer der mit dem Fall betrauten Ermittler des Criminal Investigation Branch, Detective Inspector Donald Casey, erbost anrief. Der Superintendent war mit der Verstorbenen schon seit geraumer Zeit bekannt, ich kann allerdings nichts Genaues über die Art ihrer Bekanntschaft sagen ...« Barlow ließ die Andeutung kurz im Raum stehen. »Ich weiß nur, dass Superintendent Swann früher als Detective die Vice Squad geleitet hat und daher mit dem Gewerbe vertraut war.«

Ein kurzer Blick zum Richter genügte Barlow, um zu sehen, dass er es übertrieb. Er holte Luft, um sich zu sammeln. »Ich war natürlich sofort besorgt. Superintendent Swann hatte zu jener Zeit wegen seiner vermissten Tochter Sonderurlaub. Man nahm an, er würde eine Auszeit nehmen wollen, nicht sich in eine Mordermittlung einmischen, die mit ihrem Verschwinden in keiner Beziehung stand.«

Wallace nickte geduldig, während Barlow innehielt und einen Schluck Wasser trank.

»Meine Besorgnis wuchs jedoch weiter, als ich erfuhr, Superintendent Swann habe sich wegen des Gerüchts eingeschaltet, seine Tochter sei einige Tage vor Mrs. Devines Ableben mit ihr zusammen gesehen worden. Detective Inspector Casey hat mir aber versichert, dass dies jeder Grundlage entbehrt und bloßes Gerede ist.«

Barlows Stimme wurde immer lauter, während er sich in den rechtschaffenen Ärger eines geplagten Verwaltungsbeamten hineinsteigerte.

»Daraufhin habe ich Superintendent Swann angewiesen, seine Nachforschungen einzustellen und sich seinen eigentlichen Pflichten zu widmen, aber das hat er rundweg abgelehnt. Deswegen habe ich beantragt, dass er Sonderurlaub nimmt und sich für ein psychiatrisches Gutachten bereithält.«

Swann bemerkte, dass die Augen des Richters im grellen Vormittagslicht zu tränen begannen. Er ließ den Blick durch den Gerichtssaal schweifen, aber niemand außer ihm schien davon Notiz zu nehmen. Alle Augen waren auf Barlow gerichtet.

»... um die guten Beziehungen zwischen uniformierter Polizei und dem CIB wiederherzu ...«

Partridge schien sich nur mit Mühe zu zügeln. Seine wachen hellen Augen erfassten Swanns Blick. Sie sahen sich an, dann räusperte sich Partridge und klopfte mit einem knochigen Finger auf das Mikrofon. »Danke, Superintendent Barlow.« Seine Stimme war überraschend kräftig. »Wir haben Ihre Aussage zu Protokoll genommen. Das Gericht vertagt sich nun bis –«

Ein erneutes Stöhnen ging durch die Besucherreihen, als

sich Partridge von seinem Stuhl erhob, nach dem Richterhammer griff und erst ein Mal, dann ein zweites Mal damit zuschlug und sich schließlich mit dem Rascheln roter Seide entfernte.

Swann saß im Liegestuhl am Pool und wartete auf Marions Anruf. Seit einem Monat lebte er im Hotel, und seine Frau rief meist um halb sechs an. Heute sah es jedoch nicht danach aus.

Der Nachmittag hatte sich in die Länge gezogen, weil er nichts hatte tun können, als dem abgekarteten Spiel zuzusehen. Seit Bekanntgabe des Untersuchungsauftrags der Kommission hatte er sich auf so etwas gefasst gemacht, aber dass der Purple Circle so ungeniert vorgehen würde, hatte er nicht erwartet. Sie wollten dem Richter weismachen, er sei labil und unzuverlässig oder charakterschwach, seine Zeugenaussage nicht glaubhaft. Ein Zeuge nach dem anderen, jeder ein hochrangiger Polizist, war sofort auf seinen wunden Punkt zu sprechen gekommen – das Gerücht, er habe nach Louises Verschwinden, dem Bekanntwerden seiner Affäre mit einer jüngeren Kollegin und der Trennung von seiner Frau einen Nervenzusammenbruch gehabt.

Wenn es so weiterging, würde es eine kurze Kommission werden.

Er schwenkte den Bodensatz aus matschigem Eis in seinem Glas und trank einen Schluck Whiskey and Dry. Ausnutzen wollte man offensichtlich auch, dass der Kommissionsvorsitzende von außen kam. In der Öffentlichkeit erzeugte die Ernennung eines Richters aus dem Osten den Anschein von Unvoreingenommenheit, aber darauf fiel Swann nicht rein.

Der dröge Queen's Counsel Adrian Wallace war Swann bekannt. In der Stadt war es ein offenes Geheimnis, dass er spielte und trank, und hinter vorgehaltener Hand wurde auch noch anderes geflüstert. Vor gut einem Jahrzehnt hatte er als aufstrebender junger Staatsanwalt für einen sprunghaften Anstieg der Verurteilungen von Schwerverbrechern gesorgt, und das hatte ihm eine rasche Beförderung zum Crown Law's Chief Prosecutor eingebracht. Man munkelte, er habe seit einigen Gerichtsprozessen mit dünner Beweislage, bei denen wohl mit kleinen Stupsern und Schubsern nachgeholfen worden war, wenn Worte allein nicht ausgereicht hatten, gute Kontakte zu mehreren Detectives des CIB mit ähnlich steilen Karrieren. Swann hatte gehört, dass der Purple Circle mit Wallace' Hilfe jeden über die Klinge springen lassen konnte, der ihm nicht genehm war.

Als Swann von Wallace' Berufung in die Kommission erfahren hatte, hatte er sofort gewusst, was ihn erwartete.

Er nahm die Flasche Jameson, die neben dem von der Sonne ausgebleichten Liegestuhl stand, und füllte sein Glas wieder auf. Das Ginger Ale war aus, aber über solche Feinheiten war er nun schon hinweg. Er blickte auf seine Armbanduhr, stand auf und fingerte in der Hosentasche nach einer Zehn-Cent-Münze. Um fünf war Schichtwechsel in der Central Police Station, aber er ließ Terry immer Zeit, sich ein bisschen umzusehen. Sechs Uhr war der verabredete Zeitpunkt für die Abende, an denen Terry nicht auf Streife war.

Swann kam es albern vor, von einer Telefonzelle anzurufen, aber angeblich war jemand auf ihn angesetzt. Das hieß, sein Telefon wurde wahrscheinlich angezapft. Er hatte einen Freund bei Telecom Australia gebeten, den Anschluss in seinem Hotelzimmer zu überprüfen, und er hatte herausgefunden, dass Swanns Apparat ein Funksignal abgab, obwohl keine richterliche Verfügung zur Überwachung seines Telefons vorlag. Aber das hieß gar nichts. Mit richterlichen Verfügungen hielten sich Caseys Leute nicht auf.

Swann ließ die Münze in den Schlitz fallen und wählte.

Seine Hände waren schweißig. Er ließ es drei Mal klingeln und hängte ein. Er nahm die Münze aus dem Schacht, wischte sich die Hände an der Hose ab, blickte auf seine Armbanduhr und ließ eine Minute verstreichen. Er musste aufpassen, wenn er das Telefon in seinem Hotelzimmer benutzte, aber er durfte auch nicht übervorsichtig erscheinen, jetzt da er ihren Schlachtplan kannte. Dass sie seine Glaubwürdigkeit als Zeuge untergraben wollten, passte sowohl zu den Morddrohungen, die er erhalten hatte, als auch zu den beiden Einbrüchen in sein Hotelzimmer – es war verwüstet worden, Unterlagen daraus verschwunden. Und es erklärte die Flut von Anrufen, bei denen eingehängt wurde, sobald er abnahm, die Beschädigungen an seinem alten Kombi auf dem Parkplatz, die spätnachts in der Straße abgefeuerten Pistolenschüsse. Swann wusste, je mehr er sich beschwerte, desto mehr würde er wie der kranke Spinner erscheinen, als den sie ihn hinstellen wollten.

Ganz so leicht würde er es ihnen aber nicht machen. Zeugen einschüchtern war ein alter Trick, das hatte er selbst schon getan. Man setzte sie unter Druck, jagte ihnen Angst ein, machte sie langsam mürbe. Man verfolgte sie, kippte ihre Mülltonnen um, brach in ihre Häuser ein und ließ sie wissen, dass man ihnen jederzeit etwas unterschieben konnte, ohne dass etwas nachzuweisen war.

Swann wählte erneut. Wie erwartet, nahm Terry beim dritten Klingeln ab. Swann sah ihn vor sich, im winzigen fensterlosen Aufenthaltsraum der Verkehrspolizei, das Schwarze Brett an der Wand zugepflastert, dreckige Kaffeebecher im angeschlagenen Emaille-Waschbecken, wie er auf dem zerkratzten Linoleumboden stand, eine Zigarette rauchte und mit einem Stiefel die Tür zudrückte. Dass Leute wie Terry Accardi noch zu Swann hielten, gab ihm Kraft. Terry war einer von mehreren Jungs aus seinem Viertel, die durch Swann zur Polizei gekommen waren. Sie alle waren sich ähnlich – rau, aber schlau.

Swann erkannte das Potenzial, das in ihnen steckte – er war früher genauso gewesen.

»Im Funk nichts zur Untersuchungskommission«, sagte Terry knapp. Er sprach schon so kurz angebunden wie ein Polizist, ein Zeichen, wie gut er zur Truppe passte und die Eigenheiten der älteren Kollegen aufgriff. Terry war zweiundzwanzig und hatte drei der fünf Jahre in Uniform absolviert, die notwendig waren, um Detective zu werden. Und erst dann würde die echte Bewährungsprobe kommen.

»Da wird auch nichts kommen. So wie's aussieht, halten die da hübsch den Deckel drauf. Was Neues aus der Ballistik?«

»Angeblich kam noch ne Lieferung Gewehre rein, aber bislang keine Ergebnisse.«

»Was sagt der Flurfunk?«

»Großes Rauschen. Weil die Untersuchung jetzt läuft, ist angeblich jeder dran, der mit dir spricht. Wenn's rauskommt, Versetzung in die Wüste. Und wenn's auch noch nachweislich ist, Rausschmiss.«

Swann konnte sich das Lächeln nicht verkneifen. Mit welchem Vergnügen der junge Terry »nachweislich« sagte.

»Soll von ganz oben kommen, von Barlow und Konsorten. Aber natürlich nichts schriftlich.«

»Und was sagen die andren dazu?«

Eine unangenehme Pause entstand, bis Terry antwortete. »Die kennen dich nicht so wie ich.«

»Alles klar. Sag nichts, aber halt die Ohren auf.«

»Keine Sorge. Keiner weiß, dass wir befreundet sind.«

Das hätte Terry nicht extra betonen müssen. Es gab viele

gute, anständige Männer, bei den Uniformierten wie beim CIB, es galt jedoch auch ein ungeschriebenes Gesetz, das jedem Rekruten ab Tag eins eingebläut wurde, und zwar dass ein grundlegender Unterschied zwischen Polizei und Verbrechern bestand. Für Terrys junge Kollegen musste es so aussehen, als habe Swann gegen dieses Gesetz verstoßen, habe sich hervortun wollen, indem er sich gegen die anderen gestellt hatte, und mit dem Heraufbeschwören der Untersuchungskommission alle geschwächt. Swann konnte nur auf Terrys Verständnis hoffen, dass er kaum eine andere Wahl gehabt hatte.

»Wie lang hast du noch Nachtschicht?«, fragte er Terry.

»Zwei Wochen, danach weiß ich nicht. Wenn sie heut Nacht zum Einsatz rausmüssen, geh ich mal hoch. Irgendwann müssen sie ja nen Fehler machen.«

Das Gerücht, die Polizei habe beim Mord an Ruby Devine die Finger im Spiel gehabt, kam auf, als bekannt wurde, dass sie regelrecht hingerichtet worden war; und der Verdacht erhärtete sich, als sich rumsprach, dass sie Steuerschulden gehabt und mit Enthüllungen gedroht habe. Die Geheimniskrämereien, von denen die Ermittlungen begleitet waren, befeuerten das Gerücht von der Verwicklung des CIB weiter. Von offizieller Seite hieß es zwar, Swanns Nachforschungen seien schuld an dem Gerede – aber er wusste, das war nur ein Vorwand, um ihn abzuservieren.

Gleich nachdem er seine Erkundigungen begonnen hatte, ging auch das Gerede über ihn los – dass er einen Nervenzusammenbruch gehabt habe, eine Affäre mit einer jüngeren Kollegin, dass Marion ihn rausgeworfen habe ...

Nur eine dieser Geschichten stimmte.

»Ich bin die gestrigen Vermisstenanzeigen durchgegangen«, sagte Terry. »Nichts dabei.«

»Die Vorfälle der Tagschicht?«

»Vergewaltigung in East Victoria Park. In Rockingham haben zwei Skinheads einen jungen Prolo zusammengeschlagen, mit nem Zaunpfosten – Schädeltrauma. In der Hay Street hat ein Trupp Prolos ein paar Skinheads angegriffen, ein gebrochener Arm und eine Schädelfraktur. Ziemlich viel häusliche Gewalt. Ne Messerstecherei im Schwarzen-Camp in Coolbellup. Irgendein Osteuropäer in Spearwood hat die Brieftauben seines Sohnes geschlachtet, gebraten und sich schmecken lassen, aber die Anzeige ist schon zurückgezogen. Das Übliche.«

»Danke, Terry. Bis morgen.«

Swann legte auf, und auf dem Weg zurück zum Pool bemerkte er erstmals, dass auf dessen Grund ein alter Grill lag. Auch zerstochene Luftmatratzen und zerbrochene Flaschen lagen da, und ein einzelner regloser schwarzäugiger Kugelfisch blickte empört aus diesem vermüllten Aquarium zu ihm empor.

Er zündete sich eine Zigarette an und sah auf die Uhr. Um sechs Uhr dreißig war er mit Reggie Mansell verabredet, und so, wie es um Reggies Nervenkostüm bestellt war, würde er nicht eine Sekunde warten, wenn Swann sich verspätete. Reggie sah grundsätzlich schwarz, was vermutlich der Hauptgrund war, warum er noch lebte. Er hatte sich angewöhnt, immer seinen Pass und genug Bargeld bei sich zu haben, um einen Monat auf Bali, in Hongkong oder Kuala Lumpur verbringen zu können.

Swann wusste das, weil Reggie ihn dazu gedrängt hatte, dasselbe zu tun, falls mal was schiefging.

Dafür war es jetzt aber zu spät.

Harold Partridge ließ sich tief in den weichen Ledersessel sinken und lockerte den Krawattenknoten. Während der Tee in der Kanne zog, wanderte sein Blick durch das Büro. Dunkelgrüne Wände mit schweren Samtvorhängen. Das Landschaftsgemälde in gedeckten Farben zeigte, so hatte man ihm erklärt, den Bluff Knoll, einen Bergstock in der Stirling Range südlich von Perth; er erinnerte ihn an die Felsmassive der schottischen Highlands, die Margret und er auf der Hochzeitsreise 1925 kennen gelernt hatten. In einer Vitrine lag ein kleiner Kampfstock, ähnlich geformt wie ein irischer Shilleleagh, den der erste Gouverneur der Swan-River-Kolonie, James Stirling, 1830 von den hiesigen Aborigines geschenkt bekommen hatte. Dazu afghanische Teppiche auf dem gewienerten Holzboden und eine cremefarbene Ledercouch, auf der Wallace saß und unaufhörlich rauchte.

Partridge putzte seine Brillengläser mit einem Taschentuch, als seine Assistentin drei Tassen Tee eingoss.

»Zwei Stück Zucker, bitte, Carol«, sagte er leise.

»Das weiß ich noch, Euer Ehren«, sagte sie. »Obwohl Sie früher ja lieber Kaffee mit Milch getrunken haben.«

»Hat mir der Arzt leider verboten. Wegen des Blutdrucks.«

»Und was machen Ihre Kopfschmerzen? Sind sie vorbei?«

Partridge nickte lächelnd. »Alles bestens, danke, Carol.«

Sie gab zwei gehäufte Teelöffel Zucker in seine Tasse, einen in ihre und reichte ihm seine. »Wenn Sie mich fragen, ist das hier sowieso das beste Mittel gegen Kopfschmerz.«

Wallace blickte sie erstaunt an. »Sie beide kennen sich?«

»Carol war Gerichtsstenographin am Victorian Supreme Court, als ich dorthin kam«, sagte Partridge. »Das ist – wie lange? – fünfzehn Jahren her, oder, Carol?«

»Ihr Gedächtnis ist immer noch fabelhaft.«

Er lachte kurz auf. »Sie haben uns sehr gefehlt«, fuhr er fort. »Von heute auf morgen waren Sie verschwunden.«

»Ja, das kam wirklich überraschend. Genau wie Sie sagen, war ich von heute auf morgen nicht mehr Carol Bleaney, sondern Carol O'Halloran. Abends noch anglikanisch und am nächsten Tag katholisch. Über Nacht wurde aus einem Mädchen aus Doncaster eine verheiratete Frau aus Doubleview.«

Am Wochenende hatte Carol ihn vom Flughafen abgeholt und sich dafür entschuldigt, dass sie mit dem Taxi gekommen war – sein Chauffeur hatte sich krank gemeldet. Er erinnerte sich an sie als eine mitteilsame junge Frau, doch das Älterwerden und Muttersein schien ihre Züge sanfter gemacht zu haben, ihr Wesen ruhiger. Er hatte sie auf seine angeschlagene Gesundheit hingewiesen – eine einfache, durch sein Alter jedoch schon beschwerliche Erkältung – und hatte es danach ihr überlassen, sich im Hotel um alles zu kümmern. Sie war sehr hilfsbereit gewesen, hatte für ihn Anrufe entgegengenommen, sich um die Formalitäten gekümmert und sogar Schmerztabletten besorgt, als seine aufgebraucht waren.

Als er die Tasse zum Mund führte, musste er der Versuchung widerstehen, die Augen zu schließen. Seine Arme waren schwer, der Nacken tat ihm weh, aber noch schlimmer war der Kopf. Trotz der Tabletten, die ihm Carol beim Mittagessen gegeben hatte, fühlte er sich schlechter als gestern. Er war froh, dass ihr das Schweigen, das sich im Raum ausbreitete und nach dem Tag bei Gericht Balsam für seine Nerven war, anscheinend nichts ausmachte. Es war schmeichelhaft, dass ihm für die Dauer der Kommission von der Regierung von Western Australia die Nutzung des großen Saals des Supreme Court überlassen worden war, aber akustisch waren die hohen Wände und harten Oberflächen ein Alptraum. Jedes Knarren und Knarzen des Bodens hallte laut, und dazu kamen die bombastischen Ausführungen von Wallace. Der Mann hörte sich offenkundig gern reden, und in der jetzigen Stille fühlte er sich sichtlich unwohl.

Der Queen's Counsel wirkte erleichtert, als es an der Tür klopfte und er aufstehen konnte. Von seinem Anwaltsassistenten nahm er eine maschinenschriftliche Liste entgegen und reichte sie an den Richter weiter.

Partridge überflog die Namen der Zeugen für den morgigen Tag. Es waren ausschließlich hochrangige Polizisten sowohl der uniformierten Kräfte wie des CIB, darunter sogar Pensionäre.

»Ich sehe, dass Superintendent Swann morgen nicht aussagen wird«, bemerkte er.

»Nein, Euer Ehren. Ich wollte erst den gesamten Kontext klar darlegen –«

»Wer vertritt eigentlich Superintendent Swann, Mr. Wallace? Kennen Sie seinen Rechtsbeistand?«

»Der Superintendent vertritt sich selber.«

»Darf ich erfahren, warum? Heute stand jedem Zeugen ein Anwalt der Polizeigewerkschaft zur Seite.«

Wallace strich sich bedächtig über den Bart. »Euer Ehren … die Gewerkschaft hat abgelehnt, Superintendent Swann in dieser Sache zu vertreten.«

»Ach so? Und mit welcher Begründung? Er ist doch auch im Polizeidienst, oder? Beurlaubt zwar, aber noch aktiv.«

»Ja, das stimmt.« Wallace trank schlürfend von seinem Tee und wischte sich mit einem Taschentuch über den Mund. Vermied es, seinem Gegenüber in die Augen zu sehen.

Partridge wartete, bis die Stille Wallace zum Blickkontakt zwang.

»Nun?«

Der Anwalt verzog das Gesicht und zündete sich eine neue Zigarette an. Er wartete mit der Antwort, bis er den Rauch ausgestoßen hatte.

»Euer Ehren, Ihnen wird inzwischen aufgefallen sein, dass Superintendent Swann von seinen Kollegen mit einer Mischung aus Mitleid und Verachtung betrachtet wird. Er hat keinerlei Beweise, die seine Anschuldigungen stützen könnten. Hätte er welche, dann wären sie schon an die Öffentlichkeit gedrungen, die ja nur zu gern Gerüchte aufgreift und für bare Münze nimmt.«

»Welche Gerüchte denn, Mr. Wallace?«

»Sollen wir uns hier wirklich mit Gerüchten befassen?«

»Das klingt doch nach guter Unterhaltung.«

Carol, die auf ihre Teetasse gestarrt hatte, erhob sich mit unschuldiger Miene. »Ich geh kurz nach draußen, neues Wasser aufsetzen«, sagte sie und nahm das Silbertablett.

»Sehr gut. Vielen Dank, Carol.«

Wallace wartete mit der Antwort, bis sie den Raum verlassen hatte. Und dann begann er sehr zögerlich. »Es wird ziemlich viel geredet, müssen Sie wissen.«

Kein Anwalt in Melbourne, dem nur das Geringste an seiner Karriere gelegen war, würde ein solches Benehmen an den Tag legen, dessen war sich Partridge sicher. Und genauso sicher war, dass sich kein Anwalt in Melbourne in Gerichtsräumen so nachlässig kleiden würde. Wallace hatte die Robe des Queen's Counsel aus dem Gerichtssaal abgelegt und trug nun Schlaghosen und ein Hemd mit breitem Kragen, offen bis zur Brust.

»Wie Sie wissen, Mr. Wallace, bin ich eben erst in Ihrem Bundesstaat angekommen. Mich würde durchaus interessieren, wie die Leute hier Ihrer Meinung nach die Stichhaltigkeit von Superintendent Swanns Behauptungen über die Prostitution in Western Australia beurteilen.«

Tee trinkend lauschte Partridge den unwillig vorgebrachten Ausführungen von Wallace über die »allgemeinen Kenntnisse« der Bürger Perths über Prostitution, die auf eine lange Geschichte der Korruption schließen ließen. Dabei ruhte der Blick des Queen's Counsel immer auf einem Punkt über dem Kopf des Richters, und Partridge betrachtete im Gegenzug dessen abgelegte Robe, die wie eine Marionette an der Tür hing.

Wallace hörte auf zu reden, drückte seine Zigarette aus, sah dann demonstrativ auf seine goldene Armbanduhr und strich sich über Bart und Koteletten. Die Reserviertheit des Mannes bestätigte nur, was Partridge schon vermutet hatte – dass der Queen's Counsel nicht nur fremden Weisungen folgte, sondern auch Protektion genoss.

Er kam mit dem Abendflug aus Sydney. In seiner Erinnerung war der November ein Monat mit heißen Vormittagen, kühlen Nächten und starkem, vom Ozean kommendem Südwind, doch draußen war es noch immer heiß, die Luft raucherfüllt. Er sah die brennenden Hügel hinter Kelmscott. Dort hatte er als Kind gelebt, und gemeinsam mit seinem älteren Bruder hatte er damals auch ein paar Mal gezündelt. Er steckte sich eine Zigarette an und trat ans Ende der Schlange vor dem Taxistand.

Er schätzte, dass er höchstens eine Woche bleiben würde. Seiner Frau hatte er gesagt, er würde einen Monat weg sein, denn nach dem Auftrag wollte er mit einem Freund, den er seit Jahren nicht gesehen hatte, noch nach Norden zum Fischen. Sie wollten sich in Dongara ein Boot mieten und an der Küste bis zu den Abrolhos Islands hochfahren, wo es um diese Jahreszeit Unmengen von Spanischen Makrelen gab.

Durch den Zigarettenrauch betrachtete er die Rauchschwaden des Buschfeuers und dachte an ein Feuer seiner Kindheit, das außer Kontrolle geraten war – überlebt hatten sie nur dank der Höhle, die er und sein Bruder als Unterschlupf eingerichtet hatten. Sie war niedrig und eng, aber sie hatten sich sogar Regale für Konserven, Brennholz und Pornohefte eingebaut. Die Öffnung lag versteckt hinter einem Wachsblumenstrauch, der im Feuer verbrannte. Sie verbargen sich in der Höhle, während das Feuer bis an den Fuß der Hügel hinabraste, und hörten zu, wie die geparkten Autos in der Hitze explodierten.

Sie beschlossen, so lange versteckt zu bleiben, bis sie gefahrlos nach Hause konnten. In der Zwischenzeit aßen sie kalte Bohnen aus der Dose und onanierten, bis ihr Versteck vom Schein von Taschenlampen erfasst wurde und man ihnen befahl, vom Hügel runterzukommen und die Fragen der Feuerwehr zu beantworten. Nicht zum ersten Mal hatte sein Bruder sie aus der Sache herausgeredet. Er starb später in Vietnam durch eine Claymore-Mine, die der Vietcong erbeutet und dann gegen seinen Zug eingesetzt hatte. Seine Leiche wurde nie geborgen, weil er sich in roten Nebel verwandelt hatte.

Die Taxischlange bewegte sich nicht vorwärts. Er sah auf die Uhr. Er wollte auf dem Boot wohnen, vor der Küste kreuzen und Makrelen und Riffbarsche angeln und vielleicht auch Haie harpunieren, falls sie welche ans Boot locken konnten. Er hatte schon seit Jahren keinen Urlaub mehr gemacht, da waren zwei, drei Wochen Fischen genau das Richtige. Außerdem ging es bei seiner Sache hier ebenfalls um einen dicken Fisch, und wenn er nach dessen Tod zu schnell zurückflog, würde das nicht gut aussehen.

Bei der Ausführung der Tat rechnete er eigentlich nicht mit Schwierigkeiten; er kannte die Person, um die es ging. Das einzige Problem war der wenige Schlaf, solange er seinen Mann beobachtete. Aber er hatte sich in den letzten Wochen darauf vorbereitet und kam nun mit wenigen Stunden pro Nacht aus. Um nicht bequem zu werden, beschloss er, die Schlange Schlange sein zu lassen, zu Fuß in die Stadt zu gehen und sich unterwegs ein Auto zu besorgen.

Das Bistro Gregorio lag an einer stillen Ecke gegenüber der Esplanade. Wie als Kind schon blieb Swann kurz stehen und sah den Möwen zu, die um die Straßenlampen kreisten und, von einer Korona aus Staub und violetter Nacht umgeben, Motten jagten.

Nach dem Eintreten hielt er sich im dunkleren Bereich des Lokals. Reggie saß auf seinem üblichen Platz neben der Toilettentür, fern von den Fenstern, aber nah genug an der Bar, um Greg zunicken zu können. Der Barkeeper hatte Swann schon ein ordentliches Glas Jameson eingeschenkt und ließ es ironisch über die Theke schliddern.

Swann deutete mit dem Kinn auf den Plattenspieler hinter der Bar. »Hab ich noch nie gehört.«

Greg zuckte zusammen. »Mann, das ist Herbie Hancock. Kennt man doch. Fusion.«

Swann führte sein Glas an den Mund, damit ihn der Barkeeper nicht grinsen sah. Er zog Greg gerne auf, aber man musste aufpassen, der Kerl war empfindlich. Greg spielte Klavier und griff in ruhigen Momenten auch selbst in die Tasten. Bislang hatte er meist Oscar Peterson, Nat King Cole und Duke Ellington gespielt, aber in jüngster Zeit waren immer mehr neue Sachen dazugekommen, weswegen er offenbar meinte, sich rechtfertigen und verteidigen zu müssen. Das letzte Mal, als Swann hier gewesen war, hatte ein Betrunkener Greg dieselbe Frage gestellt – »Wer spielt denn da?« –, und als Greg »Chick Corea« geantwortet hatte, hatte der Mann laut gefragt, ob sie auf den Instrumenten spielten oder sich damit verprügelten. Daraufhin hatte sich Greg geweigert, ihm noch etwas zu trinken zu geben.

Swann und Reggie aßen nie in dem Bistro, aber sie waren

dort ungestört, und Greg war der letzte Barkeeper Perths, der noch direkt aus der Flasche ausschenkte und die Gläser großzügig füllte. Swann ging mit seinem Whiskey zu Reggie, der einen Stuhl so hinstellte, damit Swann mit ihm zusammen die Eingangstür im Auge behalten konnte.

Reggie hatte seine Eigenheiten, aber Swann hatte sich daran gewöhnt. Das hellrote Haar, das wie tropisches Gestrüpp aus dem großen runden Schädel spross, fiel ihm inzwischen genauso wenig auf wie die großen blauen Augen, deren Tränensäcke stets kurz vorm Überlaufen schienen. Reggies Haut war hell wie die eines Kindes, und an heißen Sommertagen sah man ihn in langen Ärmeln und mit einem breitkrempigen Damenhut durch die Stadt schleichen. Er war der Sohn reicher Eltern aus einem besseren Vorort, Dalkeith, und aus seiner Zeit als Anwalt hatte er sich eine Vorliebe für englische Fliegen mit schrecklichen Streifen und irrwitzigen Punkten bewahrt. Seine Hemden waren in der Regel bekleckert, die Gürtel verdreht und verkehrt, die Hosen zu kurz oder zu eng oder beides und die Schuhe abgetragen und schief, aber die Seidenfliegen unter seinem dritten Kinn waren immer makellos.

»Und? Ausgeschlafen, Reggie?«, begrüßte ihn Swann wie immer.

»Zum letzten Mal am Samstag, nach einer Flasche Kochsherry auf Mutters Couch.«

»Wie geht's ihr denn? Hat das mit dem Führerschein geklappt?«

»Ja, hat es. Besten Dank.«

Nachdem Swann bei einem Sachbearbeiter der Verkehrspolizei ein gutes Wort für sie eingelegt hatte, hatte eine Dreiundneunzigjährige mit einem PS-starken Holden Brougham ihren Führerschein wiederbekommen. Swann war froh, dass er zurzeit nicht so viel mit dem Auto unterwegs war.

»Großer Auftritt von Barlow heute«, sagte Reggie. »Ich hätte gedacht, dass sie's dezenter angehen. Aber jetzt auch das noch.« Er ließ die Abendzeitung auf den Tisch fallen. Die Schlagzeile lautete: KOMMISSION PRÜFT SWANNS GEISTESZUSTAND.

Swann hielt eine Hand vor sich, Handrücken nach oben. Sie zitterte nur leicht.

»Sieht gut aus«, sagte Reggie. Doch in der Stimme schwang Zweifel mit.

Nach Louises Verschwinden, nach dem Mord an Ruby und nach dem Abbruch jeglichen Kontakts zu Helen war es Reggie gewesen, der Nacht für Nacht bei Swann gesessen und ihm zugehört hatte. Und als er sich, enttäuscht über das Ausbleiben jeglicher Ermittlungen, an die Medien gewandt hatte, um eine Reaktion von Rubys Mörder zu provozieren, fassten er und Reggie den Entschluss, eine Kampagne zu starten und die Affäre weiter am Köcheln zu halten.

Eine Zeitlang hatte das auch gut funktioniert. Wenn ein Superintendent der Polizei von Western Australia öffentlich von Polizeikorruption sprach, erzeugte das so einen Aufruhr, dass sich die Regierung schließlich gezwungen sah, eine Untersuchungskommission einzurichten. Zeugen, die sich anfangs bedeckt gehalten hatten, begannen zu reden, andere schlossen sich an und behaupteten, Polizisten hätten ihnen nahegelegt zu schweigen. Doch Reggies und Swanns Hoffnung auf Gerechtigkeit schwand, als der Untersuchungsauftrag der Royal Commission bekannt gegeben wurde.

Swann drehte die Zeitung um. »Ist ja nicht ganz bei den Haaren herbeigezogen. Hast du sie angerufen?«

»Klar. Ich hab den Redakteur angerufen und gefragt, was aus dem hehren Grundsatz von ›unbestechlich und neutral‹ geworden ist. Der mächtigen vierten Gewalt.«

»Und?«

»Er meinte, der neue Chefredakteur – der Typ, den sie aus Victoria geholt haben – hat ihn genötigt, diese Linie zu fahren. Er vermutet, dass es vom Premierminister und vom Polizeiminister und sogar von Barlow einen Anschiss gab – samt Androhung von Liebesentzug. Wenn sie darüber noch mal was anderes bringen als die Verlautbarungen der Kommission, und zwar wortwörtlich, ist es aus mit den Exklusivstorys aus gut informierten Kreisen.«

»Keine Märchen mehr von gerechten Strafen für böse Buben? Na, so was. Dabei schreibt Barlow doch jetzt schon die halbe Zeitung.«

»Und jede zweite Überschrift.«

Greg hatte die Musik lauter gestellt. Swann dankte ihm mit einem Nicken, aber der Barkeeper sah ihn skeptisch an.

»Langsam komm ich mir vor wie ne Voodoo-Puppe.«

»Beim Selbstmitleid kannst du nicht gegen mich anstinken, Swann.«

Nun folgte die unvermeidliche Pause, die bei jedem ihrer Treffen im Bistro eintrat. Die beiden Männer waren eigentlich keine Freunde, und Swann hatte keine Ahnung, was Reggie von ihm persönlich hielt – fand ihn vielleicht etwas ungehobelt, etwas maulfaul, etwas zu sehr ein Bulle. Aber Swann empfand Hochachtung für den ehemaligen Anwalt, weil er zweifellos die auf verrückteste Art mutige Person war, der er je begegnet war – und das waren nicht wenige.

Reggies Geheimnis war ein weitverzweigtes Netz an Kontakten in jeder erdenklichen Institution. Swann hatte selbst seine verlässlichen Informanten, aber sein Verhältnis zu ihnen war völlig anders. Er hatte vor langer Zeit begriffen, dass sich manche Menschen fast zwanghaft Mächtigeren andienten. Es war ein klassisches Herr-Knecht-Verhältnis. Wenn sie Swann etwas zuflüsterten, dann legten sie auch ihr Leben in seine Hände und befriedigten ein Bedürfnis, das weit über Eigeninteresse hinausging.

Reggies Leute waren von ganz anderem Kaliber. Um sie zu schützen, war er ins Gefängnis gegangen, hatte Prügel bezogen und Bestechungsgelder abgelehnt, und alle wussten davon. Alle wussten, wer etwas mitzuteilen hatte – etwas Wichtiges, egal ob offiziell oder vertraulich –, für den war der stille, mutige, verrückte Reggie der richtige Mann.

»Weißt du was über den Richter?«, fragte Swann.

»Er ist sauber, soweit ich sehe. Die Gradlinigkeit in Person, schon seit seiner Studienzeit.«

»Und was heißt das für uns?«

»Keine Spielchen. Der Vater und Schwiegervater waren ebenfalls Richter. Bei ihm läuft alles nach Vorschrift, er besteht praktisch daraus. Macht keine Welle, will keinen Ärger, tanzt nicht aus der Reihe.«

»Fällt dir vielleicht noch eine Phrase ein?«

»Klar. Ein gut geöltes Rädchen im Betrieb.«

»Okay, verstehe. Aber was ist mit der Kombi Partridge und Swann …?

»Gleich und gleich?« Reggie vergaß sich für einen Moment und zeigte beim Lächeln seine schlechten Zähne. Gleich darauf versiegelte er das Loch mit einem Mundvoll Whiskey. »Er war Richter am Victoria Supreme Court. Ist erst vor kurzem pensioniert worden, und jetzt war er als Einziger zur Hand.«

Swann zuckte mit den Schultern. Ein Nicken zu Greg, zwei Striche mehr auf seinem Deckel.

»Was Neues von deinem Jungen im Dienst?«, fragte Reggie.

Swann schüttelte den Kopf. »In Australien sind zweitausend Anschütz-Gewehre registriert. Von gut zweihundert weiß man, wo sie sind. Da hat's offenbar keiner eilig.«

»Wurde schon wer vernommen?«

»Niemand.«

»Also ist Jacky immer noch die einzige Verdächtige? Das ist doch ein Witz.«

Jacky White war Ruby Devines Geliebte gewesen. Die Einundzwanzigjährige war nach dem Mord verhört worden, wurde dann aber ohne weitere Verdachtsmomente entlassen, jedenfalls laut Terry, und war danach sofort verschwunden. Ein gefundenes Fressen für Casey und seine Leute, um sich auf sie als Hauptverdächtige zu stürzen. Es ging das Gerücht, sie sei ebenfalls ermordet und im Kiefernwald von Gnangara verscharrt worden.

Das Einziehen der Anschütz-Gewehre war nichts anderes als Beschäftigungstherapie; die Waffe, mit der Ruby erschossen worden war, war höchstwahrscheinlich nicht registriert gewesen und inzwischen zerstört worden. Die Zeugenbefragungen konzentrierten sich auf alle, die Rubys Dodge im Vorbeifahren gesehen hatten. Die finanzielle Situation der Verstorbenen und die angedrohten Enthüllungen hatte man nicht untersucht.

Swann hatte es längst aufgegeben, vom CIB Aufschlüsse zu erwarten. Wer auch immer Ruby umgebracht hatte, er hatte sich vollkommen sicher gefühlt. Auch der Tatort sprach Bände. Sie war kaltblütig erschossen worden, und ihr Körper war einfach liegen gelassen worden, als Warnung für andere. Für andere, die wussten, was Ruby Devine gewusst hatte.

Und das wollten Swann und Reggie nun herausfinden.

Reggie nahm eine Craven A aus Swanns Päckchen. Die Zähne taten ihm wieder weh – Swann erkannte es an der Art, wie er von seinem Whiskey trank, aber nicht schluckte, sondern sich damit den Mund spülte. Und noch etwas beunruhigte ihn.

»Was ist los, Reggie?«

Statt einer Antwort verzog Reggie das Gesicht. Er holte tief Luft, den Blick zur Decke gerichtet. »Leider schlechte Nachrichten. Es könnte eine weitere Falschinformation des CIB sein, aber es sieht so aus, als würde Helen vor der Kommission erscheinen. Wie gesagt –«

Swann hob eine Hand. »Schon gut. Das hab ich erwartet.«

Das war gelogen, und beide wussten es. Wider alle Vernunft hatte er gehofft, dass sich die Kommission nicht für Helen interessieren würde, aber angesichts des bisherigen Vorgehens war das blauäugig gewesen. Obwohl er nervös wurde – er spürte seinen Puls in Nacken, Handgelenken, Schläfen –, betrachtete er Reggie gleichmütig und versuchte, es auf die leichte Schulter zu nehmen. »Dann hatte ich eben eine Affäre mit ihr. Sie will's alle Welt wissen lassen, aber das ist ihre Sache.«

Die Sache mit Helen war nichts Großes gewesen, und sie hatte auch nicht lange gedauert, aber weil sie mit Louises Verschwinden zusammenfiel, fühlte er sich mehr als schuldig. Zum letzten Mal gesehen hatte er seine Tochter, als sie ihn beim Verlassen von Helens Haus ertappt hatte. Vermutlich hatte sie draußen gewartet. Als er rausgekommen war, war Louise so wütend gewesen, dass sie nicht mit ihm hatte reden wollen. Am nächsten Tag war sie verschwunden. Er hatte gedacht, sie wäre ausgerissen, um ihn zu bestrafen, und am selben Tag hatte er mit Helen Schluss gemacht.

Was die Affäre betraf, so hatte er sie nie bestritten, weswegen seine Gegner wenig davon hatten, sie öffentlich breitzutreten. Es sei denn, Helen war bearbeitet worden und würde nun Lügen erzählen. Und an Reggies Schweigen merkte er, dass genau das zu befürchten war.

Swann setzte das Glas ab und erhob sich. »Okay«, sagte er, »lass uns das aus der Welt schaffen.«

Swanns Kombi stand im Schutz von Jasmin- und Grevilleen-Hecken und mit runtergekurbelten Fenstern auf einer leeren Auffahrt in der Rawson Street in Subiaco. Er und Reggie saßen gemeinsam rauchend in der warmen Dunkelheit und warteten auf den CIB. Der abkühlende Motor knisterte leise.

Zwei Wochen zuvor hatte eine Lehrerin bei Reggie angerufen, die gegenüber einem Bordell von Pat Chesson wohnte. Pat besaß eine von drei Konzessionen in der Stadt und war Rubys größte Konkurrentin gewesen. Jetzt hatte sie alle Bordelle von Ruby übernommen, sich aber geweigert, mit Swann zu reden – aus Angst, hatte sie behauptet. Allerdings wirkte sie nicht sehr ängstlich, wenn er sie ansprach. Eigentlich strahlte sie jedes Mal wie ein Honigkuchenpferd.

Reggie hatte die Lehrerin besucht und mit ihr gesprochen. Sie hatte ihm erzählt, sie habe öfter Detectives gesehen, die nachts in das Haus gingen, und ja, sie könne sich an deren Gesichter erinnern. Weil sie so lange drinblieben, und weil sie beim Herauskommen immer betrunken wirkten, fand sie das Ganze merkwürdig. Als sie sich bei Pat Chesson über den Lärm beschwerte, standen kurz darauf zwei Detectives vor ihrer Tür und drohten, sie wegen Erregung öffentlichen Ärgernisses festzunehmen, obwohl doch eher die offensichtlich betrunkenen Detectives dafür verantwortlich waren.

Reggie hatte Swann im Hotelzimmer angerufen und berichtet, und Swann hatte sich die Einzelheiten notiert und die Frau auf die Liste möglicher Zeugen gesetzt.

Ein paar Tage danach hatte Reggie erneut angerufen und gesagt, die Lehrerin habe Angst und sei wütend, weil er den

CIB über sie informiert habe. Zwei Detectives seien zu ihr gekommen und hätten genau gewusst, was sie zu Reggie gesagt habe. Und sie gewarnt, die Klappe zu halten.

Reggie ging ein zweites Mal zu ihr, und sie identifizierte Casey und Detective Sergeant Webb, der unter Casey die Vice Squad leitete. Es lag auf der Hand, was passiert war. Und daraufhin ließ Swann sein Telefon überprüfen.

Vor ein paar Tagen hatten sie dann die Probe aufs Exempel gemacht. Reggie hatte Swann am Telefon erzählt, er habe einen Freund getroffen, der angeblich Louise in einer Wohnung in Nedlands, ganz in der Nähe der Universität gesehen habe. Nach dem Gespräch hatten sich beide gegenüber der genannten Adresse im Gebüsch versteckt und drei Stunden gewartet, aber niemand war gekommen.

Dass niemand auf dieses Telefonat reagierte, konnte zwei Gründe haben – entweder war Swanns Telefon nicht angezapft, oder Casey wusste, dass die Meldung falsch war.

Heute würden sie den richtigen Grund erfahren.

Reggie krempelte einen Hemdsärmel auf und kratzte sich an einem Leberfleck auf dem Unterarm. »Wer zum Teufel wirft einen Kugelfisch in deinen Pool?«, fragte er.

»Dieselben Arschlöcher, die Mülleimer reinkippen und einen Grill mit nem U-Boot verwechseln. Caseys Clowns. Interessieren würd mich allerdings, wo sie diesen Blowie herhatten.«

»Ich kann's nur wiederholen, du kannst immer bei mir übernachten.«

»Deine Nachbarn sind tolerante Leute, oder?«

»Meine Nachbarn würden sich über ein bisschen Abwechslung freuen«, kicherte er. »Und wenn wir schon bei Pools sind, bei der letzten Tournee des West-Indies-Cricketteams haben Clive Lloyd und Viv Richard vom Balkon ihrer

Suite in den Hotelpool gepisst. Clive beugt sich rüber zu Viv und sagt: ›Jesus, Mann, das Wasser da is aber kalt.‹ Drauf Viv: ›Jah, Mann, und ganz schön tief!‹«

»Es geht los!« Die Dringlichkeit, mit der Swann sprach, wischte Reggie das Grinsen aus dem Gesicht. Sie kauerten sich tiefer in den Rücksitz. Ein Holden HQ Belmont, das klassische Zivilbullengefährt, glitt lautlos, aber mit hinter der Windschutzscheibe blinkendem Blaulicht vorbei. Swann sah auf die Uhr. Seit Reggies Anruf in seinem Hotelzimmer waren achtzehn Minuten vergangen. Von der Central Police Station hierher brauchte man mit Blaulicht fünfzehn Minuten.

Keine Minute später tauchte ein zweiter Wagen desselben Typs auf. Swann sah, dass der Fahrer in ein Funkgerät sprach, das auf dem Armaturenbrett montiert war. Dann ein weiterer und noch ein HQ, alle geräuschlos, alle unterwegs zu derselben Straßenecke. Reggie nahm das Fernglas, und beide stiegen aus Swanns Kombi und stellten sich hinter die Hecke.

Vier, schließlich fünf Zivilfahrzeuge an der Kreuzung, die alle vier Zufahrtsstraßen blockierten. Die eingeschalteten Scheinwerfer beleuchteten die Randstreifen und knorrige Weidenmyrten. Die Detectives blieben in den Autos sitzen und warteten auf etwas. Auf jemanden.

Swann sah den braunen Statesman aus einer Seitenstraße kommen, ehe er das tiefe Grummeln des Motors in einem niedrigen Gang hörte.

»Da kommt er.«

Reggie reichte ihm das Fernglas, und Swann richtete es auf die bullige Oberklasselimousine, deren Fahrertür nun geöffnet wurde. Detective Inspector Donald Casey stellte beide Füße auf den Asphalt. Im Schaft eines Stiefels klemmte eine Pistole.

»In seinem Stiefel steckt eine Unregistrierte«, sagte er zu Reggie.

In der Hand ein Gewehr mit gekürztem Schaft, verließ Casey den Wagen und trat in den Lichtkegel des nächsten HQ.

»Sieht aus, als wollen sie jemanden hinrichten. Neben dem Statesman ist Hogan. Sherving. Chaney. Webb. Alle bewaffnet.«

Casey überragte die anderen um gut einen Kopf. Er trug ein Jackett, das Hemd darunter hing aus seiner Hose. Er hörte Detective Sergeant Sherving zu, der das Gewehr in Caseys großen Händen grimmig anblickte.

»Ich glaub, der da drüben mit Webb eine raucht, das ist Dominic«, sagte Swann. »Der Lockenkopf ist Kader. Und die im Auto könnten Gannon, Hocking und Donnelly sein.«

Detective Sergeant Hogan leitete die Fraud Squad, und wie alle anderen hatte er eigentlich einen zu hohen Dienstgrad, um bei so einem Anruf auszurücken. Dass in kürzester Zeit zehn hochrangige Detectives aufgekreuzt waren, um zwei erfundene Zeugen einzuschüchtern, gab Swann die Gewissheit, dass Ruby Devines Mörder kein Einzeltäter war.

»Gannon will an eine Tür klopfen. Halt ... meine Güte, du solltest sein Gesicht sehen. Der reinste Arsch in Runzeln. Jetzt kehrt er um, geht zu Casey zurück.«

Zehn Detectives hier, während sich kein Schwein um den Anruf wegen seiner Tochter gekümmert hatte – Swann schloss daraus, dass Casey wusste, wo sie war. Den tiefsten Stich versetzte ihm allerdings etwas anderes: Wenn Casey so sicher wusste, dass Louise nicht in der Wohnung in Nedlands war, dann war sie höchstwahrscheinlich tot.

»Jetzt sagt er's ihm. Runter mit dir.«

Das letzte, was Swann sah, ehe er sich ebenfalls wegduckte, war Caseys hasserfülltes Gesicht bei der Mitteilung, dass es in der Rawson Street keine Hausnummer 87 gab.

Partridge beendete seine Übungen mit einem langen sanften Ausatmen, schloss den Mund und öffnete die Augen. Er fühlte sich schwindlig und sein Puls war schwach, aber wenigstens waren der schmerzhafte Augendruck und das Engegefühl in der Brust verschwunden.

Das war auch dringend nötig; vor ihm lag ein Berg Arbeit. Er stieg aus dem Bett, zog den Gürtel seines Morgenmantels enger und setzte sich an den Tisch vor einen säuberlichen Stapel von Blättern, Fotos und Mappen. Er nahm das Foto von Ruby Devine, das durch alle Zeitungen gegangen war – Ruby in dem zimtfarbenen Satinkleid, das sie am Abend ihres Todes getragen hatte. Darauf lächelte sie glücklich und hielt ihr Kleid stolz in die Kamera, um den eleganten Schnitt und den schimmernden Stoff zu präsentieren.

Die anderen Fotos waren nach ihrem Tod aufgenommen worden. Eines vom siebten Fairway, wo ihre Leiche in ihrem Dodge Phoenix gefunden worden war, keinen Kilometer von ihrem Wohnort entfernt. Ruby saß nach vorne gesunken auf dem Fahrersitz, ihre rechte Hand hing seitlich herab, die linke lag unschuldig auf ihrem Schoß, und ihre schweren Brüste fielen beinahe aus dem tief ausgeschnittenen Kleid. Eine Nahaufnahme zeigte das Blut, das aus dem rechten Ohr gesickert und den Wangenknochen entlang bis zum Kinn gelaufen war; ihre Augen waren im Schatten, ihr Mund geschlossen. Im Tod sah sie friedlich aus.

Die nächsten Bilder stammten aus der Leichenhalle. Ihr Kopf war nachlässig rasiert, im Nacken waren noch Stellen langen Haars übrig. Jedes der vier Einschusslöcher auf der unteren Hälfte ihres Hinterkopfes war freigelegt, alle waren mit schwarzem Filzstift markiert: 1, 2, 3, 4. Partridge hatte schon Fotos solcher »Bowling-Ball«-Hinrichtungen gesehen und erkannte die Schmauchspuren um die Einschusslöcher. Eines zeigte deutlich, dass die Waffe aus nächster Nähe abgefeuert worden war; auf der Haut der Frau war der quadratische Abdruck des abgesägten Schafts zu sehen, der vor dem Schuss gewaltsam in ihren Nacken gedrückt worden war.

Er schlug den Obduktionsbericht auf und las, dass der für Mrs. Devine angegebene Beruf »Hausfrau« war. Er erfuhr von den Fettablagerungen in ihrer Aorta, der erheblichen Menge Blut, die man in ihrem Magen gefunden hatte, dem Diamanten in ihrem rechten oberen Schneidezahn, dem Umstand, dass ihr Schädelknochen für »außergewöhnlich stark« befunden worden war – fünfzehn Millimeter, während sie für gewöhnlich unter zehn Millimeter maßen. Er überflog die Beschreibung der Implantate in ihrer Brust – als »Plastiktüten« bezeichnet –, die Analyse ihres Kleids und dann die unzähligen Seiten mit den Aussagen der Zeugen, die in jener Nacht an ihrem Auto vorbeigefahren waren. Mehrfach erwähnt wurden der Bogart-Film, der zuvor im Fernsehen gelaufen war, das rote Bremslicht des Dodge, das Rückfahrlicht, das Hin- und Herfahren des Autos auf dem Golfplatz, das Gespräch zweier Personen auf den Vordersitzen.

Er las die Aussage von Devines Geliebter, Jacky White, die nach dem gemeinsamen Barbecue am Pool von Ruby gebeten worden war, das Haus zu verlassen, weil abends noch ein »wichtiger Geschäftstermin« anstand. Ruby hatte Jacky erzählt, dass der Mann, der sie besuchen käme, all ihre Probleme lösen würde, aber von niemanden gesehen werden wolle, nicht einmal von Jacky; er wolle als Geschäftspartner »im Hintergrund« bleiben.

Laut Ruby Devines Anwalt war der Anlass für diesen Geschäftstermin eine erhebliche Forderung der Steuerbehörden an sie. Sie hatte dagegen Widerspruch eingelegt, aber die Erfolgsaussichten waren ziemlich gering. Der Knackpunkt waren 73000 Dollar in einem Treuhandfonds, von denen Ruby behauptete, sie gehörten ihr nicht. Sie weigerte sich, den Eigentümer des Geldes zu nennen, und gab auch keine Auskunft darüber, an wen sie jahrelang regelmäßig Zahlungen geleistet hatte. Wenn sie Namen nenne, meinte sie, dann wäre das ihr sicherer Tod. Die Steuerbehörden erkannten darin aber keine mildernden Umstände.

Partridge las weiter, bis er die grausamen Bilder nicht mehr aus dem Kopf bekam und eine der Urlauberbroschüren zur Hand nahm, die auf seinem Nachttisch lagen. Er hatte noch keine genaue Vorstellung von Perth, der einsamsten Großstadt der Welt, wie eine der Broschüren verkündete, 3.000 Kilometer von der nächsten, weit hinter der Nullarbor-Wüste liegenden entfernt. Dieser Ort mit seinem geheimnisvollen Licht, insbesondere dem Licht, das vom Fluss kam, hatte ihm am frühen Abend eine Gedichtzeile ins Gedächtnis gerufen – »die Wirklichkeit ist eine heilige Erscheinung«. Aber dieses zauberhafte Licht war nicht der Grund, warum Perth »City of Lights« hieß – das lag daran, dass der Astronaut John Glenn vor seiner Erdumkreisung 1962 die Bewohner Perths gebeten hatte, die Lichter brennen zu lassen, wenn er über sie hinwegflog, und danach gesagt hatte, der helle Lichtfleck in der großen Dunkelheit habe ihm Mut gegeben, habe seine Einsamkeit vertrieben, und sei es nicht großartig, dass die Bewohner der einsamsten Stadt der Welt und der einsame Astronaut einander Trost gespendet hatten?

Selbst durch die Doppelglasscheiben des Hotelzimmers in der fünfzehnten Etage hörte Partridge den Lärm der Bauarbeiten, die rund um die Uhr vonstatten gingen – eine Folge des derzeitigen Bergbaubooms. Heute Morgen hatte er beim

Blick aus dem Fenster vor allem die klaffenden Fundamentaushebungen gesehen, die Betonhüllen der neuen Wolkenkratzer und einen Horizont voller Kräne, dicht an dicht wie Masten in einem Hafen. Im Vergleich zu den Fotos an seinen Zimmerwänden, sepiafarbene Aufnahmen des kolonialzeitlichen Perth mit Sandsteinbauten und kleinen Holzhäusern, war es ein Anblick von großer Hässlichkeit.

Allerdings wollte er weder der Stadt ihren Aufschwung noch den Menschen die Begeisterung darüber missgönnen. Amüsiert las er weiter, dass das Land im Sommer 1801, als die Franzosen den Swan River hinaufsegelten, so karg und unwirtlich schien, dass es für sie als Kolonie nicht in Frage kam, während die Engländer aus purem Zufall den Fluss im Winter erkundeten und frisches Wasser und weitere »erquickliche Prospekte« vorfanden.

Von Gottes Gnade bin ich, was ich bin, sinnierte Partridge. Und ich bin eineinhalb Jahrhunderte später wie ein moderner Ovid an den Rand des Reichs verbannt und wiege mich hier, an diesem Ort, wo noch zu meines Vaters Lebzeiten jeder zweite Bewohner ein Sträfling war, mit scheinheiligen Legenden von Hunger, Siedlermut und Scheitern, von Krankheit und Kriegen gegen die Aborigines in den Schlaf.

Wie viel gemäßigter, zivilisierter erschien ihm nun seine Heimat im Osten, auf der anderen Seite der Wüste. Und kam nicht jetzt – endlich – auch der erste Anflug von Dunkelheit, die ihn zurückrief, hinein in seinen Körper? Und vielleicht hatte auch der Astronaut genau dasselbe verspürt, als er durch das dunkle Nichts der Nacht schwebte, die Augen auf die Lichter unter sich gerichtet, bis er jedes körperliche Empfinden verlor außer einem vagen Gefühl von Schwere, von Sinken und, zuletzt, Fallen …

Niemand traut einem Cop, der allein trinkt. Swann hob sein Emu Bitter, nahm einen großen Schluck und erwiderte den Blick der Gaffer auf der anderen Seite des Raums. Sie alle wussten, wer er war und was er wollte; keiner wollte ihn hier haben, keiner wollte Ärger.

Die Kneipe, ein grob gezimmerter Anbau an einem ehemaligen Eisenwarenladen in einem Hinterhof der Roe Street, war nicht weit von seinem Hotel und der Central Police Station entfernt. Sie hatte keine Konzession, aber es hatte sie schon gegeben, als Swann bei der Polizei angefangen hatte, und sie hieß bei allen nur »Bier ohne Bar«. Der Ausschank wurde geduldet, weil hier die Cops nach der Spätschicht noch was zu trinken bekamen und die Nutten, Taxifahrer und Schwulen aus den James-Street-Clubs ihre Nächte ausklingen lassen konnten.

Die Kneipe war erfüllt von Rauch und gellendem Gelächter, aber auch von zunehmender Unruhe. Die Nacht verging. Die Welt wälzte sich in Richtung Sonne. Swann sah den Blicken der Feiernden an, dass der unliebsame Tag immer näher rückte. Der Raum hatte den Charme einer Schulmensa. Nackter Betonboden, der bei Sonnenaufgang abgespritzt würde. Ein Sammelsurium an alten Tischen und Stühlen. Die durchhängende Gipskartondecke fleckig. Der Mülleimer neben der Tür quoll über. Vom Außenklo an der Hofmauer wehte Pissegestank herein.

Der Tresen bestand aus Milchkisten und einer mit Bier und Eis gefüllten Badewanne. Der Wirt betrachtete Swann mit der kalten Bösartigkeit eines Giftmischers. Dafür gab's auch einen Grund – Swann hatte ihn vor dreizehn Jahren eingebuchtet. Sie waren in etwa dasselbe Baujahr, aber der andere hatte ein Gesicht wie in Schnaps eingelegt und anschließend in der Sonne gedörrt.

Swann wusste, dass der Wirt seinen Job mochte. Er konnte die ganze Nacht trinken und tagsüber auf dem Boden schlafen. Konnte mit Pat Chessons Nutten rummachen und sich draußen am Hahn hinterm Haus waschen. Den neuesten Schmutz aufschnappen und ihn dem Detective der Liquor and Gaming Squad auftischen, der ihn den Laden betreiben ließ.

Swann zündete sich eine Zigarette an, zur Vernebelung des Ekels darüber, dass er schon wieder hier saß. Reggie lag sicher daheim auf der Couch und schnarchte. Swann hatte alles Mögliche versucht, um Schlaf zu finden, aber selbst sein letzter Trick, ein heißes Bad, hatte nicht funktioniert.

Es war Nacht für Nacht dasselbe. Weil er in der Zeit zwischen zwei und Sonnenaufgang einfach nicht schlafen konnte, landete er unweigerlich hier oder in einer der anderen illegalen Kneipen der Gegend. Denn wenn er schlaflos im Bett lag, traf ihn die Angst davor, was mit Louise passiert sein könnte, wie ein Schlag in den Magen. Er sah sie nackt und erwürgt im Dreck verscharrt oder mit Klebeband gefesselt und von Steinen beschwert in einem stinkenden Sumpf in den äußeren Vororten verrotten. Und noch schlimmer wurde es, wenn er sich vorstellte, was sie vor ihrem Tod durchgemacht hatte. Was man ihr angetan hatte, ihre Angst und ihre Verzweiflung, ihre letzten Worte, als sie seinen Namen rief und er nicht da war, nie da gewesen war, ihre geweiteten Augen und seine zusammengeschnürte Brust, seine geballten Fäuste.

In diesen Momenten begriff er, dass an Schlaf nicht zu denken war, und er stand auf und trank. Auch tagsüber hatte er das Bild seiner Tochter immer vor Augen, es trieb ihn zur Suche nach ihr, und er redete sich ein, dass es noch Hoffnung gab, dass er sie finden würde, zusammengekauert an der Wand einer behelfsmäßigen Bar, wie hier unter gerade noch Lebenden.

Er ließ den Blick über die anderen Trinker schweifen. Das Schlimme daran war, dass sein Stiefvater genau dieses Leben gelebt hatte und auch für ihn selbst vorgesehen hatte. Swann dachte an die Zeiten zurück, als er in irgendein Drecksloch in einer räudigen Gasse von Fremantle musste, in dem Brian zusammengeklappt war, nachdem er tagelang – gute Tage für Swann – unterwegs gewesen war. Seine Mutter schickte ihn los, ihren Mann zu finden, heimzulotsen oder in seinen Taschen nach der Lohntüte zu kramen, dem Rest, der noch übrig war.

Der Gedanke, Brians Vorhersage für ihn bewahrheite sich, steigerte Swanns Selbstekel, und am liebsten hätte er den Tisch umgeworfen und etwas zertrümmert, genau wie er es als Junge getan hatte, wild und gewalttätig und wütend, blind für das Gute.

Er öffnete den verkniffenen Mund, steckte sich die nächste Zigarette zwischen die Lippen, zog gierig daran. Es kam ihm vor, als würde alles Positive, würden alle guten Taten aus ihm gesaugt. Tagsüber war er mehr oder weniger der alte, von Natur aus optimistisch, trotz allem jemand, der die Menschen im Allgemeinen mochte und seinerseits gemocht wurde. Leute sprachen ihn an, sahen ihm in die Augen, gaben ihm die Hand, machten ihm Mut, ermunterten ihn weiterzumachen. Er hatte diesen Zuspruch auch nötig, bedurfte der Unterstützung von Fremden, einfachen Menschen, die von seinem Kampf wussten.

Es war vier Uhr morgens, bald ging die Sonne auf, und Swann war froh darüber. Mit den abgetragenen Lederschuhen und der Anzughose war er um diese Uhrzeit noch mehr fehl am Platz. Er war nicht viel älter als die Leute um ihn herum, aber er fühlte sich wie aus einem anderen Jahrhundert. Jetzt hatten alle lange Haare und Plateauschuhe, auch die Männer. Die Drogen hatten alles verändert, die Drogen und die Musik.

Gerade lief in der Kneipe ein AC/DC-Song, er kannte ihn von seinen Töchtern. Alle Jugendlichen fuhren auf die Band ab; in ihrem Alter hätte er das wahrscheinlich auch getan, sie hatten diesen Arbeiterklassen-Charme des Rock 'n' Roll, den er auch mochte. Er war mit Johnny O, Jerry-Lee und Johnny Cash groß geworden, hatte aber nichts gegen die Schwarzenmusik, auf die seine mittlere Tochter Sarah stand. Blonny, die jüngste, mochte eher die Charts, KC and the Sunshine Band, Skyhooks, die Bay City Rollers, die sie auf seinem alten Transistorradio hörte, wenn die älteren Schwestern sie nicht an den Plattenspieler ließen.

Das Bild von seinen Töchtern, die sich um die Stereoanlage zankten, ließ ihn erschauern. Meist setzte sich Louise als Älteste gegen die beiden anderen durch, die dann maulten und motzten. Doch nun vermissten die zwei sie genauso wie ihre Eltern und verstanden nicht, warum ihre Schwester plötzlich weg war. Die fünfzehnjährige Sarah und die dreizehnjährige Blonny waren von diesem Verschwinden tief getroffen. Der Umzug zurück nach Fremantle, in ihr altes Haus in der Nähe der Keksfabrik und näher an den Ort, wo man Louise zum letzten Mal gesehen hatte, riss sie aus der bekannten Umgebung in Albany, und sie bekamen Probleme in der Schule. Beide Mädchen wollten, dass Swann wieder bei ihnen einzog, aber ganz egal wie oft er ihnen erklärte, dass er das nicht konnte, weil er Louise suchte – Sarah und Blonny wollten es einfach nicht einsehen. In Wahrheit wollte er die beiden aber keinem Risiko aussetzen; es war sicherer für sie, wenn er woanders wohnte, aber das konnte er ihnen nicht sagen, sonst hätten sie sich noch mehr Sorgen gemacht.

Swann beschloss, auf den Rest seines Biers zu verzichten. Er hatte sowieso schon Kopfschmerzen, und die Brust tat ihm vom vielen Rauchen weh. Wenn er sich jetzt zurückhielt, wäre er noch so nüchtern, dass er bei Roy's etwas essen konnte.

Swann drehte sich auf seinem Hocker um, als Donovan Andrews durch die Tür trat. Der Mann, das schmutzige Hemd bis runter zum Bauchnabel aufgeknöpft, wollte innehalten, als er Swann sah, doch sein Schwung trug ihn über die Schwelle und in die Kneipe hinein.

Für einen guten Spitzel war Andrews ein ziemlich schlechter Schauspieler. Er legte seinen üblichen Auftritt hin und verteilte Luftküsse an zwei in eine Ecke geschmiegte Mädchen von Pat Chesson, aber das Feuer in seinen Augen war erloschen. Gezwungen lächelt er Swann zu, ließ sich vom Barkeeper einen Gin geben und kippte ihn, dann tastete er auf der Suche nach einem Vorwand, um wieder aus der Bar zu verschwinden, nach seinem Feuerzeug. Swann beugte sich zu ihm und ließ sein Zippo aufschnappen.

Ohne ihn anzublicken, sog Andrews den Rauch ein. Er stank nach Marihuana.

»Gern geschehen«, sagte Swann so freundlich wie möglich.

»Danke. Hat mir doch die Nutte grad das Feuer geklaut.«

»Bestimmt nur aus Liebe.«

Andrews lachte bemüht und zu laut. »Was? Ah, klar. Du sagst es.«

In dem Moment, da Swann an die Öffentlichkeit gegangen war, waren seine Spitzel abgetaucht – bis auf die wenigen, die er ganz in der Hand hatte, ganz und für immer. Und dazu gehörte Andrews; jedenfalls hatte er das gedacht, bis Andrews ihre letzten Treffen hatte platzen lassen.

Doch jetzt würde Andrews erst gehen, wenn er ihn ließ. Er drehte und wand sich zwar, spielte aber weiter den fröhlichen Schnorrer mit ansteckendem Lachen, das Schatzkästlein voll alberner Witze und krimineller Kapriolen, jemanden, den man nicht ernst nehmen konnte. Seit Swann ihn kannte, hatte Andrews den Ruf eines Dealers und Schwanzgesteuerten, dessen Pimmel ihm wie eine falsch eingestellte Kompassnadel den Weg von einer Katastrophe in die nächste wies.

Das alles war für Swann von Vorteil. Als witziger Partylöwe war Andrews überall willkommen, sowohl bei der besseren Gesellschaft mit ihren Villen am Fluss wie bei den Rockern und Schlägern draußen in den Vororten. Im Laufe der Jahre hatte Andrews Swann wertvolle Informationen geliefert, die er in Nachtclubs und Hinterhöfen, bei einem gemeinsamen Joint oder beim Pissen aufgeschnappt hatte, oder dann, wenn er vorgeblich schlafend auf der Rückbank eines fetten Schlittens in ein weiteres Rockerclubhaus bretterte.

Als er seine Zigarette ausdrückte, beugte sich Swann zu ihm und flüsterte: »In fünfzehn Minuten im Roy's.« Dann stand er auf und ging. Beim Rausgehen warf er einen Blick auf den Barkeeper, der mit blauen Fingern und noch kälteren Augen Eis aus der Wanne fischte.

Bis zu seiner Verwundung und Ausschiffung aus Tobruk war Roy Pickett Armeekoch gewesen. Zurück in Perth eröffnete er statt einer weiteren Kneipe, Snackbar oder Imbissbude in der Terrace Road ein Grillrestaurant am Riverside Drive, gestaltet nach dem Vorbild eines Muschellokals in New Orleans, das er in einer Illustrierten gesehen hatte. Das Restaurant gab es auch fünfunddreißig Jahre später noch, genau wie Roy, der zu jeder Tages- und Nachtzeit dort Steaks und Hühner grillte und seine rußgeschwärzten Grillzangen wie mittelalterliche Folterwerkzeuge an der Wand aufhängte.

Die Sonne schwappte über die blauen Hügelkämme, strömte ins Restaurant und brach sich in orangem Resopal und glänzendem Stahl. Roy stand an seinem Grillplatz in einer Lichtsäule. Er hob die Augenbrauen, als Swann eintrat, und deutete mit einem Nicken auf die nicht von der Straße einsehbaren Plätze im hinteren Bereich.

Andrews saß bereits da, mit dem Rücken an die Wand gelehnt und zusammengesunken wie ein Häufchen Elend. Noch ehe Swann Platz genommen hatte, begann er zu sprechen. »Tut mir leid wegen letzter Woche, Mann –«

»Du meinst, wegen letztem Monat, den letzten vierzehn Tagen und letzter Woche.«

»Es ging wirklich nicht. Ich hab endlich gemacht, was du gesagt hast. Hab nen Job. Vollzeit. Bin Spüler in Freo und mach ne Ausbildung zur Küchenhilfe. Macht mich echt fertig, ich schaff das grade so. Und dann will ich auch was auf die Reihe kriegen mit ner Braut ...«

Swann sah die Worte geradezu hervorquellen, spürte, wie sie sich wie Dampf aus einem sprudelnden Wasserkessel auf seinem Gesicht niederschlugen. Andrews' Hände zitterten, seine Augen waren geweitet und wanderten unruhig umher. Swann wartete auf das Schweigen, von dem er wusste, dass es kommen würde – und zwar so groß und tief, dass man darin versinken konnte.

Swann hatte Andrews in der Hand, weil er ihn gebrochen hatte. Nach dem Verhör, bei dem es geschehen war, waren sie beide nicht mehr dieselben gewesen. Swann hatte Dinge über Andrews erfahren, die dieser bis dahin selbst nicht gewusst hatte.

Verhaftet hatte er ihn, weil Andrews eine Philippina für einen Puff in Kalgoorlie ins Land geschleust hatte. Er hatte ihn mit der Achtzehnjährigen, die kein Wort Englisch sprach und kein gültiges Visum hatte, am Flughafen erwischt. Sobald er mit Andrews im Verhörraum war, wusste er, dass der keine plausible Erklärung dafür hatte.

Er kannte Andrews schon von anderen Vergehen, aber diese Sache war mehr als eine Nummer zu groß für ihn. Es war nicht schwer gewesen herauszufinden, dass er nur der Süßholzraspler war, der dafür Geld bekam, dass alles reibungslos lief und er die Ware ablieferte. Aber es war ein schmutziges Geschäft, wie Andrews selbst gemerkt hatte, und Swann hatte schnell den wunden Punkt gefunden, an dem er bei ihm den Hebel ansetzen konnte – sein Schamgefühl. Auf der Reise hatte sich zwischen Andrews und dem Mädchen etwas entwickelt, zarte Bande, und kein Geld der Welt konnte sie darüber hinwegtrösten, dass sie betrogen worden war und nicht gewusst hatte, worauf sie sich einließ.

Die Hintermänner wollte Andrews jedoch nicht verraten. Er scheute davor zurück. Swann hatte ihn spätnachts verhört. Er wollte mit Andrews allein sein, deswegen schickte er die Uniformierten hinaus. Er saß Andrews am Tisch gegenüber und bearbeitete ihn mit der flachen Hand, so wie er es gelernt hatte und wie es immer schon gemacht worden war. Bei jeder Lüge schlug er Andrews; er schlug ihn vermutlich hundert Mal. Swann sah Andrews an, dass etwas passieren würde. Andrews hatte Angst, war drauf und dran einzuknicken, doch um keinen Preis wollte er Namen nennen – sein Leben hing davon ab.

Die Geschichte an sich war simpel. Ein Bordell voller importierter Sexsklavinnen in Kalgoorlie war undenkbar ohne das zumindest stillschweigende Einverständnis des dortigen CIB. Dafür war die Wüstenstadt zu klein. Niemand wäre so dumm, das zu versuchen. Swann, mittlerweile Detective in Perth, wusste, dass das Okay von Casey, seinem Kollegen in Kal, gekommen sein musste. Sie waren einmal Partner gewesen, doch seit Swann um die Rückversetzung nach Perth ersucht hatte, um selbst sauber bleiben zu können, sprachen sie nicht einmal mehr miteinander.

Andrews nannte Caseys Namen nicht, weil Casey ihn sonst umbringen würde.

Als Swann von Andrews abließ, war er schon zu weit gegangen. Der Mann wimmerte nach seiner Mutter, sein Blick ging in die Ferne, zurück in die Vergangenheit. Hände an die Tischkante geklammert, der Nacken starr. Er knirschte mit den Zähnen. Das Jammern hörte erst auf, als er einschlief und wie ein rotznäsiges Kind mit dem Gesicht auf der Tischplatte lag und Swann im Verhörzimmer auf und ab lief und sich vor sich selbst ekelte.

Prügel für professionelle Verbrecher waren üblich. Ganz ohne Gewalt brachte man sie nicht zum Reden, hatte man Swann immer gesagt, da läge der Unterschied zwischen Gesetz und Gerechtigkeit, obwohl es eine rote Linie gab, die er nie überschritt – nie von Unschuldigen ein Geständnis erzwingen.

Andrews war zwar nicht unschuldig, aber Swann schämte sich für die Schläge. Er war nur ein dummer Junge, aus viel zu weichem Holz geschnitzt für solche krummen Touren, und nun hatte ihn Swann gebrochen. Und das Schlimmste war, dass er dabei Vergnügen empfunden hatte, dieselbe Freude, die sich im Gesicht seines Stiefvaters abgezeichnet hatte, wenn er seine Mutter verprügelte. Oder ihn.

Swann hatte sich so mies gefühlt, dass er Andrews hinterher nicht in die Zelle gesteckt oder einfach auf die Straße gesetzt hatte, sondern mit ihm zum Frühstücken ins Roy's gegangen war. Sie hatten an demselben Platz gesessen wie jetzt. Das Verhör hatte sich seltsam auf Andrews ausgewirkt; er war nicht wütend geworden. Swann hielt ihm eine Moralpredigt, um ihn auf eine andere Bahn zu lenken, und zu seiner Überraschung hörte der Junge auf ihn.

Swann besorgte ihm einen Ausbildungsplatz bei einem Automechaniker, und Andrews hielt durch. Erst als Swann nach Albany zog, nahm er seine alten Gewohnheiten wieder auf.

Sie schwiegen, bis das Essen kam. Ein Sandwich mit Spiegeleiern und Speck für Andrews, Steak, Ei und Pommes für Swann. Zwei Tassen starken süßen Tee. Roy sah keinen der beiden an, als er die Teller abstellte.

Nach seinem Redeschwall war Andrews erschöpft. Glücklich erschöpft. Schon ruhiger, bekannte er: »Ich hab Jacky gesehen. Vor zwei Tagen.«

Ohne sich etwas anmerken zu lassen, trank Swann einen Schluck Tee, aber die Nachricht ließ seinen Puls schneller gehen. »Sicher, dass sie's war? Wo hast du sie gesehen?«

»Am Busbahnhof. Stieg aus nem Bus.«

»Hat sie dich auch gesehen?«

»Nö, hab mich dünn gemacht. Ich will keinen Kontakt mit Jacky. Ich wusste, dass dir's lieber wär, wenn ich ihr nachgehe, aber wie gesagt, ich hab da diese neue Braut –«

»War sie allein?«

»Soweit ich weiß ja. War jedenfalls keiner da, der sie abgeholt hat oder so. Sie hatte zwar ne Sonnenbrille und ne Baseballkappe auf, aber sie war's schon.«

Swann nickte in Richtung des Sandwichs mit Spiegeleiern

und Speck. Andrews schnappte es, faltete das Wachspapier auf und breitete es über den Tisch. Die Sonne war nun ganz aufgegangen, das Brummen des Verkehrs wurde deutlicher. Swann war nüchtern und bekam wie erhofft Hunger. Doch zunächst trank er von seinem Tee, der ihm süß und warm durch die Kehle in den Magen floss. Der beste Tee, den er je bekommen hatte.

Vom Flughafen war er eine lange Strecke zu Fuß gegangen, doch jetzt konnte er sich hinlegen und schlafen. Leider roch das Hotelzimmer muffig. Er hatte eine gute Nase und merkte sofort, dass der vorherige Gast Raucher und Hundebesitzer gewesen war. Eine Frau. Der Killer würde ihren Fehler nicht wiederholen. Er würde im Zimmer möglichst wenig anfassen.

Er hatte ein Paar Schuhe mit einer profillosen Gummisohle, einen Anzug, einen Hut und eine Sonnenbrille. Hemden und Unterwäsche zum Wechseln. Unter seiner Anzugjacke steckte eine 9mm-Pistole in einem Holster, in der Hosentasche ein Schnappmesser. Eine Badehose und ein Handtuch hatte er in dem Auto gelassen, das er am Ende seines Fußmarsches in die Stadt gestohlen hatte. Den Chrysler Valiant würde er dann abfackeln, wenn er nach Dongara aufbrach.

Er zog sich aus und legte alle Kleidungsstücke auf seine Armeetasche. Stieg unter die Dusche und ließ das kalte Wasser auf sich herabprasseln. Er benutzte weder Seife noch Shampoo, sein kurzgeschorenes Haar brauchte kaum Pflege. Bei Aufträgen wie diesem verzichtete er auf Tarnung – von einem gewissen Maß an Anonymität konnte er hier ausgehen.

Er hatte den gestohlenen Valiant einen Block vom Hotel entfernt abgestellt und war aus Sentimentalität in den Kings Park gegangen. Beim Anstieg zu einem Ausblick auf den Swan River trug der böige Ostwind das Geräusch seiner forschen Schritte vor ihm her und ließ die Gruppen von Palmfarnen, die ihre Wurzeln in die steile Kalksteinflanke des Mount Eliza bohrten, seltsam rauschen.

Oben auf dem Plateau des Botanischen Gartens angekommen, schlug er den Pfad entlang des Kliffs ein, das dem Lauf des Flusses folgte – eine im Mondlicht silbrig schimmernde Fläche, die weit in die südliche Ebene hineinragte. An den Ufern glommen die beim Gezeitenwechsel gestrandeten Leuchtquallen, es roch nach verrottendem Tang, säuerlichem Schlamm und den Kadavern von Kugelfischen.

Er blieb am Kliffrand stehen und blickte den Lichtbändern nach, die sich in alle Richtungen fortschlängelten. Von hier konnte man bis zum Indischen Ozean sehen, der unter einer Nebeldecke verborgen lag, nur eine dunkle Ahnung am gekrümmten Horizont, irgendwo unter dem glitzernden Sternenbogen.

Im Uferland unter ihm begann ein Flötenvogel, den Sonnenaufgang herbeizurufen, und bald stimmten Wattlebirds und andere Honigfresser sowie ein Kuckuckskauz mit seinem *Buuhuh* ein. Er stand nur einen Schritt von der Abbruchkante des Kliffs entfernt. An dessen Fuß lag die Uferbefestigung wie eine Betonschürze vor dem Riverside Drive und der alten Brauerei. Er schloss die Augen und spürte, wie ihn die Erde nach unten zog ...

Frisch aus der Dusche legte er sich nass aufs Bett und schloss die Augen. Er spürte, wie die Feuchtigkeit auf seiner Haut trocknete, und lauschte dem gleichmäßigen Ticken der Uhr neben sich. Er nahm seinen schlaffen Penis in die Hand und dachte an das Gesicht seiner Zielperson.

Er würde einen Cop töten. Niemand wusste besser als er, dass dies eine extrem heikle Sache war. Aber er verspürte keine Unruhe. Er war Profi.

Die Gefängnisse waren voller Menschen, die getötet hatten, und trotzdem keine Killer waren. Es waren gewöhnliche Frauen und Männer, die von ihrer Tat auch selbst überrascht waren. Sie hatten sich immer im Griff gehabt, hatten in sich geruht, ehe irgendetwas in ihrem Inneren losbrach.

Auch mit jenen, die aus Spaß töteten, gab er sich nicht ab. Er hatte Dutzende von ihnen kennen gelernt, bei der Polizei, in der Armee, in der Unterwelt. Deswegen arbeitete er immer allein. Er wollte keine Psychopathen um sich – sie gingen zu viele Risiken ein. Das mussten sie tun, weil sie den Kick brauchten. Für solche Leute bedeutete Töten etwas anderes als für ihn. Er vermutete, dass ihre Vorstellung davon genauso unklar war wie die jener, die sich davor fürchteten. Seiner Meinung nach saßen beide Gruppen einem Irrtum auf. Töten konnte richtig sein oder falsch, aber es sollte sich weder gut noch schlecht anfühlen.

Er empfand weder so noch so. Er empfand überhaupt nichts dabei, und das war das dunkle Geheimnis, das nur er und wenige andere kannten. Und wer es kannte, verriet es nicht. Es war ein magisches Geheimnis, denn wenn man es kannte, machte es einen stärker – und schwächer, wenn man es nicht kannte.

Seine Methode war immer dieselbe. Keine Grausamkeit, kein Aufschub, kein Risiko. Die meisten merkten gar nicht, was mit ihnen geschah. In einem Augenblick waren sie lebendig, im nächsten tot.

Und danach verschwand er.

Detective Inspector Donald Casey war von der Kommission für den zweiten Tag vorgeladen worden. Wie Partridge von Wallace erfahren hatte, war er der erste Zeuge, der auch persönlich mit Superintendent Swann zusammengearbeitet hatte.

Swann hatte bereits Platz genommen, als Casey aufgerufen wurde. Der DI ging mit einem Ausdruck leichter Belustigung zum Zeugenstand. Im Gehen knöpfte er sich das Jackett auf. Seine Schuhe knarrten auf dem Parkett.

Er legte den Eid ab, ohne den Blick von Swann zu wenden. Dieser erwiderte Caseys Starren mit kalter Gleichgültigkeit. Der DI zupfte an den Manschetten seines Hemds, damit sie etwas weiter aus dem Jackett ragten, und beugte sich zum Mikrofon. Er sprach klar und bestimmt, nannte seinen Rang und zählte seine Karrierestationen auf, und als er an Wallace vorbei wieder zu Swann blickte, kehrte der belustigte Ausdruck in sein Gesicht zurück.

Anders als bei den Aussagen von Swanns Vorgesetzten waren die Journalisten nun hellwach.

Über die besondere Beziehung zwischen Superintendent Swann und DI Casey hätte Wallace ihn eigentlich aufklären müssen, dachte Partridge, vor allem über deren möglichen Streit. Dass sie zusammengearbeitet hatten, war nur das oberflächliche Faktum, hinter dem sich wesentlich mehr verbarg, das konnte Partridge sofort spüren.

Er klopfte auf sein Mikrofon, um die Aufmerksamkeit des QC auf sich zu ziehen, und rief ihn zu sich. »Mr. Wallace, ehe Sie fortfahren, würde ich gerne etwas mehr über die Beziehung von Detective Inspector Casey und Superintendent Swann erfahren.«

»Sehr wohl, Euer Ehren.«

Wallace kehrte zum DI im Zeugenstand zurück und tat, als läse er etwas von seinen Unterlagen ab. »Detective Inspector, würden Sie bitte kurz über Ihre frühere Zusammenarbeit mit Superintendent Swann berichten, insbesondere –«

»Über unsere gemeinsamen Jahre beim CIB in Kalgoorlie? Natürlich. Und gern auch über den Grund meiner Vorladung.«

Casey blickte nur kurz zu Partridge, doch das genügte dem Richter, um zu sehen, dass Casey sich über die Frage ärgerte. Auch einige Journalisten hatten es bemerkt und machten sich Notizen. Offensichtlich ließ sich DI Casey ungern Fragen stellen.

»Superintendent Swann und ich haben zwei Jahre als Detectives zusammengearbeitet. Diese Zusammenarbeitet endete, als Superintendent Swann, damals noch Detective Sergeant, für eine Weile nach Perth zurückgekehrt ist.«

Nachhaken, Mr. Wallace, drängte Partridge im Stillen. Hat er um die Versetzung gebeten, oder wurde er versetzt?

Doch zu seiner Überraschung drang Wallace sofort zum Kern der Sache vor. »Und was war der Grund für diese Rückkehr, Detective Inspector? Was hat das damit zu tun, dass Sie heute hier sind?«

»Es ist kein Geheimnis, dass Superintendent Swann und ich keine Freunde mehr sind, falls Sie das meinen.«

»Könnten Sie das näher erläutern?«

Wallace legte keinerlei Nachdruck in die Frage. Partridge beschlich das Gefühl, dass Swann und Casey hier nicht die Einzigen waren, die sich gut kannten.

»Lassen Sie mich das ein für alle Mal klarstellen, Mr. Wallace. Der Grund, warum Superintendent Swann und ich die Zusammenarbeit abgebrochen haben, war der, dass ich ihm nicht mehr vertrauen konnte. Partner müssen einander vertrauen, und im Laufe unserer Partnerschaft in Kalgoorlie wurde mir zugetragen, dass Swann Gerüchte in die Welt setzte. Gerüchte, die mich in ein sehr schlechtes Licht rückten. Genauso wie er's in den vergangenen Monaten getan hat. Ich hab das satt bis obenhin. Der Mann ist ein Heuchler.«

Partridge sah, dass Wallace nicht einmal so tat, als wäre er von diesem Ausbruch überrascht, obwohl die Journalisten hektisch mitschrieben und das Gesicht des Detective Inspector zornesrot war. »Würden Sie uns bitte erläutern, inwiefern Superintendent Swann ein Heuchler ist?«

Der Detective Inspector beugte sich vor und sprach noch lauter. »Weil dieser Mann, obwohl er nie die Eier hatte, es offiziell zu machen, Lügen über mich verbreitet hat. Ganz offiziell ist aber sein Verhältnis mit einer ihm unterstellten Kollegin. Mit einer erst Vierundzwanzigjährigen von den uniformierten Kollegen, für die er eigentlich Vorbild sein sollte, statt seine Position auszunutzen.«

Wallace nickte mit neuerlicher Würde und sagte mit mild tadelnder Stimme: »Das mag sein, Detective Inspector, aber im Hinblick auf den zu verhandelnden Sachverhalt, meinen Sie, dass die Affäre von Superintendent Swann etwas mit seinen Anschuldigungen im Mordfall Ruby Devine zu tun hat? Und wenn ja, auf welches Beweismaterial stützt sich diese Behauptung?«

Caseys Zorn verschwand so schnell, wie er gekommen war. An seine Stelle trat ein Ausdruck von Verschlagenheit. Er senkte die Stimme, anscheinend aus Unwillen, was aber offenkundig gespielt war. »Für Verhältnisse dieser Art gibt es glasklare Regeln, und das mit gutem Grund. Sie sind schlecht für die Moral der Truppe. Schlecht für das Ansehen der Polizei. Und schlecht für den Ruf.«

Darum also geht es, dachte Partridge. Dass es Vorbehalte gegen einen Auswärtigen als Kommissionsvorsitzenden gab, hatte er erwartet, auch dass seine Autorität unterschwellig in Frage gestellt würde, und sogar dass man Swanns Ruf systematisch untergraben wollte – aber diese Posse, nein, Schmierenstück, übertraf alles, was er erlebt hatte.

»Aber inwiefern hat das mit der Angelegenheit zu tun, derentwegen wir hier versammelt sind, Detective Inspector?«

»Ich denke, Superintendent Swann empfindet Scham. Ich denke, es ist kein Zufall, dass er nicht in den aktiven Dienst zurückgekehrt ist, seit die Wahrheit über sein Verhältnis mit einer ihm untergeordneten jüngeren Polizistin bekannt wurde. Und ich denke, das Ganze« – er hob beide Hände – »ist nichts als ein Ablenkungsmanöver.«

Wallace runzelte die Stirn und wartete kurz, ehe er die Befragung fortsetzte. Reichlich Zeit, dachte Partridge, damit Caseys Worte wirken können.

»Sind Sie ernsthaft der Ansicht, Detective Inspector Casey, dass Superintendent Swann ›das Ganze‹, wie Sie es nannten, nur deshalb aufgebracht hat, weil er sich schämt, mit einer jüngeren Kollegin eine sexuelle Beziehung zu haben? Verzeihen Sie, aber Ihre Wortwahl ...«

Casey nickte, hielt einen Augenblick inne, sah auf seine großen Hände. »Ich will sagen, dass Superintendent Swann nicht ganz zurechnungsfähig ist. Er scheint an einer psychischen Instabilität zu leiden, die sein klares Denken behindert – ich glaube, etwas in der Art findet sich auch in seiner Akte.«

Partridge war nur deswegen aus dem Ruhestand in den Dienst zurückgekehrt und hatte den Kommissionsvorsitz übernommen, weil das die größte Auszeichnung seiner langen erfolgreichen Laufbahn war – und der einzige Lorbeer, den sein Vater nie erlangt hatte. Indem sie Swann hier vorführten, führten sie auch ihn vor, und das würde er sich nicht bieten lassen.

Wallace machte keinerlei Anstalten einzuschreiten, sondern ließ die Stille weiter wirken. Als Partridge vor ihm das Wort ergriff, schien der QC verblüfft.

»Detective Inspector Casey«, sagte er streng. »In diesem Saal werde ich weder persönliche Verleumdungen noch Rufmord dulden. Und es gefällt mir ganz und gar nicht, dass dies anscheinend von Seiten der Anwaltschaft gestattet wird.«

Wallace errötete beschämt, doch der DI schien sich nicht aus der Ruhe bringen zu lassen. Er spannte zwar den Kiefer an, aber aus seinem Blick sprach kaum verhohlene Belustigung. In seiner Richterlaufbahn hatte Partridge diesen Ausdruck oft genug gesehen, diese seltsame Mischung aus Drohung und Selbstzufriedenheit, allerdings noch nie auf dem Gesicht eines Polizisten.

»Euer Ehren«, sagte Casey, »ich entschuldige mich für meinen Ton. Sehen Sie, obwohl ich nun schon seit zwanzig Jahren unserem Staat diene, spreche ich immer noch lieber durch Taten als mit Worten, wenn ich so sagen darf, und habe nicht sehr viel Erfahrung mit einem solchen Verfahren.«

Auf die Ellbogen gestützt, beugte sich Partridge vor. »Detective Inspector, es gibt für Sie keinerlei Anlass, sich direkt an mich zu wenden. Allerdings sollten Sie endlich die Frage beantworten, die Ihnen gestellt wurde. Zur Erinnerung: Der Queen's Counsel hat Sie nach Belegen für Ihre Behauptung gefragt, das von Ihnen erwähnte Verhältnis von Superintendent Swann mit einer jüngeren Frau sei in irgendeiner Weise für das Anliegen dieser Untersuchungskommission von Bedeutung.«

Wallace blickte wie ein beim Spicken erwischter Schüler auf seine Notizen, aber Casey hatte den Hammer in Partridges Hand bemerkt. Seine Augen verengten sich zu Schlitzen, und er wandte sich stattdessen an das Publikum.

»Die junge Frau, von der ich spreche, hat sich in meine Obhut begeben, weil sie Bedenken hatte, die direkt mit ihrem Verhältnis mit –«

Partridge unterbrach ihn mit eisiger Stimme. »Es ist natürlich sehr löblich, dass Sie sich so um die Anleitung dieser Polizistin bemühen, Detective Inspector, aber das alles ist für unsere Untersuchung nicht von Relevanz.«

Ehe Casey antworten konnte, schlug er mit dem Hammer zu.

Sie war schon für die Arbeit zurechtgemacht. Mit Minirock und tief ausgeschnittener Bluse, die ihre vollen, straffen Brüste zur Geltung brachte. Um die Augen stark geschminkt mit blauem Lidschatten. Der Nasenrücken voller Sommersprossen – sie war offensichtlich gerade erst volljährig.

Sie nannte sich Michelle; Swann wollte gar nicht wissen, wie sie wirklich hieß oder woher sie kam. Aber es umgab sie eine Kälte, die ihm verriet, dass sie wahrscheinlich nicht erst als Jugendliche Sexualität erfahren hatte – dass sie bereits als Kind hatte erleben müssen, was es auf diesem Gebiet alles gab.

Während sie schweigend dasaßen und auf Jackys Rückkehr warteten, wich Michelle seinem Blick aus. Vom Tresen in ihrem Rücken drang der Geruch feuchter Bieruntersetzer und langsam unter Wärmelampen verschmorender Pasteten herüber. An einem Tisch in der Nähe bekritzelte eine Frau mittleren Alters – hochtoupiertes Haar, Cardinals-Trainingsanzug, bis zum Filter runtergerauchte Mentholzigaretten – die Wettquoten für die Pferderennen am heutigen Abend. Sie starrte Michelle mit unverhohlenem Hass an.

»So ist's brav, Shelly, immer schön die Klappe halten.« Jacky setzte sich neben sie und stellte drei Drinks auf den Tisch. »Was die andern nicht wissen, tut dir nicht weh.«

Swann nahm sein Bier und atmete den Schwefelgeruch nicht gereinigter Leitungen ein. »Danke fürs Vertrauen, Jacky.«

Sie lachte, doch trotz der heiser-verwaschenen Heroinstimme hörte Swann Nervosität heraus. Ihr Schmerz lag darauf wie ein schillernder Ölfilm auf Wasser. Das Gerücht, auch Jacky sei getötet worden, hatte Swann im His Maj, dem Paddington, dem Shaftsbury und anderen Schwulenclubs in der William Street mehr als einmal gehört – oder alternativ, dass sie zurück nach Melbourne gegangen oder nach Sydney gezogen oder ins Ausland geflohen sei.

Sobald er erfahren hatte, dass sie ihn treffen wollte, hatte Swann den Gerichtssaal verlassen. »Wo warst du denn, Jacky? Ich hab dich überall gesucht.«

»Kann ich mir vorstellen.«

Sie zündete sich eine Winfield Red an und hustete, bellte fast. Sie trug das Haar immer noch kurz, genau wie Ruby. Beide waren schon als Kinder anschaffen gegangen und hatten ein langes Vorstrafenregister wegen Prostitution und Kontaktanbahnung, Jacky auch wegen Diebstahl und Drogenbesitz. Mit einundzwanzig war sie zwölf Jahre jünger als Ruby, aber anders als bei Ruby, zu deren Freundeskreis Parlamentsabgeordnete und Prominente gehörten, schlug bei Jacky die Härte der Straße durch.

Und diese Härte zeigte sich jedes Mal, wenn sie den Mund öffnete. »Swann, wir sind hier, weil Reggie das eingefädelt hat. Ruby hat euch Bullen vertraut, aber man sieht ja, was ihr das gebracht hat.«

Die Anwesenheit des anderen Mädchens machte die Situation unangenehm. Auch wenn er Jacky nie zuvor getroffen hatte, wusste er, dass er ihr vertrauen konnte. Ruby hatte ein gutes Gespür für Menschen gehabt. Meistens jedenfalls.

Aber über Michelle wusste er nichts. Und Jacky schien eine kleine Vorstellung zu geben, wollte ihr vorführen, wie man mit Bullen umging. Weil dies von Anfang an Grundwissen war. Der erste Bau in der Swan-River-Kolonie war ein Zuchthaus gewesen, und als die freien Siedler es nicht schafften, wurde die ganze Kolonie in ein Freiluftgefängnis verwandelt, bevölkert mit nichts als Verbrechern, Gaunern und Gesindel.

Samstagabends in Northbridge und Fremantle bekam man es als Polizist auf Streife noch immer zu spüren, im Biergrinsen und den Hassblicken. Und das waren nur die Weißen.

»Also, was hast du für mich?«, fragte er.

»Sag's ihm, Shelly. Sonst zerreißt's ihn noch.«

Zum ersten Mal sah ihm das Mädchen ins Gesicht. Was sie da sah, schien ihr nicht besonders zu gefallen. »Ich hab für Ruby in Kalgoorlie gearbeitet. Nachdem sie ermordet wurde, hat mich Annie DuBois übernommen. Jetzt bin ich bei Pat Chesson in der William Street.«

Ein Mädchen vom Land, vielleicht aus der Region Gascoyne. Sie sprach nasal, klang gehässig. Aber er gewann einfach keinen Eindruck von ihrem bisherigen Leben, und es sah nicht so aus, als ob sie ihm mehr von sich erzählen würde. Es kam nicht oft vor, dass ein Mädchen von einer Mutter zur anderen wechselte, schon gar nicht von Anne DuBois zu Pat Chesson. Ruby und Annie hatten sich gegen Pat verbündet, die aus dem Osten gekommen war, nun aber auch Bordelle in Perth und im Goldgebiet hatte. Nach Rubys Tod waren Annie und Pat die letzten Mütter, die Protektion genossen, und beide verlangten Loyalität von ihren Mädchen, verlangten sie nachdrücklich.

»Und weiter?«, sagte er. Michelle sah Jacky an.

»Erzähl ihm, was du gehört hast, Shell. Und wann. Er ist okay.«

Michelles Blick huschte unruhig hin und her, während sie in ihrer Erinnerung kramte. »Es war am sechzehnten August – ungefähr ne Woche nachdem ich bei Pat angefangen hab. Ich weiß das noch, weil's meine erste Geburtstagsparty war.«

Und du warst die Geburtstagstorte, dachte Swann. Noch ohne Vorstellung, wohin das alles führen würde.

»Paar Geschäftsleute waren da, von auswärts. Ein Chinese. Aber die meisten waren Bullen, soweit ich weiß.«

»Kennst du welche mit Namen?«

»Die waren nicht heimlich da, wenn Sie das meinen.«

»Casey, Webb und Hogan waren da, Swann. Deine Kumpel von früher.«

»Lass sie's selber sagen, Jacky, sonst –«

»Sie waren's. Wie gesagt, die waren nicht heimlich da.«

Jacky konnte sich nicht zurückhalten. »Die Schweine hatten ihre Finger im Spiel. Die und Pat Chesson, das ist doch klar.«

Swann sah das Mädchen an, aber sie wich seinem Blick aus. »Hast du bei der Party was gehört oder gesehen, Michelle?«

»Ja«, sagte sie. »Was über nen Typen namens Cooper. Ein Kerl sagte so nen komischen Namen. Ich glaub ...«

»Gin Blossom«, sagte Swann. Rubys Anwalt.

»Ja, genau. Gin Blossom. Sie sagten, er –«

»Wer hat das gesagt?«

»Den kannte ich nicht. Einer von denen von auswärts. Ein Itaker. Oder Malteser.«

»Was haben sie gesagt?«

»Dass Gin Blossom die Bücher frisiert und Ruby abkassiert hat, aber dass er mit der Kohle rausrücken müsste, wenn sie zur Polizei geht. Darüber haben dann beide gelacht.«

Das leuchtete Swann ein. Cooper war immer schon zweigleisig gefahren. Er zockte und hatte ständig Schulden. Und vor allem war er Rubys Vermögensverwalter und Testamentsvollstrecker.

»Was haben sie noch gesagt?«

»Das war alles. Obwohl, einer hat noch gesagt, und zwar ganz laut, als ob's alle hören sollen, wenn er das bei ihm machen würde, dann würd er ihn seinen Hunden als Chappi verfüttern. Dass er sein Geld dafür zu sauer verdienen muss und es immer rauskriegen würde.«

»Das war alles?«

Michelle atmete pustend aus, lehnte sich zurück und nickte.

Noch mehr Hörensagen. Zufällig Aufgeschnapptes. Nichts, was vor Gericht beweiskräftig wäre. Er gab sich keine Mühe, seine Enttäuschung zu verbergen. An Jacky gewandt fragte er: »Was willst du jetzt machen?«

Die Art, wie sie ihr Gesicht verzog, sagte alles – dass sie ihm nichts verraten würde. Sie steckte sich eine Zigarette in den Mund. »Hast du Feuer?«

Er schob ihr sein Feuerzeug über den Tisch. Michelle war in brütendes Schweigen verfallen.

»Du bist doch nicht gekommen, um mir das zu erzählen«, sagte er. »Worum geht's wirklich?«

Jacky konnte ihre Furcht nicht verbergen. Er warf ihr einen Blick zu, der deutlich machte, was er von ihr wollte.

»Shell, geh schon mal zum Auto«, sagte sie. »Ich komm gleich nach.«

Michelle erhob sich gehorsam und ging durch den dunklen Raum, bis zur Tür verfolgt von düsteren Blicken.

Swann starrte Jacky an, bis sie endlich das Schweigen brach.

»Hast du Rubys Kinder besucht?«, fragte sie schließlich.

Swann schüttelte den Kopf. »Die sind beim Vater.«

»Sind nette Kinder. Ich wollt mich um sie kümmern, aber ich bin nach Sydney. Um den Kopf klarzukriegen. In letzter Zeit –«

»Dein Kopf geht mich nichts an. Was weißt du von meiner Tochter? Was ist dran an der Geschichte, dass sie mit Ruby einkaufen war?«

Jacky drehte ihr leeres Glas auf dem Untersetzer, wischte das Kondenswasser mit dem Daumen weg. »Eine Woche bevor sie ermordet wurde, kam Ruby heim und sagte, dass sie deine Tochter getroffen hat. Und weil die ihr erzählt hat, dass sie von daheim weggelaufen ist, war Ruby mit ihr einkaufen und hat ihr was zu essen gegeben.«

»Und?«

»Ich hab ferngesehen, mir war das ziemlich egal. Ruby hat gesagt, sie hat Louise Geld für ein Hotel gegeben, das Park Land. Mehr nicht. Ich weiß das nur noch, weil Ruby offenbar erwartet hat, dass ich was sag, aber das hab ich nicht.«

»Was wollte sie denn, dass du sagst?«

»Keine Ahnung. Vermutlich, dass ich frage, warum sie nem Bullenkind hilft. Vor allem weil Ruby selbst ziemlich abgebrannt war.«

»Hat sie sonst noch was gesagt? Wohin Louise wollte? Was sie für das Geld tun sollte?«

»Nö. Hab auch nicht gefragt. Aber Ruby wollte sie nicht zu uns ins Geschäft holen, wenn du das meinst. Sie hatte mir ja schon erzählt, dass ihr euch aus der Zeit in Kal kennt.«

»Und warum hat sie mich nicht angerufen, wenn sie Louise gesehen hatte?«

Jacky sah Swann kalt an. »Kannst du dir doch denken.«

Das konnte er. Louise hatte Ruby gebeten, ihm nichts zu verraten, hatte sie's versprechen lassen. Das war der einzige Grund, warum Ruby ihm nicht Bescheid gesagt hatte. Aber sie hatte Louise geholfen, ihr unter die Arme gegriffen in der Hoffnung, dass sie von selbst wieder in die Spur kam.

»Ich hab mich in Sydney ein bisschen nach Louise umgesehen. Hab einen deiner Anschläge an der Wall gesehen, da wo viele Rumtreiber landen, und einen an der Wache in Darlinghurst. Es kommen ja jeden Tag neue Mädchen an. Hab bei den Schleppern gefragt, die ich da kenn. Fehlanzeige.«

Swann dankte ihr mit einem Nicken. Schob sein leeres Glas von sich.

»Eins hab ich im Osten drüben aber erfahren«, sagte Jacky. »Im Nachtleben von Kings Cross heißt es, das meiste H kommt heute über Perth rein. Angeblich drücken ein paar Offizielle auch das eine oder andere Auge zu.«

Das war Swann neu. Als er frisch bei der Truppe war, hatte es Gerüchte gegeben, dass ein paar Bullen mit Stoff aus der Asservatenkammer dealten, und vor nicht allzu langer Zeit hatte er von protegiertem Marihuana-Anbau gehört – Pflanzungen in Gemüse- und Obstgärten um Perth, betrieben von Sizilianern und Kalabresen. Aber Heroin war die neue Droge in der Stadt. Laut Donovan Andrews bekam man in Malaysia ein Kilo für 10 000 Dollar, woraus hier über Nacht 100 000 wurden.

»Wenn stimmt, was du gehört hast«, sagte er, »dann hat sich das nicht erst im letzten halben Jahr entwickelt. Hattest du je mit der Drogenfahndung zu tun?«

»Ne, nur mit Casey, manchmal auch mit Webb oder Sherving. Für die anderen Detectives gab's keinen Grund, uns zu nerven.«

»Warum hast du dich dünngemacht?«, fragte Swann. »Ich hätte deine Hilfe brauchen können.«

Jacky lachte bitter. »Die haben mich schlicht und einfach in der Hand. Sogar schwarz auf weiß. Zwei Aussagen mit meiner Unterschrift drauf. Eine für wenn ich brav bin. Die andere, wenn ich's nicht bin. Casey hat sie vor meinen Augen getippt und mich unterschreiben lassen. Ich konnte nichts riskieren.«

»Hast du je erlebt, dass Ruby Casey oder einem anderen Detective gedroht hat? Hat sie mal erwähnt, dass sie auspacken würde?«

Jacky blickte auf ihre Zigarette, die bis zum Filter runtergebrannt war. »Darüber hat mir Ruby nie viel erzählt. Zuletzt hatte sie Geldsorgen, aber sie hat immer geglaubt, dass man sie nicht fallenlassen würde.«

»Hat sie gesagt, wer was für sie tun sollte?«

»Vermutlich die Detectives – Casey und die anderen, denen sie Geld rüberschob. Sie hat mir erzählt, dass sie sich jede einzelne Zahlung notiert hat.«

»Wo sind diese Notizen?«

»Im Haus.«

»Hast du die mal gesehen?«

»Klar, war ja eine Zeitlang meine Aufgabe. Jede Woche hab ich fünfhundert Mäuse in einen Umschlag gesteckt, ›DC‹ draufgeschrieben und ihn am Empfang für Don Casey oder Webb oder manchmal auch für Sherving hinterlegt. Das hab ich dann eingetragen und das Notizbuch Ruby zurückgegeben, und die hat es daheim versteckt.«

»Lass mich raten – Casey und Cooper waren am Tag nach dem Mord bei ihr im Haus und haben alles abgeholt?«

»Alles. Ich war dabei.«

»Was ist mit Leuten von ganz oben? Sie hat ja auch Mädchen für Politiker- und Anwaltspartys besorgt – hatte sie was in der Hand gegen die? Oder versucht, wen zu erpressen? Hilf mir mit meinen Schulden, oder ich steck deiner Ehefrau was? Hat sie mal den Hut rumgehen lassen?«

»Kann sein. Aber das hätte sie mir nicht gesagt, vor allem nicht, wenn's was Handfestes gewesen wäre. Männer und ihre bekackten Bedürfnisse waren das Letzte, worüber wir gesprochen haben.«

»Was ist mit Sullivan? Hast du Ruby irgendwann mit unserem Polizeiminister gesehen? Hat sie seinen Namen erwähnt, gesagt, dass sie was mit ihm zu tun hat? Hat er versucht, ihr mit den Schulden zu helfen?«

»Nicht dass ich wüsste. Ich wusste zwar, dass sie sich von früher kennen, aber von was Geschäftlichem war nie die Rede.«

Swann lehnte sich zurück, nahm seine Zigarettenschachtel und das Feuerzeug und steckte beides ein.

»Ich bin nach meiner Abreise übrigens mit Annie DuBois in Kontakt geblieben«, sagte Jacky unvermittelt. »Hab ab und zu angerufen. Nach dem das mit Ruby passiert ist, beschränkt sie sich auf ein paar Läden draußen in den Vororten und schmeißt zwei, drei Striplokale für die Motorradgangs. Sie hat immer noch das Okay und liefert regelmäßig bei Casey ab, aber sie glaubt, dass Pat Chesson die neue Nummer eins ist, richtig dick im Geschäft. Annie konnte Pat noch nie ausstehen, aber inzwischen hassen sich die beiden regelrecht. Anscheinend hat Annie einen ihrer kleinen Lieblinge in einem Laden von Pat gefunden, als die Süße irgendwann nicht mehr zu ihr zurückkam – Annie ist selbst dorthin. Da war dann richtig dicke Luft.«

»Doch nicht die Kleine draußen aufm Parkplatz?«

»Ja, genau die. Was ist mit der?«

»Traust du ihr?«

»Nein, trauen tu ich ihr nicht, aber Annie meint, sie ist okay. Michelle mochte Ruby, und sie würd gern ihr gutes Verhältnis zu Annie behalten. Die Kleine ist noch jung. Sowie sie das von Cooper gehört hat, ist sie damit zu Annie.«

»Das ist nicht viel. Das bringt nichts.«

»Darauf wollt ich grad hinaus. Als Michelle zu Pat gegangen ist und Annie nach ihr gesucht hat, hat Pat zu Annie gesagt, sie soll abzischen, sonst passiert ihr genau dasselbe wie Ruby – wortwörtlich.

»Das hat sie gesagt?«

Jacky nickte. »Du kennst Annie. Sie ist kein Feigling. Aber selbst sie hat Schiss. Ein paar Tage nachdem sie mir das erzählt hat – da war ich schon in Kings Cross –, hab ich dort zufällig ein Mädchen von hier getroffen, obwohl ich sie kaum erkannt hab, so übel war ihre Verkaufsfläche zugerichtet. Und sie hatte richtig Muffe vor mir und allem, was sie an Perth erinnerte, seit sie von dort weg ist. Aber nach ein, zwei Sportzigaretten wurde sie lockerer und hat mir erzählt, dass sie zwei Mal die große Nummer durchgezogen hatte.«

»Welche große Nummer?«

»Kurier. Den Muli gemacht. Von Asien rüber. Zwei Mal.«

Swann holte noch eine Zigarette aus der Schachtel. Endlich Neuigkeiten. »Für wen?«

»Na ja, sie hat für Pat Chesson gearbeitet. Obwohl's ein Schlipsträger war, der ihr die Sache erklärt hat. Der kam in Pats Hühnerstall und hat sie hübsch angezogen. Ihr den Koffer gepackt. Die Scheine überreicht und Tickets gegeben. Gesagt, wo sie übernachten soll und wen treffen. Wie sie durch den Zoll kommt, alles.«

»Kannte sie ihn?«

»Sie hatte ihn schon mal gesehen – einer der Detectives, der gern mal auf einen Freistoß vorbeikam. Ein Undercover-Typ. Groß, mit langen blonden Haaren. Kennst du den?«

»Wusste Pat davon?«

»Keine Ahnung. Sollte man aber meinen.«

Swann schüttelte den Kopf. Er glaubte ihr nicht. Lehnte sich zurück und verschränkte die Arme. »Du willst mir also weismachen, dass sie Mädchen, die für sie arbeiten, auch als Kuriere benutzen? Klingt ziemlich unwahrscheinlich.«

»Die sind auch nicht ganz blöd. Jedenfalls hat das Mädchen gesagt, sie hätten ihr ein Foto gezeigt von dem, was mit ihr passieren würde, wenn sie den Koffer verliert oder sich verdrückt. Da war nichts Schönes drauf. Ein Mädchen auf ner Kloschüssel, mit völlig zerstückeltem Gesicht. Alles voll Blut.«

»Aber du nimmst doch selber was. Warum hast du das nicht gewusst? Und was hat das mit Ruby zu tun? Wusste sie, dass die Mädchen dazu gezwungen werden?«

»Ruby hat mich von der Nadel weggebracht – solang ich mit ihr zusammen war. Vielleicht hat sie was vom Heroinschmuggel gewusst, aber nicht, dass da auch Detectives drinsteckten. Ich meine, Bullen, die tatsächlich die Ärmel hochkrempeln und ins Geschäft einsteigen?« Jetzt schüttelte Jacky ihrerseits den Kopf. »Das hätte Ruby mir erzählt. Aber das ist nicht alles. Das Mädchen in Kings Cross meinte, sie ist abgehauen, weil zwei ihrer Freundinnen deswegen umgebracht wurden. Mädchen, die als Kuriere unterwegs waren, aber nicht mehr zur Arbeit zurückkamen.«

Er runzelte die Stirn. »Ich hab von keinen verschwundenen Mädchen gehört, die als Leichen wieder aufgetaucht sind. Und genau nach denen hab ich gesucht, das kannst du mir glauben.«

»Sie kannte die beiden. Sie glaubt, dass sie vielleicht gequatscht haben oder was gesehen haben, das sie nicht sehen sollten.«

»Wann soll das passiert sein?«

»Ende letzten Jahres.«

»Waren's Mädchen von hier?«

»Waren beide aus Sydney, was ich gehört hab. Pat hat sie

haufenweise rübergeschafft. Sie hat noch direkten Kontakt zu Abe Saffron drüben. Angeblich vertreibt der jetzt auch H im großen Stil.«

Swann dachte nach. »Soll diese Michelle auch als Kurier laufen?«

»Nein, aber jetzt denken wir in dieselbe Richtung.«

»Würde das Mädchen in Sydney, die, die abgehauen ist, mit mir reden?«

»Keine Chance. Und was Michelle angeht, ich mag die Kleine nicht, aber ich werd sie mir warmhalten. Mal sehen, was sie noch hört.«

Der Feierabend rückte näher, bald würde der Pub voll sein. Jacky stand gleichzeitig mit Swann auf. Sie zog sich die Baseballkappe tief über die Augen, schlug den Kragen hoch und schob die Schultern nach oben. Eine armselige Verkleidung.

»Halt bloß die Schnauze«, sagte sie, zwang sich aber zu lächeln.

Bei der Fahrt durch die lärmende Betriebsamkeit des Hafens fiel gleißendes, noch immer heißes Nachmittagslicht durch die Windschutzscheibe des Valiant. Als er in der High Street im Zentrum von Fremantle hinter einem kleinen Lieferwagen halten wollte, musste er beim Bremsen mehrmals pumpen – zu wenig Bremsflüssigkeit. Der Wagen war alt, aber zuverlässig und schnell. Er kannte sich aus mit dem Typ und wusste, worauf er achten musste, um ein gut erhaltenes Exemplar zu erwischen.

Dieser hier war Baujahr 1962, die S-Serie, der blaue Lack schon etwas stumpf. Valiants hatte er immer gemocht und seit der S-Serie jedes Modell gehabt. Sein eigener war ein 1972er E49 Charger. Schon beim Kauf hatte er gewusst, dass er den Wagen so lang wie möglich behalten würde. Hierzulande gab es kein robusteres Auto. Der Charger war das letzte echte Supercar und seiner Meinung nach das beste Auto, das je in Australien gebaut worden war.

Draußen auf dem Bürgersteig blies der Fremantle Doctor kräftig von Süden und trieb den Müll den Rinnstein entlang. Hier gab es an jeder Ecke ein Pub, doch er wollte weiter weg von der Hauptstraße. Er bog in eine Gasse und ging um einen barfüßigen Penner herum, der auf dem Boden saß und sich eine Zigarette drehte. Er trat durch eine Doppeltür und stieg die Treppe zu einem Arbeiterklub im ersten Stock hinauf. Dartscheiben, Billardtische, im Radio kam die Übertragung eines Pferderennens. Es war die Art Lokal, in dem illegale Buchmacher in Ruhe ihren Geschäften nachgehen konnten und die Polizei alles andere als gern gesehen war. Ein Lokal, in dem man den Leuten trauen konnte. Ein paar Hafenarbeiter lehnten an der hufeisenförmigen Bar, und zwei alte

Herren, die Fedoras in den Nacken geschoben, saßen unter einer Dartscheibe. Anders als die Pubs direkt an der Straße, die nach Bier und Wandschimmel stanken, war dieses Lokal gepflegt, und der Doctor blies durch die offenen Fenster frische Luft herein. Die Barfrau sah von einem Schneidebrett auf, auf dem sie mit einem Messer die Kerne aus einer Zitrone gepult hatte. Sie blickte ihm nicht ins Gesicht, als er Orangenlimonade und eine Tüte Erdnüsse bestellte.

Die beiden alten Männer begannen, sich auf Portugiesisch zu streiten, nur um kurz darauf zu lachen. Er spürte, dass jemand hinter ihm stand, und als er sich umdrehte, sah er Marko Babich, beide Hände vor sich in die Höhe haltend.

»Werd mich hüten, dir auf die Schulter zu tippen, Mann«, sagte Marko.

Er gab Marko die Hand und klopfte ihm auf den Rücken. Seit ihrer letzten Begegnung hatte Marko deutlich zugelegt und sich ein Ziegenbärtchen stehen lassen, aber das stand ihm.

»Bei unserm letzten Treffen«, sagte Marko, »hattest du'n Messer in der Hand.«

»Aber – davon hast du den Bullen ja gar nichts erzählt! Alles klar?«

»Dafür hat man Freunde, oder? Aber ja, alles klar so weit. Ich verpass dem Innenborder noch etwas mehr Dampf und tank noch zusätzlichen Diesel, falls wir aufs Kontinentalschelf rauswollen. Und ich besorg Taucherflaschen, falls wir zu den alten Wracks runter wollen. Muss nur noch gute Tauchkarten finden. Je nach Strömung sind die Riffe bei den Abrolhos echt teuflisch.«

In den fünfziger Jahren war Marko Schlagzeuger gewesen und hatte eine Zeitlang mit Johnny Devlin, dem neuseeländischen Elvis, gespielt, ehe er durch seine Amphetaminsucht den Job verlor und seine Gesundheit ruinierte. Danach kehrte er nach Perth zurück, und als der Killer ihn kennen lernte, arbeitete er tagsüber im Schlachthof und nachts als Sessionmusiker. Nun war er bei einem Rockerclub, Gangname Kickstarter, und wohnte im Clubhaus der Coffin Cheater in Beaconsfield. Offiziell war er bei der Gewerkschaft, mit einer Karte der Maritime Union.

Marko grinste, und der Killer sah, dass ihm die Vorderzähne fehlten. »Gibst du einen aus?«

Die Barfrau hatte Markos erstes Pony hingestellt. Sowie er das kleine Bierglas ergriff, begann sie mit seinem nächsten Viertelpint.

»Auf Ringo, oder?«

Er hob sein Glas und stieß mit Marko an. Das letzte Mal, als sie zusammen fischen gewesen waren, damals an den Klippen vor Quobba nördlich von Carnarvon, hatte eine große Welle Markos Staffordshire-Terrier über Bord gerissen und in den weiten blauen Ozean gespült. Ringo hatte sich tapfer strampelnd über Wasser gehalten, als sie versucht hatten, ihn mit einem Bootshaken herauszuziehen, aber dann war ein Tigerhai aufgetaucht und hatte sich Ringo geschnappt.

»Wie ist die Arbeit im Hafen, Marko?«

»Na ja, Hafenarbeit halt. Heute musst ich echt drei Mal vom Stapler steigen und ne Scheißschranke hochheben. Aber bald komm ich aufn Hafenschlepper und krieg hoffentlich mein Patent. Du Mistkerl siehst ziemlich fit aus, kommt das vom Army-Fraß?«

Er winkte ab. Er hatte Marko schon erzählt, dass er den Dienst quittiert hatte. Später, auf dem Meer draußen, hatten sie genug Zeit zu reden. Marko holte ein Päckchen Winstons aus der Hemdtasche, klappte es auf und zündete sich eine an. Trank dann sein Bier aus und nahm das zweite Glas vom Abtropfgitter.

Draußen rüttelte der Doctor an den Blechschildern, die eine Etage tiefer an den Kolonnaden hingen.

Marko kratzte sich nachdenklich unter dem Saum seines blauen Unterhemds am Bauch.

»Was läuft hier denn so, Marko?«, sagte er.

Wieder das zahnlückige Grinsen, und beide blickten sich wissend an.

»Du meinst, wer hier der größte Hai im Becken ist? Kommt drauf an, Kumpel, kommt drauf an. Was genau willst du wissen?«

Reggie saß mit einem Zigarillo auf der Polyestercouch in Swanns Hotelzimmer und betrachtete den blauen Rauch, der sich um seine Hand ringelte. Er hatte den Tag in der staatlichen Land Corporation verbracht und die letzten Grundbuchauszüge abgeholt, die Swann als Beweismittel einreichen wollte. Er legte den Ordner auf den Couchtisch neben einen Stapel von Handzetteln. VERMISST stand in Großbuchstaben darauf, darunter war ein in diesem Jahr aufgenommenes Foto von Louise zu sehen, das sie an einem Strand zeigte, mit dunklen Augen, ihr Lächeln hinter einem Vorhang aus Haaren hervorstrahlend.

An der Gipskartonwand hinter der Couch hing eine mit Reißzwecken befestigte Australienkarte, auf der blaue Stecknadeln jene Städte und Dörfer markierten, in die Swann die Handzettel geschickt hatte – an Polizeidienststellen, Tankstellen, Pubs, Ämter –, und rote Stecknadeln diejenigen, an die er sich noch wenden wollte. Die blauen Stecknadelköpfe zeichneten den Küstenverlauf nach, hunderte von Orten, die alle mit Namen, Adressen und Telefonnummern in einem Schulheft verzeichnet waren. Die Mehrzahl der roten Stecknadeln fand sich im Landesinneren, in der Weite von Western Australia und des Northern Territory, und markierte vor allem kleine Orte, Bergbausiedlungen und Truck Stops, doch auch die würde Swann irgendwann abgegrast haben.

In den vergangenen Monaten hatte er aus ganz Westaustralien unzählige Briefe von Unterstützern erhalten, dazu Antworten von Menschen aus Orten, in die er seine Handzettel geschickt hatte – von Kneipenwirten und Motelbetreibern, Urlaubern, Rotariern, Vorsitzenden von Fußballclubs oder Landpolizisten, die alle ihr Mitgefühl ausdrückten. Und von Müttern, sehr vielen Müttern, die sich wie alle anderen von dem Foto angesprochen fühlten, Louises Selbstporträt vor der Weite des Ozeans. Sie sah darauf glücklich aus, sorglos, mit windzerzaustem Haar.

Aber niemand hatte sie gesehen, keiner konnte mehr tun als versprechen, die Augen offen zu halten, ihn aufmuntern und einen Platz zum Übernachten anbieten, falls er jemals in ihre Gegend käme.

Swann berichtete Reggie von seinem Treffen mit Jacky. Als er von dem Mädchen hörte, das von Pat weggelaufen und nach Sydney geflohen war, grunzte Reggie. »Schwer zu glauben, aber andererseits ...«

»Schwer zu glauben, aber wenn man's oft genug wiederholt, wird's doch überzeugend. Und zehn Riesen im Einkauf, hundert im Verkauf ist immer ein Argument.«

»Vor allem wenn einer glaubt, für ihn gelten keine Gesetze.«

»Diese Gelegenheit würde sich Casey nie durch die Lappen gehen lassen. Dafür hat man doch jahrelang geschuftet, dieses ganz große Ding. Und er kennt alle, die ihre Finger drin haben. Kennt jeden in der Stadt, der Dreck am Stecken hat, falls es ihm zu heiß wird und er um ein paar Gefälligkeiten bitten muss.«

Reggie erhob sich und begann, auf und ab zu gehen. »Die Mancusos wären sicher gern dabei. Dom Franchino wahrscheinlich auch. Leo Ajello ganz bestimmt. Und die haben alle Kontakte zum Mob im Osten.«

»Genau wie Casey. Angeblich holt er Abe Saffron persönlich vom Flughafen ab, wenn er zu Besuch kommt. Außerdem ist er ein guter Kumpel von ein paar Detectives in Sydney, die ebenfalls die Hand aufhalten. Er war immer wieder in Sydney auf Sauftour und teilweise sogar bei seiner Rückkehr noch blau.«

»Wenn wir Beweise hätten, könnten wir ja zur Bundespolizei –«

»Vergiss es. Alle, die ich kenne und die zur Commonwealth Police versetzt wurden, wollte man loswerden. Dahin wurden bloß Sesselfurzer abgeschoben, die von ihrem eigenen Geruch schon ohnmächtig waren. Die kommen nur in die Gänge, wenn man ihnen was auf dem Silbertablett serviert, und selbst dann schnuppern sie erst mal ausgiebig dran. Im besten Fall nehmen die den Hörer und telefonieren rum, und das ist das Allerletzte, was wir brauchen.«

Der Rauch von Reggies Zigarillo waberte im Raum. Swann stand auf und öffnete ein Fenster, damit frische Meeresluft reinkam. »Was hältst du davon, dass Cooper die Bücher frisiert hat?«, fragte er.

»Passt gut zu dem, was wir haben. Erklärt jedenfalls, warum er uns gegenüber so zurückhaltend ist.«

Swann legte seine Dienstwaffe auf den Couchtisch. Er zündete sich eine Zigarette an, ließ das Zippo zuschnappen und sog nachdenklich den Rauch ein. Er hatte nicht das Gefühl, schon jetzt mit Reggie über Cooper sprechen zu müssen. Reggie und Swann gingen immer so vor, umkreisten erst eine Idee im Stillen, ehe sie sich beide dazu äußerten und ihre Puzzleteile zusammenfügten.

Reggie brach schließlich das Schweigen. »Aber würde Gin Blossom irgendwo Geld abzweigen, um es in einen Fonds von Ruby zu stecken? Dafür gibt's doch Steueroasen, Schweizer Konten, was weiß ich alles. Und warum sollte er überhaupt Geld von Northbridge-Gangstern verwalten? An ihren Spieltischen können die schmutziges Geld doch selber waschen.«

»Und jeder weiß, dass Cooper seine Spielerei nicht mehr

im Griff hat. Da kann man davon ausgehen, dass er seine Hand in jede Kasse steckt, die sich für ihn öffnet.«

Reggie saugte an seinen Zähnen und rieb sich die gichtigen Handgelenke. Sein Blick lag auf der Flasche Jameson in der Kochnische. Seine Medizin, aber sicher kein Heilmittel.

»Nehmen wir mal an, es ist was dran an dem Gerücht, dass Cooper Ruby abzieht«, sagte Swann. »Weil er ein Loch mit dem andern stopft.«

»Gäb's da keine Belege, irgendwas, dem die Steuerbehörden nachgehen könnten?«, fragte Reggie. »Und wenn er's bei Ruby gemacht hat, könnte er's doch auch bei einem der schwereren Jungs versucht haben, für die er die Bücher führt?«

Swann grinste breit. Das war der Knackpunkt, genau danach hatte er gesucht. Möglicherweise brachte sie das ebenso wenig weiter wie viele andere Spuren, die sie verfolgt hatten. Aber Leute wie Cooper hatten nur vor einer Sache mehr Angst als vor dem Kittchen, und das war eine lange, lange Autofahrt ins Ungewisse. Und wenn er wirklich bei einem richtigen Gangster die Finger in die Kasse gesteckt hatte ...

Swann schlug die Tür zu und verriegelte sie mit einer Drehung des Türknaufs. Dann führte er Reggie nach unten, hinaus in das grelle Licht und den Staub. Auf den Straßen toste der Verkehr, und ein beißender Geruch von Abgasen wehte über die Bäume des menschenleeren Parks zu ihnen.

Reggie humpelte mit geschwollenen Knöcheln los, sorgsam bedacht, den Schmerz gleichmäßig auf beide Beine zu verteilen. Swann wusste, dass sich Reggie vor dem Weg zu den Neonschildern der Pubs, Clubs und Restaurants von Northbridge fürchtete, aber zu Fuß durch den Park waren sie schneller dort als mit dem Auto.

»Heute Vormittag hat mich ein Bekannter angerufen«, sagte Reggie. »Verdammte Scheiße, das fühlt sich an, als ob lauter Scherben in meinen Füßen stecken.« Aber auch wenn er mit schmerzverzerrter Miene dahinstakste, behielt er das Tempo bei. »Jemand in Melville. Sein Büro untersteht dem Ministerium für Wohnen und Öffentliche Arbeiten. Er lässt gern mal Dampf ab, wenn's ihm zu viel wird. Seiner Meinung nach gibt's wieder Zoff zwischen Sullivan und dem Premier. Anscheinend ist Premier Barth auf einmal gegen irgendeine Absprache von vor der letzten Wahl.«

Reggie hatte von einem Informanten aus den Reihen der Liberal Party erfahren, dass Barth Sullivan zum Verzicht gedrängt hatte, als dieser vor der Wahl offenbar die nötigen Stimmen für eine Kampfkandidatur um den Parteivorsitz beisammen hatte. Das Druckmittel war angeblich Sullivans freundschaftliche und geschäftliche Beziehung zu Ruby Devine gewesen. Allerdings hatte Sullivan seinerseits etwas gegen Barth in der Hand und hatte ihn zu dem Versprechen gezwungen, nur eine Amtszeit Premier zu bleiben und dann zurückzutreten. Reggie hatte noch nicht herausgefunden, was genau Sullivan über Barth wusste, aber als oberster Geldeintreiber seiner Partei durfte Sullivan auch über die Finanzen seiner Parteikameraden im Bilde sein.

»Könnte gerade ein Putsch anrollen, meint mein Informant«, fügte Reggie hinzu. »Obwohl die nächsten Wahlen erst in ein paar Jahren anstehen.«

»Sullivan fehlt dafür der Rückhalt. In den Umfragen liegt Barth immer noch weit vorn. Was will Sullivan wirklich?«

»Offenbar will er das Ressort für Bergbau.«

»Das ergäbe Sinn, jedenfalls kurzfristig. Eine sprudelnde Einkommensquelle für sich und die Partei, bis er selbst im Sattel sitzt.«

»Sullivan, der Absahner, an den Schaufelbaggern, was? Da tun mir die Kumpel jetzt schon leid, sollte er den Posten kriegen.«

»Den kriegt er garantiert nicht. Was immer er über den Premier weiß, Barth wird nicht zulassen, dass es an die Öffentlichkeit dringt.«

»Überleg doch mal, für uns wär's gut, wenn er dem Premier an den Karren fährt.«

»Stimmt, das ist die einzige Möglichkeit, dass durchsickert, was Barth über Sullivan und Ruby weiß.«

Sie hatten den Rasen hinter sich gelassen und stiegen den kopfsteingepflasterten Aufgang zum London Court hinauf. An der St Georges Terrace machten sie Pause, und das Echo ihrer Schritte aus der schmalen Einkaufspassage schloss wieder zu ihnen auf.

»Ist das nicht Coopers Protzkarre?«, fragte Swann.

»Ein dunkelgrüner De Ville. Genau wo du ihn vermutet hast, in der Nähe des Grosvenor. Gute Nase, Detective.«

Die Männer verabschiedeten sich. Reggie wollte ein paar der besseren Clubs besuchen und alte Anwaltsfreunde treffen, die noch gut vernetzt waren.

»Und? Wie schau ich aus? Halbwegs respektabel? Oder schon auf den Hund gekommen?« In einer fließenden Bewegung fuhr er mit den Fingern durch seine unbezähmbare rote Mähne, wischte sich den Speichel aus den Mundwinkeln, rückte die Fliege zurecht und klopfte sein gestärktes Hemd ab.

Swann nickte. Er brachte es nicht übers Herz. Er sah Reggie nach, der eine Lücke im Verkehr nutzte, in Richtung des Gerichtsgebäudes weiterhumpelte und dann ein Lokal betrat, in dem sich die Justiz einen hinter die Robe kippte.

Coopers De Ville parkte zwischen einem Nissan Cedric

und einem Morris. Der Wagen war ein Jahr alt und penibel gepflegt, Wurzelholz und braunes Leder glänzten vor Wachs, die Chromleisten blitzten. Cooper hatte den Wagen noch zusätzlich dekoriert – auf dem Armaturenbrett stand eine kleine schwarze Frauenstatue mit goldener Krone. Our Lady of Loreto, die Schutzheilige der Flieger: Coopers Vater war als Bomberpilot über Deutschland geflogen.

Auf den Sitzen waren keine Papiere und Akten zu sehen. Swann wusste, dass Cooper viel Zeit außerhalb seines Büros verbrachte und viele Mandanten vertrat, die keinen Wert auf feste Termine und schriftliche Vereinbarungen legten, deswegen hatte es keinen Sinn, über im Kofferraum oder unter den Sitzen versteckte Unterlagen zu spekulieren.

Das Grosvenor an der St Georges Terrace war eines der letzten Kolonialhotels im alten Stil; noch immer gab es dort die Laufroste aus Jarrah-Holz aus der Zeit, als die Straße aus gestampftem Lehm bestanden hatte, noch immer die Schmuckdecke aus Pressblech im Laubengang und die Kuppel aus Schwarzstahl auf dem Dach, auf dem nun Unkraut wuchs. Eingekeilt zwischen dem Betonklotz der Friendly Building Society und dem fünfstöckigen Bridal House Salon, wirkte das Grosvenor wie ein untergehakter Betrunkener auf wackeligen Beinen.

Trotz des heruntergekommenen Äußeren hatte das Haus seine Grandezza und die illustre Gästeschar bewahrt. Swann hatte keinerlei Schwierigkeiten, den auffälligen Cooper in der Versammlung dunkler Anzüge und den Rauchwolken zu entdecken. Mit gerötetem Gesicht stand der Anwalt an der Bar, hielt sich mit einer Hand an der Theke fest und gestikulierte erregt mit der anderen, das Glas fest umklammert. Er trug eine cremeweiße Seidenkrawatte und braune Hosen, an seinen Fingern waren mehrere goldene Ringe, und in seinem rechten Ohrläppchen steckte ein goldener Ohrring. Mit viel Haarspray war sein schwindendes Haar über die kahlen Stellen drapiert und wie zu einem Verkehrshütchen aufgetürmt. Seine grünen Augen blitzten mit bösartigem Witz, der sich bei Swanns Anblick nochmals zu verschärfen schien.

Sein Gesprächspartner war ein junger Mann mit Koteletten in demselben Strohblond wie der kunstvoll getrimmte Schnauzbart. Er trug einen lila Zweireiher, ein zerknittertes weißes Hemd und Cowboystiefel, die unter einer engen Anzughose steckten und nur unten hervorspitzten. Er hatte denselben gebildeten Akzent wie Cooper; er sprach zwar Australisch, aber mit englischer Aussprache, weit geöffnetem Mund, sorgfältiger Artikulation und stark gerundeten Vokalen. Eindeutig dieselbe Herkunft wie Cooper, wahrscheinlich aus einem der westlichen Vororte. Allem Anschein nach sehr sprachbewusst und in die eigene Rede verliebt, in die Wirkung, die sie hervorrief. Er sah aus wie ein Börsenmakler oder wie man diese Spekulanten heute nannte.

Cooper entstammte einer alten Siedlerfamilie, die – trotz gelegentlicher Bankrotte, Fällen von Wahnsinn oder Haftstrafen wegen Betrugs – über Generationen ihren Reichtum und Einfluss hatte vermehren können. Er war der jüngste Abkömmling einer Abfolge von Söhnen, denen stets beigebracht wurde, wie viel man sich herausnehmen durfte, um dank des familiären Netzwerks an Beziehungen und Abhängigkeiten gerade noch ungeschoren davonzukommen.

»Superintendent Swann«, sagte er ohne Begeisterung, als Swann an die Bar trat. »Wir testen die Cocktails, ganz streng von A bis Z. Ich bin bei Brandy Alexander. Was möchten Sie?«

Swann schüttelte den Kopf, ergriff aber die kleine feuchte Hand, die ihm Cooper hinhielt. »Gibt's was zu feiern?«

»Jeder Tag ist ein Grund zu feiern, Swann. Das ist Derek.«

Der junge Mann blinzelte Swann an und strich sich das Haar zurück. Er roch nach Sahne und Cognac, mit einer Kopfnote von zitronigem Parfüm. Er war mit Cooper vertraut genug, um ihm nach dessen Blick kurz über den Arm zu streichen, ehe er sie allein ließ.

Swann nahm Dereks Platz an der dichtbesetzten Theke ein, stützte einen Ellbogen auf die Theke und nickte dem Barkeeper zu. Cooper war mehr als einen Kopf kleiner als er, so dass Swann zu ihm hinunter blicken musste.

»Sie wollen nicht mit mir trinken?«, fragte Cooper. Die Verachtung in seiner Stimme war eine Replik auf Swanns unausgesprochene Beleidigung.

Eine Bewegung weiter hinten an der Bar ließ die Reihe der Trinker sich zusammenziehen und winden wie eine Schlange. Der Anzugträger hinter Cooper ging kurz in die Knie, dann zog er sich am Arm des Anwalts hoch. Überraschend flink wirbelte Cooper herum und trat dem anderen gegen das Schienbein.

Instinktiv wollte der Betrunkene sich wehren, sah aber im nächsten Augenblick davon ab. Es fiel kein Wort, die Entschuldigung war angenommen. Cooper schnippte sich Zigarettenasche vom Ärmel.

Auch Swann zündete sich eine an. »Hat schon Vorteile, wenn man Gangster kennt.«

Cooper lächelte dünn. Zeigte scharfe kleine Zähne. Eine weiße Zunge.

»Wenn Sie was gegen mich haben, machen Sie was draus. Ansonsten ...«

»Ich hab nichts gegen Sie, Cooper, sondern etwas *für* Sie.

Cooper blickte ihn scharf an. »Das ist oft ziemlich schwer zu unterscheiden, wenn Sie mich fragen.«

»Mit solchen Freunden wie Ihren ...«

»Beleidigungen sind doch bloß schlechter Stil. In dieser Sache stehen wir auf verschiedenen Seiten, aber wir waren beide mit Ruby befreundet. Wissen Sie, eigentlich wollte sie Sie sogar anrufen, kurz bevor es passiert ist. Sie hat gesagt, Sie sind der einzige, dem sie noch trauen kann.«

»Und warum hat sie's nicht getan?«

»Keine Ahnung. Kann sein, dass das besser gewesen wäre«, sagte er bedauernd. »Vielleicht wär dann alles anders gelaufen.«

»Ich weiß nicht genau, was ich ihr hätte sagen sollen. Es hat sich viel geändert, seit ich aus der Stadt weg bin. Aber was ist mit Ihnen? Welchen weisen Rat haben Sie ihr gegeben?«

»Ich hab ihr gesagt, dass ich das hinkriege, dass ich ihre Steuersache regle. Ich dachte wirklich, dass ich alles bedacht habe.« Er saugte geräuschvoll am Eis in seinem Glas, um die Aufmerksamkeit des Barkeepers zu erregen. »Ruby hat nie vom Aussteigen geredet, aber sie sagte, dass Sie und Marion es richtig gemacht haben, als Sie und Ihre Familie von dem ganzen Quatsch hier weggezogen sind.«

Es stimmte, dass Cooper immer mit Ruby befreundet gewesen war, allerdings nur so lange, wie dabei auch für ihn etwas heraussprang. Und obwohl er Ruby Devine und ihre Mädchen juristisch vertrat, kümmerte er sich auch um die italienischen Glücksspielbarone in Northbridge, Männer, bei denen er ständig in der Kreide stand, Männer, die korrupten Detectives dafür etwas schuldeten, dass sie zwei Augen zudrückten. Trotz des vielen Geldes war die eigentliche Währung des Schwarzmarkts aber Information, und niemand hatte Ruby näher gestanden als Cooper. Falls sie etwas gewusst hatte, was seinen Mandanten und Partnern gefährlich werden konnte, und falls sie gedroht hatte, diese Information zu verwenden, dann hätte er sie fallengelassen wie eine heiße Kartoffel.

»Was ist es denn«, sagte Cooper, »dieses Etwas für mich?«

»Eine Hand wäscht die andere, oder, Cooper? Wie weit sind Sie mit der Abwicklung von Rubys Nachlass? Mich würd interessieren, was aus ihren Geldanlagen wird.«

Schlaff hob der Anwalt die Hand. »Das wird noch ein Weilchen dauern, fürchte ich. Das Testament ist nicht mal eröffnet, Rubys Unterlagen waren nicht gerade gut geordnet, wie Sie sich vorstellen können.«

»Ich bin ein ungeduldiger Mensch, Cooper.«

»Auf alle Fälle haben nur Angehörige Einsicht in die Regelung der Eigentumsübertragung, das hab ich Ihnen schon mal erklärt. Rubys Kinder sind noch nicht volljährig, und Sie sind kein Angehöriger.«

Die zusammengepressten Lippen, der wütende Blick aus den grünen Augen, die Schärfe des Tons – Cooper hatte begonnen, sich aufzuregen, und das verriet Swann, dass er einen wunden Punkt getroffen hatte.

»Sie sind ein Arschloch, Swann, dass Sie mir hier damit kommen.«

Swann nickte zufrieden. »Nur die Ruhe«, sagte er, »es ist doch viel zu laut hier, als dass jemand mithören könnte. Ich weiß, dass irgendwer aus Perth Ruby beim Finanzamt hingehängt hat – ich kenne jemand drüben in Canberra. Ich möchte nur wissen, wer das Ihrer Meinung nach sein könnte.«

Cooper zuckte mit den Schultern, sichtlich erfreut darüber, dass er so leicht davonkommen sollte. »Sie wissen doch selbst, dass es jeder x-Beliebige sein könnte. Ein stinkiges Mädchen. Irgendein Idiot. Moralapostel. Die haben sogar Al Capone das Genick gebrochen, oder?«

»Was ist Ihre Meinung?«

Coopers Blick wich nach links aus, huschte dann zu Swanns Hemdkragen und kam schließlich auf seinem Hals zur Ruhe. »Und was hab ich davon? Insbesondere da Sie in dem Verfahren meinen Namen nennen müssten.«

Darüber musste Swann lachen. »Diese Angelegenheit würde ich nicht unbedingt gerichtlich klären wollen. Meine Aussage ist da doch keinen Cent wert.«

Coopers Blick wurde etwas weniger misstrauisch. »Das haben Sie sich selbst zuzuschreiben. Hätten Sie mal auf Ihre Leute gehört und die Finger von der Sache gelassen. Ich selbst hab zwar keine Kinder, aber ich kann's mir schon vorstellen. Ich meine, Sie haben sich eine Menge Hilfe verbaut.«

Swann ging nicht darauf ein. »Was Sie davon haben, ist, dass mein Bekannter in Canberra ein guter Bekannter ist. Also beantworten Sie meine Frage.«

Cooper dachte nach, dann beugte er sich vertraulich zu ihm vor. »Also gut, ich würd mir mal die anderen Damen ansehen. Die Konkurrenz.«

»Was haben Sie gehört? Ich will's genauer wissen?«

»Nur so im Allgemeinen. Nichts Spezielles.«

»Nichts Spezielles wird das Finanzamt nicht davon abhalten, sich Ihre Buchführung genauer anzusehen.«

»Okay, okay«, sagte Cooper schnell. »Ich hab nur gehört, dass Pat oder Annie oder beide, keine Ahnung, sich mit Mick Isaacs zusammengetan haben und er irgendwie stiller Teilhaber wurde.«

Mick Isaacs war Trainer und Händler von Rennpferden. In der Stadt wusste jeder, dass er und Cooper sich in die Haare gekriegt hatten, weil Isaacs einen Wallach des Anwalts trainiert hatte und ihn dann nicht mehr zurückgeben wollte.

»Kommen Sie schon, warum sollten die Frauen sich einen

Ganoven wie Isaacs ins Boot holen? Warum sollte Casey das zulassen?«

»Ich weiß es nicht«, Coopers Stimme klang dünn – sein Versuch, möglichst klein und unscheinbar zu wirken. »Er würde doch immer noch seinen Anteil bekommen, oder? Vielleicht wollte Ruby den Steuerleuten Isaacs servieren. Vielleicht hatte sie gehört, dass er sie hingehängt hatte. Wie gesagt, hätten Sie nicht die Brücken zu Casey abgebrochen, könnten Sie den fragen.«

Swann versuchte sich an einem zufriedenen Gesichtsausdruck. »Okay, wenn Sie noch was drüber hören, dann sagen Sie's mir.« Und nach Coopers wertlosem Gewäsch war nun er an der Reihe mit einer kleinen Gefälligkeit. »Dieser Bekannte von mir in Canberra – der denkt, dass die Überprüfung von Rubys Finanzen tiefer ging. Er hat gesagt, dass die auch Sie unter die Lupe nehmen. Anscheinend fehlt was von ihrem Geld – und da wird die Sache kompliziert. Sie sehen sich Ihre Treuhandfonds an, die Fonds von einigen Ihrer Mandanten, die Transaktionen in deren Namen.«

Swann wollte die Schrauben nicht weiter anziehen. Stattdessen legte er einen vertraulichen Unterton in seine Stimme und die entsprechende Verbindlichkeit in den Blick. »Irgendeine größere Steuersache. Mein Mann konnte nichts Genaues sagen. Aber es ist ein großes Ding.«

Cooper wartete einen Augenblick, ehe er den Kopf hob und, an einer Zitronenscheibe lutschend, Swann säuerlich ansah.

»Das ist jetzt nicht wahr! Das ist alles, was Sie mir bieten?«

»Wie gesagt, eine Hand wäscht die andere. Sobald ich mehr erfahre, werd ich –«

»Ich habe nichts zu verbergen – wieso interessieren die sich überhaupt für mich?«

Swann zuckte mit den Schultern. »Ich muss los, aber wenn Sie was hören ...« Er löste sich aus der Phalanx der Trinkenden und ging mit einem unterdrückten Lächeln zur Tür. Was Michelle über Cooper erzählte, schien Hand und Fuß zu haben, das erste hoffnungsvolle Zeichen seit Langem. Er nickte Derek zu, der mit einem Sidecar in jeder Hand dastand, und trat dann durch die Doppeltür hinaus auf die Straße.

Henry Barth war nicht nur Vorsitzender der Liberal Party und seit einem Jahr Premierminister von Western Australia, sondern, wie Partridge feststellte, genau wie er selbst auch Freimaurermeister. Der Premier, ein großer attraktiver Mann mit den glatten Zügen eines Fernsehmoderators, und er waren einander kurz vor der Sitzung im Vestibül des Logenhauses vorgestellt worden. An Barths Blick, Händedruck und dem sorgfältig kultivierten Lächeln erkannte Partridge den erfahrenen Politiker.

Es war eine kleine Loge in einem der besseren Vororte Perths. In der Kindheit des Premiers war hier noch fast alles Buschland gewesen, und sein Vater hatte bei dessen Rodung mitgewirkt, laut Barth sogar eigenhändig mit Axt und Säge. Partridge saß als Ehrengast neben Barth. Er trug einen geliehenen weißen, blau eingesäumten Seidenschurz, auf dem als einziges Symbol die Raute aus Winkelmaß und Zirkel abgebildet war. Dazu hatte sie die traditionellen siebensträhnigen Quasten, drei Rosetten und ein eingesticktes goldenes allsehendes Auge.

Der offizielle Teil des Abends war angenehm kurz gewesen. Der Schriftführer und der Schatzmeister hatten das Protokoll der vorhergehenden Sitzung verlesen, dann war die Ernennung eines Lehrlings zum Gesellen erfolgt. Dabei hielt der Logenmeister alle Steinmetzwerkzeuge in die Höhe – Hammer, Maßstab, Zirkel, Kelle und Winkelmaß –, erläuterte feierlich ihre moralische Bedeutung und ermahnte den jungen Mann, die freimaurerischen Werte der Brüderlichkeit, Wohltätigkeit und Wahrheitsliebe auch in seinem Alltag zu beherzigen.

Der Lehrling kniete mit gesenktem Kopf und wartete

auf seine Beförderung. Er war Mitte zwanzig, genau das Alter, in dem auch Partridge in den zweiten Grad aufgestiegen war. Sein Vater, der die Zeremonie von den Rängen aus verfolgt hatte, war trotz seiner relativen Jugend damals schon Großmeister gewesen; und auch dessen Vater war Meister und einer der Gründer der Großloge von Victoria gewesen. Partridge erinnerte sich an die Wärme, die ihn durchströmt hatte, als der Meister dieselben Worte gesprochen hatte, die er jetzt hörte, und an den stolzen, ehrfürchtigen Blick seines Vaters; allerdings erinnerte er sich auch an seine seltsame Trauer – die Trauer eines jungen Mannes seines familiären Hintergrunds, dessen Laufbahn schon vorgezeichnet war, der dank seiner Herkunft keine Widerstände, Schwierigkeiten und Kämpfe, sondern nur das Initiationsritual würde aushalten müssen.

Kaum hatte der Logenmeister wieder Platz genommen, wurde das Festmahl angekündigt, Bier und Wein wurden hereingetragen, und die förmliche Stimmung wich Fröhlichkeit und Geplauder. Partridge ließ sich Bier einschenken in der Hoffnung, es würde seinen Kopfschmerz und das verbundene Unwohlsein lindern. Er hatte sich schon seit Jahren nicht mehr an der Tempelarbeit beteiligt, aber es schien angemessen, sich dem Anlass entsprechend zu verhalten.

Der Logenmeister erhob sich erneut und klopfte mit einem Teelöffel an sein Weinglas. Schweigen senkte sich über die Tische. »Brüder, ehe ich den Abend nun freigebe für eure Lieder und Trinksprüche, möchte ich eine besondere Persönlichkeit, einen ehrwürdigen Besucher in unserer schönen Stadt begrüßen. Wie Ihr zweifellos alle wisst …«

Überrascht, in der Gesellschaft von Brüdern Nervosität zu verspüren, atmete Partridge tief durch und nahm einen kleinen Schluck Bier. Ihn überkam sogar der alte Drang nach einer Zigarette, dem er vor siebzehn Jahren anlässlich des Tods seines Vaters abgeschworen hatte. Er stand von seinem Stuhl auf, um den Toast zu erwidern, strich seinen Schurz glatt und hob sein Glas.

»Meister, ich entbiete meinen herzlichen Dank für dieses freundliche Willkommen in dieser liebenswürdigen Loge. Wie wir eben gehört haben, war mein Vater selbst Großmeister, und er hat stets seiner bescheidenen Vorstadtloge die Treue gehalten – derselben Loge, der auch sein langjähriger Freund Sir Robert Menzies angehörte – und sie der glanzvollen Großloge in East Melbourne vorgezogen, die einige von euch ja kennen dürften.«

Bei der Betrachtung des ehrfürchtigen Lächelns an allen Tischen entdeckte er auch Wallace, der in einer Ecke neben der Tür zur Küche auf der anderen Seite des Saals saß. Das Lächeln des Queen's Counsel wirkte nicht ganz so aufrichtig.

»Wie die Familie von Sir Robert stammen die Partridges aus Schottland, und ich hoffe, ich erweise mich dem besonderen Ton des großen Robert Burns würdig.« Er trank einen Schluck Bier, um seine Stimmbänder zu befeuchten. »›Ther's mony a badge that's unco braw; / Wi' ribbon, lace and tape on; Let Kings an' Princes wear them a'– / Gie me the master's apron!‹«

Schon nach der ersten Strophe brandete an den Tischen Jubel auf, und als er Lautstärke und Tempo steigerte, kam auch sein schottischer Akzent besser heraus. »›The honest craftsman's apron, / The jolly Freemason's apron, / Be he at hame or roam afar, / Before his touch fa's bolt and bar, / The gates of fortune fly ajar, / 'Gin he but wears the apron!‹«

Partridge hob sein Glas noch etwas höher, und das fröhliche Gelächter verleitete ihn dazu, auch das restliche Gedicht zu rezitieren. Als er fertig war, nahmen die Brüder mit lautem Hurra und einem kräftigen Zug aus ihren Gläsern seinen Toast an. Er verbeugte sich und ließ sich erschöpft, aber fröhlich auf seinen Stuhl fallen.

Sogar der mürrische Logenmeister lächelte vergnügt und beugte sich am Premierminister vorbei zu Partridge: »Mit dem Rhythmus eines Schotten und dem Gefühl eines Dichters.«

Der Premier nickte zustimmend, dann tupfte er sich mit einer Serviette Wein von den Lippen und ergriff den Löffel für den Teller Ochsenschwanzsuppe, der eben vor ihn platziert worden war. Er schien etwas sagen zu wollen, als an einem Tisch ein Lied angestimmt wurde. Als er endlich sprach, flüsterte er aus dem Mundwinkel. »Besser kann man das Eis kaum brechen.«

»Das ist vermutlich der unauslöschliche theatralische Einfluss der Melbourne Grammar School.«

Das Lächeln auf dem Gesicht des Premierministers blieb unverändert charmant, doch seine Stimme wurde hart und kühl. »Wir sind unter uns. Sagen Sie, was Sie denken.«

Darauf war Partridge gefasst gewesen. Er beugte sich näher zum Premier. »Anfangs schien mir der Untersuchungsauftrag auch ausreichend weit gefasst; aber –«

»Mehr als ausreichend.«

»Er ist ausgesprochen eng, um es vorsichtig auszudrücken.«

Der Premier legte den Suppenlöffel auf den Tisch und schob den Teller vorsichtig von sich weg. »Nur falls der fragliche Superintendent verlässlich wäre. Doch das ist nicht der Fall, glauben Sie mir.«

»An seinen Vorwürfen könnte dennoch etwas dran sein. Der Mord an Mrs. Devine war –«

»Sehr bedauerlich, aber in keiner Weise verknüpft –«

»Ohne eigene Ermittlungen kann ich das kaum mit Bestimmtheit sagen.«

Premier Barth lächelte, als hätte ihm Partridge einen guten Witz erzählt. Er klatschte in die Hände und lehnte sich zurück. »Es gibt nicht den geringsten Anlass zu weiteren Ermittlungen in dieser Sache. Superintendent Swann hat Vorwürfe erhoben; nun liegt es an ihm, sie zu belegen. Unsere, also Ihre Aufgabe ist es, zu prüfen, wie glaubwürdig die Vorwürfe sind.«

»Dass eine Royal Commission auf die Möglichkeit eigener Ermittlungen verzichtet, ist ein unerhörter Vorgang. Das grenzt an –«

»Also, jetzt hören Sie mir mal zu.« Der Premier lächelte weiter, aber seine Stimme hatte einen schneidenden Ton angenommen. »Vor der öffentlichen Bekanntgabe dieser Royal Commission haben wir Ermittler mit *allen* sprechen lassen, die sich geäußert haben.«

»Das war allerdings vor meiner Ernennung. Und wo sind die Aussageprotokolle? Warum ist keiner von ihnen unter denen, die persönlich vor der Kommission erscheinen werden?«

»Aber genau das sage ich doch. Nach unseren Gesprächen mit ihnen haben sämtliche selbsternannte Zeugen beschlossen, nicht vor die Kommission zu treten. Sie alle haben ihre Anschuldigungen zurückgezogen. Jeder einzelne von ihnen.«

»Das an sich ist schon bemerkenswert, meinen Sie nicht?«

»In der Tat. Und das sollte Ihnen zu denken geben, was die Glaubwürdigkeit von Superintendent Swann betrifft – in ganz Perth findet sich niemand, der unter Eid für ihn aussagen will. Es ist eine Sache, Gerüchte zu verbreiten, aber eine ganz andere, sie mit Fakten zu untermauern.«

Partridge spürte das Blut in seinem Nacken und den schmerzenden Schläfen pochen. Der Premierminister widmete sich wieder seiner Suppe.

»Wer waren diese Ermittler genau? In welcher Eigenschaft wurden sie eingesetzt?«

Barths Augen wurden zu Schlitzen. »Es waren ausgebildete Ermittler. Profis.«

»Sie wollen mir doch nicht sagen, dass es Detectives waren? Polizisten, die mögliche Zeugen über die Durchsetzung eines Gesetzes befragt haben, das sie selbst ausführen? Da läge eindeutig ein Interessenskonflikt vor.«

Der Premier setzte den Löffel vorsichtig auf die Oberfläche seiner Suppe, wo er sich langsam mit Flüssigkeit füllte und sank. Er ließ Partridge keinen Moment aus den Augen, aber in seiner Stimme lag ein neuer, fürsorglicher Ton. »Zugegeben, wir machen hier nicht alles immer genau so wie drüben bei Ihnen. Allerdings möchte ich doch feststellen, dass jeder Zeuge, der vor Ihrer Kommission auftritt, dies in dem Glauben tut, einen wichtigen Beitrag zu leisten.«

Im Bewusstsein, dass sie jeden Augenblick unterbrochen werden konnten, fuhr Partridge fort. »Von alldem wurde ich nicht informiert, ehe ich den Kommissionsvorsitz übernommen habe. Deswegen wiederhole ich es: Ohne Möglichkeit zu eigenen Ermittlungen ist diese Kommission ein zahnloser Tiger.«

Die Fürsorglichkeit im Blick des Premiers war wie weggewischt. Seine Antwort klang schroff, und er wechselte einfach das Thema. »Sie haben heute eine sehr harte Linie gefahren.«

»Ich hatte den Eindruck, dass die Fragen von QC Wallace suggestiv und nicht ganz angemessen waren.«

Der Premier schüttelte den Kopf. »Ruf, Erfahrung und die

Kompetenz von Wallace sind über jeden Zweifel erhaben. Ganz abgesehen davon, dass er seit kurzem ein Bruder ist. Sie können ihm vertrauen.«

»Es geht nicht darum, ob ich Wallace vertraue. Sondern ob es die Öffentlichkeit tut.«

Barth schnaubte verächtlich. »Die Öffentlichkeit? Was die Öffentlichkeit betrifft, so brauche ich mich dazu wohl nicht äußern, oder? Ich habe den Umgang mit ihr in der Army gelernt, und damit bin ich immer gut gefahren.«

»Man beginnt keine Untersuchung, wenn man nicht weiß, was dabei rauskommt«, beendete Partridge den Gedanken.

»Genau. Offiziell sind die personellen Mittel beschränkt. Damit hat es sich.«

»Wir werden sehen. Immerhin ist da ja noch der Gouverneur.«

»Angesichts dessen, was gerade mit Premier Whitlam passiert ist, würde ich davon abraten. In Anbetracht aller Tatsachen glaube ich, dass der Gouverneur nur sehr ungern intervenieren dürfte. Allerdings wird er sich Ihre Bedenken sicher anhören, denn er ist ein Ehrenmann. Dafür kann ich mich verbürgen, weil wir in derselben Einheit des Intelligence Corps gedient haben.«

Der Premier blickte Partridge weiterhin unverwandt an. »Andererseits habe ich gehört, dass Sie nicht ganz gesund sind. Wenn Sie sich lieber aufgrund Ihrer, sagen wir, Unpässlichkeit zurückziehen möchten, bin ich gerne bereit, Ihren Rücktritt anzunehmen.«

Großes Gebrüll erhob sich, als der Logenmeister einen Tisch zu einem Schlachtgesang gegen den anderen aufforderte. Es war ein altes Schullied, das Partridge als Junge auf dem Rugby-Feld gehört hatte. »Scotch, Scotch, who are we? Scotch, Scotch, we, we, we ...«

Der Premierminister nickte amüsiert mit, als der Tisch gegenüber unter lautem Gelächter den Gegengesang anstimmte. »Deus Dux, Doctrina Lux. We are Christchurch, Dux Dux Dux ...«

Swann fuhr auf dem Stirling Highway aus der Stadt, nahm auf dem Weg zur Küste die Brücke über den Fluss in südlicher Richtung und parkte seinen Kombi vor dem Hamburgerrestaurant in der Nähe des Hafens von Fremantle. Er ging am Kai entlang, wo die Haifischfänger ihren Fang anlandeten; sie trugen ausgenommene Bronzehaie auf den Schultern die Laderampen hinauf. Mit einem dumpfen Schlag prallte ein Zollboot beim Anlegen gegen die Kaimauer, Wanten sangen, Flaggen knatterten im starken Südwind. Ein Valiant V8 pluggerte an Swann vorbei zum Schrottplatz.

Er rief Marion an, um seinen Besuch anzukündigen, dann ließ er eine weitere Münze in den Schlitz fallen und wählte Terrys Nummer. Es war nicht die verabredete Anrufzeit, doch beim dritten Versuch hob Terry ab. Er kam gerade von der Streife. Swann bat ihn, Jackys Geschichte von den beiden ermordeten Prostituierten zu überprüfen, und legte auf. Die Mädchen setzten notorisch Gerüchte in Umlauf, aber auch wenn Jacky sich das vielleicht gar nicht ausgedacht hatte, so fand er es nicht beruhigend, dass sie sich vor Angst in die Hosen machte und außerdem auf H war.

Er kehrte zu seinem Auto zurück und fuhr durch vertraute Straßen, bis er ein paar Minuten später zu seinem Haus kam. Es war ein ruhiger Vorort, nicht einmal hundert Meter bis zum South Beach und nur einen Block von dem Haus entfernt, in dem er aufgewachsen war.

Damals hatte es in der Gegend vor allem Fabriken, Ställe und Schaf- und Lammfellhändler gegeben, Bauten auf Sanddünen, und Swann konnte noch immer die salzige Luft, den Keksduft aus der nahen Arnott's-Fabrik riechen. Im Park auf der anderen Straßenseite hatte er gemeinsam mit Nachbarn Teebäume und Weidenmyrten gepflanzt.

Er stellte das Radio aus – die OPEC wollte den Ölpreis erhöhen – und horchte stattdessen auf den klopfenden Motor. Der Zündzeitpunkt stimmte nicht. Der Kombi, ein robuster Holden EK Station Sedan, war sein erstes und einziges Auto, und er hatte es immer selbst gewartet, aber in letzter Zeit hatte er sich nicht mehr darum gekümmert. Wie um so vieles. Er stellte den Motor ab, und nun hörte er auch das Rauschen der Akaziensträucher am Straßenrand. Hunde bellten, in den ersten Häusern gingen Lichter an. Er beugte sich auf die Beifahrerseite, um zu sehen, ob Marion vielleicht zum Rauchen vor die Tür gekommen war, und ließ sich dann wieder in seinen Sitz sinken.

Ihr Haus war, wie die meisten Häuser in der Straße, ein Fertighaus aus Faserzement. Er und sein Vater hatten es im Sommer 1954 in fünf Wochen aufgebaut. Für ihre fünfköpfige Familie war es eigentlich zu klein, aber niemand hatte sich darüber beschwert. Es hatte einen schönen Garten und eine von Eukalyptusbäumen beschattete Auffahrt. Marion, Sarah und Blonny wohnten immer noch hier. Die beiden jüngeren Töchter teilten sich ein Zimmer; Louises Schlafzimmer blickte nach hinten in den Garten und wartete auf ihre Rückkehr.

Als er ihren Kater auf einem Poller der Einfahrt sitzen sah, öffnete Swann die Beifahrertür. Charley kam und hüpfte in den Fußraum des Wagens, und nachdem er erst vorsichtig Swanns Füße beschnuppert hatte, sprang er ihm auf den Schoß, kratzte und tappte mit den Pfoten auf den Oberschenkeln herum, schob das speichelnasse Kinn unter Swanns Hemd und begann, zufrieden zu schnurren.

Louise hatte ihn Charley getauft, als der kleine Streuner

aus dem nahen Steinbruch eines Abends bei ihnen aufgetaucht war. Sie entdeckten ihn, ein junges Kätzchen mit großen gelben Augen, auf dem Kotflügel des Holden sitzend. Er war so dünn gewesen, dass sich die Rippen unter dem Fell abzeichneten. Jetzt war er ein fetter alter sabbernder Kater, dessen Beine beim Gehen zitterten.

Swann zündete sich eine Zigarette an und kurbelte wegen Charley das Fenster runter. Er blickte zum Park hinüber, der verwaist in der Dämmerung lag. Tagsüber war er voller Kinder und Hunde. Als Louise zum ersten Mal von daheim ausgerissen war, war sie dorthin gelaufen und hatte sich so tief in den Wandelröschen versteckt, dass er und Marion sie nicht sahen, obwohl sie genau da zuerst gesucht hatten. Er konnte sich noch gut an die Panik erinnern, damals, als es nach einem langen Nachmittag bereits zu dämmern begann und sie Louise noch immer nicht wiedergefunden hatten. Die ganze Nachbarschaft war auf den Beinen, um sie zu suchen; seine Kollegen von der Dienststelle kamen mit Streifenwagen und auf Fahrrädern. Marions Vater hatte an seinem Küchentisch eine zentrale Koordinierungsstelle eingerichtet. Auf seinen Aufruf hin verließen sogar die Trinker den Pub in der Nachbarschaft und ließen sich von ihm einteilen.

Als die Sonne unterging, meinte Swann, den Verstand zu verlieren. Marion war so blass, ihre Augen so angstgeweitet, dass er sich vor ihrem Anblick fürchtete. Swann hatte früher schon vermisste Kinder gesucht, aber dieses Mal war alles anders. Er hatte einen ertrunkenen Jungen von der Sandbank am Point Walter zu seinen wartenden Eltern getragen, aber das hatte zu seinen Aufgaben als Polizist gehört. Jetzt war er selbst der Vater.

Kurz nach Sonnenuntergang kam Louise aus ihrem Versteck. Sie lief einfach zurück in den Garten und rieb sich die

Augen. Er sah, dass sie wütend auf ihn war. Sie stand da, die Hände in die Hüften gestemmt, schmollend, ihre dunklen Augen schwer vor Müdigkeit. Sie war vier Jahre alt gewesen. Swann hob sie in die Höhe und brach in Tränen aus. Er schrie sie an und drückte sie ganz fest an sich.

Die Liebe zu ihr, seiner Erstgeborenen, hatte ihn überwältigt, als man sie ihm im Krankenhaus, nur in ein Tuch gewickelt, in den Arm gelegt hatte. Seit jenem Moment tat er alles, was er tat, für sie, für seine Familie. Zumindest so lange, bis er Helen begegnete.

Jetzt, im geparkten Wagen vor dem Zuhause seiner Familie, erinnerte er sich an Louises Gesichtsausdruck, als sie von seiner Affäre mit Helen erfuhr. Aus ihren Augen sprühten Blitze, ihr Mund stand offen – aber sie war zu wütend, um sprechen zu können. Erst später erzählte ihm Helen, was Louise auch für sie empfunden hatte; sie hatte Louise als Volleyball-Trainerin bei einem Police & Citizen Youth Club kennen gelernt. Sie zeigte ihm die Briefe, die Louise ihr geschrieben hatte, obwohl auch das aufhörte, als Louise weglief, an dem Tag, als Swann die Beziehung mit Helen beendete. Seither hatte keiner von ihnen etwas von ihr gehört.

Ehe er sich auf die Suche nach Louise machte, hatte er Marion die Briefe gegeben. Was sie damit getan hatte, wusste er nicht. Marion hatte sie nie wieder erwähnt, und er tat es ebenfalls nicht.

Das einzige, worauf es ankam, war, Louise zu finden.

Die Haustür ging auf, und Marion trat mit zwei Gläsern und einem Aschenbecher auf die Veranda. Swann hob Charley von seinem Schoß und trug ihn über die ganze Auffahrt. Erst auf der Veranda setzte er den Kater ab und umarmte seine Frau, noch immer voll Scham und ungutem Gefühl. Mittlerweile war es dunkel, doch der Mond schien. Normalerweise trug Marion ihr Haar kurz, seit Louises Verschwinden hatte sie es jedoch nicht mehr geschnitten; jetzt hatte sie genauso einen Pferdeschwanz wie Sarah und Blonny. Sie war barfuß und trug ein einfaches langärmliges Baumwollhemd und abgeschnittene Jeans. Ihre Beine, sonst immer sonnengebräunt, waren blass.

Sie setzte sich auf den alten Korbstuhl, der knarzte, als sie sich vorbeugte, um ihm ein Glas Rum zu geben. Er steckte eine Zigarette an und reichte sie ihr, ehe er sich ebenfalls eine anzündete.

»Die Mädchen?«, fragte er leise.

»Blonny ist viel mit ihren Freundinnen unterwegs, Sarah liegt die meiste Zeit im Bett und liest. Und du?«

Swann zuckte mit den Schultern. In der grauen Nacht sah Marion fast so aus wie vor zweiundzwanzig Jahren, als sie sich zum ersten Mal begegnet waren. Er erinnerte sich, wie gut sie ausgesehen hatte, ausgehfein zurechtgemacht, und er konnte sie sich auch heute noch so vorstellen. Er spürte den plötzlichen Schmerz eines hoffnungslosen Begehrens. Immerhin sprachen sie wieder miteinander, aber die alte Vertrautheit war verloren. Louises Verschwinden machte sein Verhältnis noch dümmer und sinnloser, als es ohnehin war. Seither war jede Freude aus seinem Leben verschwunden.

»Hier mein Gehalt, abzüglich dem, was ich selber brauche.«

Er reichte ihr einen Umschlag, und sie nahm ihn und legte ihn neben ihr Glas Rum. Charley rollte sich auf den Rücken, damit ihn jemand am Bauch kraulte. Swann bückte sich und strich mit den Fingern über das schütter werdende Fell, und der Kater begann laut zu schnurren, so als wolle er das Quaken der Motorradfrösche im Teich der Nachbarn übertönen.

»Er vermisst dich«, sagte Marion, genau wie bei all seinen Besuchen.

Aus Gewohnheit fing sie an, ihm von ihrem Tag zu erzählen, so wie sie es jeden Abend getan hatte, seit er Polizist geworden war. Der einzige Unterschied war, dass diejenigen ihrer Freundinnen, die ebenfalls mit Polizisten verheiratet waren, nicht mehr mit ihr gesprochen hatten, nachdem sich ihr Mann gegen seine Kollegen gestellt hatte. Das war ein ungeschriebenes Gesetz; ihr Vater war Detective gewesen, und sie war damit aufgewachsen.

Manche Polizistenfrauen erfuhren nur sehr wenig von ihren Ehemännern, entweder weil man nicht sicher sein konnte, dass sie nichts weitererzählten, oder weil sie mit der Wahrheit nicht klarkamen. Bei Marion hatte nichts davon zugetroffen – Swann hatte stets mit ihr über seine Arbeit sprechen können, und was sie dazu sagte, war immer richtig und gut gewesen. Sie wusste, wie gern er bei der Polizei war, und sie wusste, was nach Abschluss der Royal Commission passieren würde. Sie hatte sich nie beklagt, dass ihr Leben nicht einfach sei oder dass sie um ihn Angst habe, und Swann wurde wieder bewusst, dass er alles Gute an sich ihr oder ihrem Vater zu verdanken hatte.

Weil Detective Sergeant George Monroe Polizist gewesen war, waren Swann und Marion im selben Vorort aufgewachsen, ohne je einander zu begegnen. Schon als junger Mann hatte sich Swann in den Bars des West End rumgetrieben. Im Zweiten Weltkrieg war Fremantle die größte Marinebasis auf der Südhalbkugel gewesen und damit ein guter Ort, sein Taschengeld aufzubessern. Als sieben- und achtjähriger Junge hatte Swann betrunkene Yankees übers Ohr gehauen und Botengänge für die Seeleute übernommen. Er hatte für seinen Stiefvater den Laufburschen gemacht und Geld,

Schnaps und Nachrichten auf Handelsschiffe gebracht. Ein paar Jahre danach hatte er als Zeitungsjunge einen eigenen Verkaufsplatz, den er, von Brian angestachelt, einem anderen Jungen nach einem Kampf abgenommen hatte. Bis spät in die Nacht stand er neben seinem Zeitungsstapel und erklärte Seeleuten und Besuchern für Geld den Weg zu den nächsten Prostituierten und verriet ihnen, wo es auch nach der Sperrstunde noch etwas zu trinken gab und wo man Pornos kaufen konnte.

Eines Tages kam Detective Sergeant Monroe zu ihm und kaufte eine Zeitung. Swann kannte ihn zwangsläufig, genau wie die anderen Plattfüße in der Gegend, aber Monroes Tochter hatte er noch nie gesehen. Freundlichkeit gegenüber Polizisten hatte nicht auf seinem Lehrplan gestanden, aber er war sechzehn und schneidig und sah gut aus, genau wie Marion. Und er gefiel ihr, das erkannte er an der Art, wie sie ihn ansah, trotz des blauen Auges und der schlampigen Kleidung, und als er sich umhörte, fand er heraus, dass sie auf eine Sekretärinnenschule ging; und eines Tages wartete er in seiner besten Jeans, Hemd und Krawatte auf sie und fragte, ob sie mit ihm ausgehen wolle. Schon bald danach gingen sie regelmäßig tanzen, Rock 'n' Roll war das große Ding. Und Marion war sogar noch wilder als er.

Anfangs ging er ihrem Vater aus dem Weg, weil er dachte, der würde ihn nicht akzeptieren – weil er als Jugendlicher für kleine Wetteinsätze geboxt hatte und wegen seines Stiefvaters, der als Kleinkrimineller und Säufer den Ruf hatte, Polizisten zu hassen. Doch zu seiner Überraschung sah George Monroe in ihm etwas, das bisher niemand gesehen hatte, und er ermutigte ihn sogar zum Polizeidienst. Im Gegensatz zu seinem Stiefvater war Monroe ein Mann, zu dem Swann aufsehen konnte. Er war hart, aber nicht gemein, fair, aber nicht weich – alles, was Brian nicht war.

Swann hatte mit George Monroe zusammen am Küchentisch Bier getrunken, und das obwohl er nicht volljährig war – so gesehen sprach auch einiges für einen Job bei der Polizei. Auf alle Fälle würde er so einen Schlussstrich unter sein altes Leben ziehen und Brian eins auswischen. Er hatte es satt, immer wütend zu sein. Vielleicht war es an der Zeit, seine Fähigkeiten sinnvoll einzusetzen. Er wusste, dass er den Job erledigen, auch Nackenschläge einstecken und dennoch anständig mit den Menschen umgehen konnte. Er war in Marion verliebt und wollte wie ihr Vater sein. In ihrer Gesellschaft wollte er alles richtig machen. Er würde sich nicht viele Freunde machen, wenn er zur Polizei ging, aber andererseits wäre er dann auch nie ein Außenseiter.

Am Tag seiner Vereidigung als Detective sagte Swanns Schwiegervater zu ihm, dass nun der eigentliche Charaktertest käme. Der Purple Circle würde ihn im Auge haben, und wenn er schnell vorankommen wollte, müsste er das Vertrauen dieser Leute gewinnen. Doch wenn er sauber bleiben wollte, sollte er sich von ihnen fern halten. Und falls man ihm etwas auftrug, das er auf keinen Fall machen wollte, dann sollte er kommen und es ihm, George, sagen.

Aber das war nie nötig gewesen. Swann war nie um mehr gebeten worden, als ein paar Mal als Fahrer einzuspringen und Geld einzusammeln, und er hatte immer gedacht, das läge am Einfluss seines Schwiegervaters. Nie sollte er einen Zeugen einschüchtern oder Beweisstücke aus der Asservatenkammer verschwinden lassen, jemand vor einer Razzia warnen oder einen Tatort präparieren und Spuren manipulieren oder das Geständnis eines Unschuldigen erzwingen. Er hatte Georges Rat beherzigt und sich nicht die Finger schmutzig gemacht, und der Purple Circle hatte ihn mehr oder weniger in Ruhe gelassen. Das galt jedoch nicht für Donald Casey und eine Reihe von Männern, mit denen er auf der Polizeischule gewesen war. Schon als er und Casey Partner waren, lange vor ihrem endgültigen Zerwürfnis, hielt jemand eine schützende Hand über ihn, wenn er Mist baute.

Marion kannte Casey aus ihrer Zeit in Kalgoorlie, und als er ihr berichtete, was in der Royal Commission vorgefallen war, sah er Sorgenfalten auf ihre Stirn treten. Sie wusste schon lange um die Rücksichtslosigkeit von Typen wie Casey – und dass man nichts dagegen tun konnte.

»Dad?«

Sarah stand hinter der Fliegentür und spähte nach draußen. Er winkte ihr, und sie kam auf die Veranda und setzte sich neben ihn auf die Bank. Sie hatte einen kurzen Schlafanzug an und roch nach Nivea-Creme. Er legte einen Arm um sie und küsste sie aufs Ohr, und sie legte ihren Kopf auf seine Schulter. Mehr als alles auf der Welt wollte er daheim bei seinen Töchtern sein, aber wenn die Schweine kamen, um ihn sich vorzuknöpfen, dann wollte er von seiner Familie möglichst weit weg sein.

Der Kater saß zu ihren Füßen auf dem Boden und lauschte gebannt einem Kratzen in der Dunkelheit. Marion lehnte sich zurück, hob ihre Füße an und schob sie sich unter den Po, dann nahm sie einen Schluck Rum und sah Charley an. Sarah stupste den Kater sanft mit einem Zeh in den weichen Bauch und strich mit der Hand über Swanns sonnengebräunten Unterarm. Als er zusah, wie Charley auf den grauen, mondbeschienenen Dielen der Veranda mit dem Zeh seiner Tochter zu spielen begann, überkam ihn trotz seiner inneren Taubheit die Liebe zu allen, die ihm geblieben waren.

Zurück in der Telefonzelle am Hafen, wählte Swann Reggies Nummer. Am Anleger hinter dem Parkplatz war ein Dieseltanker mit hoch aufragender rostiger Bordwand zu sehen, aus dem geräumigen Rumpf drang das Brummen eines Generators. Als Reggie abhob, blickte Swann auf die Uhr. Kurz nach Mitternacht.

»Irgendwelche Neuigkeiten in der Stadt?«, fragte er.

»Es ist gerade viel Geld im Umlauf, aber wenn ich komme, sind plötzlich alle Schotten dicht. Ich durfte nicht mal in den Perth Club, stell dir das vor! Dabei waren mein Vater und mein Großvater da Sekretär und Präsident. Egal wie man Gentleman definiert, ich bin offenbar keiner. Und bei dir?«

»Cooper weiß was. Ich bin ziemlich sicher, dass er mir glaubt. Wir werden's wohl erfahren, wenn er sich wieder bei uns meldet. Vielleicht sollte ich Jacky mal in ihrem Motel besuchen?«

»Gute Idee. Ruf wieder an, ich geh noch nicht ins Bett.«

Swann legte auf und schlenderte zu seinem Auto. Nachdem er den Motor angelassen hatte, legte er beide Hände aufs Lenkrad und schloss die brennenden Augen. Legte den Kopf in den Nacken und schlug sie wieder auf. Als er keine Lust mehr hatte, den Dachhimmel des Holden anzuglotzen, goss er sich einen kleinen Whiskey ein, um sich wieder auf Touren zu bringen.

Jackys Motel war keine clevere Wahl: Victoria Park war viel zu nah am Stadtzentrum. Sie hatte zwar unter falschem Namen eingecheckt, aber wenn sich die Nachricht erst mal verbreitet hatte, würde man sie in weniger als einer halben Stunde ausfindig machen. Swann parkte neben einem gemauerten Mülltonnenhäuschen, unter dem lila Blütenmeer einer Bougainvillea. Von dort hatte er ihr Zimmer im Erdgeschoss gut im Blick. Er überprüfte die Umgebung und stellte fest, dass im Beet vor ihrem Fenster nichts Ungewöhnliches lag, in den Gängen zu ihrem Zimmer keine Lampen fehlten und in den Zimmern gegenüber keine Fenster oder Türen offen standen. Danach setzte er sich auf die Rückbank, stellte den Rückspiegel so ein, dass er seine verwundbare Flanke im Blick hatte, und zündete sich eine Zigarette an.

Wieder einmal musste er warten und aufpassen. Vielleicht auch ein wenig schlafen, aber nur im Sitzen. Es war schlecht, sich's zu gemütlich zu machen. Er hatte sich antrainiert, beim geringsten Geräusch aufzuwachen, die Dunkelheit wie ein Kind als etwas Lebendiges zu spüren. Wenn sie ihn fertigmachen wollten, würden sie es nach Selbstmord aussehen lassen. Und hinterher konnte er nichts dagegen tun. Es würde auch kaum jemanden überraschen, er galt ja als durchgedreht.

Aber sie würden ihn nicht ohne Gegenwehr kriegen.

Swann hatte selbst erlebt, dass Furcht einem Menschen so zusetzen konnte, dass er am Ende froh war, gefangen genommen zu werden, dankbar, nicht mehr mit sich selbst allein sein zu müssen. Genau darauf würde Casey setzen. Casey und seine Ersatzsöhne. Die Spielchen, die sie mit ihm trieben, die Demütigungen.

Er trank noch einen Schluck Whiskey, um sich nicht weiter aufzuregen. Die Motelmauern lagen im silbernen Mondlicht. Nun kamen die schwierigsten Stunden, die Zeit vor dem Sonnenaufgang. Er hatte genug Whiskey, um durchzuhalten, wenn er ihn nicht zu schnell trank, aber er spürte, dass es heute nicht klappen würde. Ohne weiter nachzudenken, trat er hinaus in den blassen Schimmer des Mondes.

Jackys Stimme hatte fest geklungen, aber selbst hinter der Tür hatte sie ihre Furcht nicht ganz verbergen können. Nun folgte Swann ihr ins Zimmer, in dem der Fernseher lief, aber nur ein Testbild zeigte – Humphrey B. Bear mit zwei lächelnden blonden Kindern.

»Du bist aber auch einsam, oder, Jacky?«

Sie blickte zum Fernseher und grinste. »Nö, bin nur mitten im Abendprogramm eingepennt. Obwohl ne Wiederholung von *Division 4* kam. Ich kann's immer noch nicht fassen, dass sie die Serie eingestellt haben.«

»Ich mochte *Homicide* lieber. Aber dieser Humphrey war nie mein Typ. Schon weil er keine Hose anhat.«

»Tasse Kaffee?«

Swann hielt die Whiskeyflasche in die Höhe. »Danke. Auch'n Schluck?«

Sie deutete mit dem Kinn auf den Kaffeetisch, auf dem ihr Besteck lag – Spritze, Untertasse, Wattebäusche. »Willst du mich etwa umbringen, Detective?«

»Davon hat meine Generation ja nur wenig Ahnung, oder?«

»Kann sein.«

Sie setzte sich im Schneidersitz vor den Tisch und bot ihm mit einer Handbewegung die Couch an. »Was dagegen?«, fragte sie, ohne ihn anzusehen oder auch nur innezuhalten.

»Geht mich nichts an.«

»Du hast es draußen im Wagen nicht ausgehalten, was? Kann ich gut verstehen. Der Mond lässt mich immer halb durchdrehen, weiß auch nicht, warum. Vielleicht, weil ich aus der Stadt bin.«

Sie schüttete etwas Pulver auf die Untertasse und gab dann Wasser aus der Spritze dazu. Swann musste sich beim Zusehen auf die Zunge beißen. Jacky war nicht viel älter als Louise, aber sie sah völlig kaputt aus.

»Muss man das denn nicht in einem Löffel erhitzen, damit sich's richtig auflöst?«

Sie war vollkommen konzentriert, als sie mit dem schwarzen Gummiende des Kolbens das Pulver zerrieb. Erst als sie fertig war, antwortete sie. »Nö, das ist Quatsch, das ist bloß was fürs Kino.«

Sie legte ein zusammengedrücktes Wattebäuschchen auf den Unterteller und wischte damit herum, steckte den Kolben wieder in die Spritze und zog die Flüssigkeit durch die Watte auf. Hielt die Spritze schief, schnippte mit dem Finger dagegen und spritzte ein bisschen Flüssigkeit in die Luft.

Swann wandte sich ab, als sie sich die Nadel in eine Vene im Handrücken stach, doch beim Zurückdrehen sah er, wie sie ein Tröpfchen Blut aufzog und sich dann alles spritzte.

»Wie oft pro Tag machst du das?«

Sie reagierte nicht, drückte nur das Kinn auf die Brust und atmete tief, um Sauerstoff in ihre Blutbahn zu pumpen. Ihre Augen waren geschlossen, der Kopf gesenkt; als ob sie beten würde.

Dann richtete sie sich ruckartig auf. »Kommt drauf an«, antwortete sie schließlich mit verwaschener Stimme. »Für mich ist das Medizin, nichts anderes. Wenn ich Schmerzen hab, egal welche, dann kümmert sich meine Heldin mit dem kleinen Hammer drum.«

»Deine Heldin mit dem kleinen Hammer? Ist die irgendwie verwandt mit dem Sensenmann?«

»Oh Mann, Swann. Das ist nicht so einfach. Was ich will, hier und jetzt, ist nicht Spaß, sondern nur keine Schmerzen.«

Mit ihrem jungenhaft kurzen Haar, den kantigen Schultern und sehnigen Armen, ohne ein Gramm Fett am Leib, konnte Jacky hart aussehen, aber nun wirkte sie weicher, zusammengesunken wie eine schmelzende Kerze. Plötzlich schlug sie die Augen auf, behielt sie offen, als hätte ihr etwas einen Stich versetzt und ihre Lebensgeister geweckt. Sie erwiderte seinen Blick, und er sah, dass ihr Tränen in die Augen traten. »Tja, wem mach ich da jetzt was vor? Von wegen keine Schmerzen …«

Er musste den Blick von ihr abwenden, richtete ihn auf den Whiskey. »Ja, die gehen nie ganz weg. In Nächten wie dieser kann ich nicht schlafen, bin ganz leer im Kopf und kann mich nicht mal betrinken.«

Er kam sich albern vor, aber prostete ihr dennoch mit der Flasche zu. Nahm noch einen großen Schluck.

»Muss für dich noch schlimmer sein.« Sie sah ihn weiter an, suchte nach Zeichen von Falschheit, von Verrat. Misstrauisch wie ein verletztes Kind.

»Ist für uns beide schlimm.«

»Als ich von meinem Vater weggelaufen bin, war ich jünger als deine Tochter. Dreizehn. Damals hab ich mir nichts dabei gedacht. Aber jetzt kann ich nicht glauben, dass ich ihm das angetan hab. Hat mir nicht das Geringste ausgemacht. Und scheiße, jetzt ist es für alles zu spät.«

Swann spürte das Leid, die Ängste aus der Kindheit, die sie unter dem Deckel halten wollte, und ihm wurde flau im Magen. Er suchte nach Worten, wollte etwas sagen, das ihr Vater gesagt haben könnte. Ihre Miene änderte sich, und er bemerkte, dass er sie angestarrt und Louise gesehen hatte.

»Keine Angst«, sagte sie. »Deine Tochter wird nicht so werden wie ich. Mein Dad hat keine Schuld an dem, was mir daheim passiert ist. Sein Scheißbruder …«

Swann konnte nicht anders. Er wusste, der Zeitpunkt war falsch, nach diesen Worten, aber die Frage platzte einfach aus ihm heraus. »Hat sie noch was zu Ruby gesagt? Wann sie wieder heimkommt?«

Jacky zündete sich eine Zigarette an, ohne auf die zu achten, die noch im Aschenbecher glomm. »Selbst wenn ich sie gesehen hätte, hätte ich sie so einen Scheiß nicht gefragt, das ganze Warum und Weshalb. Solche Fragen stellt man keiner, die daheim weggelaufen ist, außer man will ihr noch mehr wehtun.«

Dann saßen sie schweigend da. Jacky nickte ein, er trank weiter und wartete auf das Bild von Louise, das ihm jede Nacht erschien. Jede Nacht sah er ihre Miene, als sie sich zum letzten Mal begegnet waren, als er alles, ihren Schmerz, ihr gebrochenes Herz zu begreifen versuchte. Aber er konnte nur das Mädchen sehen, das schon so oft ausgerissen war, die Wut und Enttäuschung, die sich nur durch Weglaufen lindern ließ.

Ein Bild kehrte immer und immer wieder; es war eine seiner stärksten Erinnerungen an sie, er wusste auch nicht, warum. Sie hatten damals in Kalgoorlie gelebt, und Louise war fast acht gewesen, ein zahnlückiger Wildfang mit braunen Beinen und sonnenverbrannter Nase. Er hätte sie aufhalten können, als sie aufbrach; Marion hatte ihn angerufen und ihn informiert. »Louise läuft wieder weg.« Doch als er in seinem Holden von der Dienststelle heimfuhr und in ihre Straße bog, beschloss er, sie ziehen zu lassen. Er hielt an und sah zu, wie sie aus ihrem Vorstadthäuschen kam, den Garten mit dem rotsandigen Boden verließ, der nahtlos ins Buschland der Wandoo- und Akaziensträucher überging, und einfach losradelte.

Louise trat in kurzen Stößen in die Pedale, fuhr ruckartig davon wie ein wirbelndes Blatt. Nach ein, zwei Minuten ließ er den Motor an und folgte ihr langsam und in einiger Entfernung. Als sie auf die Schotterpiste kam und ihre Reifen im kiesigen Untergrund wegrutschten, stieg sie ab und lief den glühenden Hang hinab, ehe sie ihr Rad unter einen Saltbush fallen ließ. Ihr Blick folgte dem Fahrweg zu dem verlassenen Aboriginal-Camp, aber sie schlug eine andere Richtung ein. Jeder kannte die seltsamen Geräusche, die nachts von dort kamen, und alle Kinder aus der Gegend glaubten, es spuke dort. Sie marschierte an dem fallen gelassenen Fahrrad vorbei in ein aufgegebenes Grundstück und ließ sich am Stamm einer Kasuarine auf einem Teppich brauner Nadeln nieder.

Je stärker der Morgenwind aus der Wüste wurde, desto heißer wurde es. Aus zwei-, dreihundert Metern Entfernung war Louise eine kleine, an einen Kasuarinenstamm gelehnte Gestalt, die etwas in den sandigen Boden zeichnete. Swann beobachtete durch den Polizeifeldstecher, wie sie auf den Baum zu klettern versuchte, aufgab und dann Steine auf einen ausgeschlachteten Kombi warf. Aus herumliegenden Ziegelsteinen baute sie eine kleine Mauer und legte ein Stück rostiges Wellblech darauf. Dabei schnitt sie sich in den Finger und begann zu weinen, während sie sich die Hand mit der Plastikfolie der schon verzehrten Sandwiches verband. Sie legte den Kopf in den Nacken und hielt die leere Saftflasche über den Mund, um die letzten Tropfen aufzufangen. Dann nahm sie ihre Tasche und marschierte wieder zu ihrem Rad.

Mit einer Hand schob sie das Rad zurück zur Piste, mit der anderen versuchte sie die Fliegen zu verscheuchen, bis sie fast zu ihrer Straße kam. Mittlerweile war es so heiß, dass Swann anfing, sich Sorgen zu machen. Er wusste, dass der Asphalt auf der Straße nun schon weich war. Der Belag durfte so heiß sein, dass man ein Spiegelei darauf braten konnte. Die glühende Luft würde seine Tochter bald ausdörren und rösten. Sie ging mit in die Unterhose gestopftem Rock dahin, ihre Sandalen waren mit grobkörnigem rotem Staub bedeckt.

Er fuhr hinter ihr die Straße entlang und parkte vor ihrem Haus. Sie warf das Rad in den Vorgarten, und als er zu ihr trat, waren ihre dunklen Augen zornerfüllt.

»Heute lauf ich nicht weg, Daddy«, flüsterte sie heiser. »Dafür ist es zu heiß!« Sie umarmte ihn kurz, ehe sie schnell ins dunkle kühle Haus huschte.

Marion hatte ihr bereits ein kühles Bad einlaufen lassen und ein kaltes Glas Wasser auf den Boden neben die Wanne gestellt. Louise sprang in die Wanne und trank mit gesprungenen Lippen das Glas auf einen Zug aus; dabei spitzte ihre sonnenverbrannte Nase über den Glasrand. Swann füllte es wieder auf, und wieder trank Louise es auf einen Zug aus. Danach noch eins. Und dann begann sie zu weinen, genau wie nach allen anderen Ausbrüchen, und verriet ihnen den Grund für ihr Weglaufen – irgendein Streit mit Kindern an ihrer neuen Schule. Sie weinte, damit ihr Vater ihr half, damit er sie wahrnahm.

Das war ein Grund, warum Swann die Stelle als Superintendent der Region Albany angenommen hatte: dass er mehr Zeit mit Marion und seinen Töchtern verbringen konnte. In der Stadt arbeitete er auch wie ein Stadtpolizist bis spät in die Nacht, mit vielen Überstunden. In Albany konnte er ganz in der Nähe seiner Dienststelle wohnen, die Kinder konnten zu Fuß in die Schule gehen. Doch als Louise heranwuchs, verbrachte sie die meiste Zeit mit Freundinnen oder lesend, allerdings nicht die Bücher auf ihrem Regal neben dem Telefon, Wildwestromane von Zane Grey, Krimis von Alistair MacLean oder Science-Fiction von Nevil Shutes, sondern Bücher aus der Leihbibliothek. Swann war stolz auf sie, weil er darin ein eigenständiges Interesse, eine Hinwendung zur Welt sah, kein Zurückziehen in sich, wie Marion es interpretierte. Für sie war Louise zwar höflich, klug und trocken, aber auch verschlossen. Und diese Verschlossenheit bereitete der Mutter Sorgen, während Swann sie eher für das typische Verhalten einer Heranwachsenden hielt.

Im Rückblick musste Swann aber einräumen, dass er vieles an Louises Verhalten nicht verstanden hatte. Darüber hätte er gern mit Ruby gesprochen. Vielleicht konnte er auch mit Jacky darüber reden, wenn sie sich besser kannten.

Er hörte einen Wasserkessel pfeifen und bemerkte, dass sich Jacky vom Boden erhoben hatte. Er schüttelte sich, um auch wach zu werden.

»Du brauchst eine andere Unterkunft, Jacky. Irgendwas nicht so Auffälliges.«

»Eine Art Schutzunterkunft?«

»Genau so was. Irgendwo draußen in einem Vorort.«

»Annie DuBois hat mir was angeboten, aber ich hab hier schon bis morgen bezahlt.«

Swann überlegte, was ihm daran nicht gefiel. »Du hast nach unserem Treffen mit ihr gesprochen?«

»Ja, hab ich. Aber sonst mit niemand.«

»Und sie redet auch mit niemand?«

»Nö. Höchstens mit ihrem Freund. Aber keine Sorge, Sol ist okay.«

»Du weißt doch, wie so was läuft. Er sagt's auch nur zu einem …«

»Er ist anders.«

»Ich kenn den Typen nicht mal. Wer ist das?«

Jacky lachte ihn an. »Ich sag dir doch, mach dir wegen Sol keine Sorgen. Er ist wirklich Geschäftsmann, Schlipsträger, und er hat seit über einem Jahr was mit Annie – fast schon verrückt, verdammt. Davon weiß praktisch niemand was. Der Typ kann echt die Klappe halten.«

»Kann schon sein, aber Sol wie?«

»Solomon Sands. Kommt aus Melbourne. Groß, voller Wolle, richtiges Bärchen. Zieht sich immer an, damit man's nicht sieht.«

»Was für eine Branche?«

»Irgendwas mit Steuern. Steuerberater? Was in der Art.«

»Hat er mal für Ruby gearbeitet?«

»Herrgott! Einmal Bulle, immer Bulle.«

»Bin immer noch in dem Verein.«

»Er hatte mal nen Auftrag. Nur was Kleines. Ein Kerl hat Ruby nen ungedeckten Scheck gegeben, und du weißt ja, was sie für Prinzipien hatte. Der Scheck lief auf eine Firma, die sie nicht kannte – sie hat vermutet, dass der Typ auf ner Konferenz in der Stadt war, und wollte rauskriegen, woher er kam. Ich hab Sol den Scheck vorbeigebracht. Das vergess ich nie – der Macker hatte ne goldene Badehose an und soff Martinis am Pool. Behaart wie'n Mammut.«

»Hat er's rausgekriegt?«

»Sofort. Ruby hatte am nächsten Tag ihr Geld. Sol hat erzählt, er hat sich nach den Geschäftsführern erkundigt, und nach ein paar Telefonaten war's erledigt.«

Jacky hatte wieder dieses Funkeln im Blick. Sie nippte an ihrem Kaffee, um nicht nach ihrem Spritzbesteck zu schielen.

Er stand auf. »Hast du ein Telefon? Darf ich's vorm Gehen mal benutzen?«

»Musst du schon weg? Du kannst gern die Couch haben.«

Er schüttelte den Kopf. »Aber sag Bescheid, wenn du heute umziehst oder was brauchst, ja?«

Sie nickte, den Blick auf ihr Besteck gerichtet. Es hatte nicht den Anschein, als würde sie irgendwohin wollen.

Nicht mal eine Stunde bis Sonnenaufgang. Partridge saß auf der Bettkante und betrachtete seine Hände. Er wusste nicht, wie lange er schon dasaß und vor sich hin starrte. Er legte sich wieder hin und schloss die Augen, doch der Lichtkranz um die Ränder der Dunkelheit verschwand nicht.

Er bemühte sich, seine Gedanken zu ordnen, aber der Kopfschmerz und die Geschehnisse am Abend in der Loge ließen ihn nicht zur Ruhe kommen. Schon wieder waren ihm die Schmerztabletten ausgegangen. Er hatte es stattdessen mit Atemübungen versucht, aber der pochende Schmerz fuhr ihm bei jedem etwas druckvolleren Ausatmen in die Knochen. Außerdem konnte er sich vor Erregung kaum konzentrieren. Dass der Premier ihm vorschlug, den Kommissionsvorsitz niederzulegen, war unerhört. Ganz zu schweigen von Barths selbstgefälligem Gesicht den ganzen Abend über, seinem belanglosen Geplauder mit den Bücklingen, die während des zweiten und dritten Gangs zu ihnen an das Kopfende des Tischs gekommen waren.

Vergeblich hatte Partridge auf eine weitere Gelegenheit gewartet, um mit Barth alleine zu sprechen. Er hatte, umhüllt von Rauch und Gelächter, höflich Konversation machen müssen, während der Premierminister lächelnd dasaß und Single Malt schlürfte.

Was den Richter am meisten geärgert hatte, der eigentliche Grund, warum er in dieser Nacht kein Auge zutun konnte, war jedoch das freimütige Eingeständnis des Premiers, dass die Royal Commission bloßes Spektakel war. Barth war sich viel zu sicher, dass Superintendent Swann den Korruptionsvorwurf gegen die Polizei nicht würde belegen können – wie üblich, wenn sich die Anschuldigungen gegen zugeknöpfte Institutionen und verschworene Gemeinschaften richteten. Ohne Beweise galt natürlich auch für die Exekutive im Zweifel für den Angeklagten, und offenbar hatte Barth genau darauf gesetzt, als er den Untersuchungsauftrag für die Kommission formuliert hatte.

Den gesamten Abend über hatte Partridge das Gefühl gehabt, der Premier sei für seine Logenbrüder eine Art Prophet, der sie alle ins gelobte Land führen würde – ein Land, das ihnen bereits gehörte, dessen Potenzial sie aber noch gar nicht begriffen. In Western Australia war die harte Realität des Grenzlandes erst seit kurzer Zeit von Vorstadtrasen und Teerstraßen überdeckt. Am meisten überrascht hatte Partridge der fast schon nationalistische Eifer, mit dem die Männer ihren Bundesstaat betrachteten. Die jüngsten Ereignisse in Canberra schienen sie kaum zu interessieren, die Entlassung der australischen Bundesregierung durch den Generalgouverneur der Queen wurde mit kaum einem Wort erwähnt, was Partridge als Beleg tiefer Abneigung gegenüber den östlichen Bundesstaaten auffasste. Diese Haltung blitzte auch hinter ihren gepflegten Privatschulakzenten auf – einer Fassade, die zunehmend bröckelte, je später der Abend wurde.

Es gab noch viel zu tun, daran hatten die Gespräche der Männer keinen Zweifel gelassen. Die Aussichten auf Reichtum und Wohlstand waren gut, aber es bedurfte der Anleitung und Führung durch einen Mann wie Premier Barth, damit der Traum Wirklichkeit wurde, und zwar nicht nur für sie selbst, sondern auch für ihre Kinder und Kindeskinder, und dabei durften sich weder die Bundesregierung noch irgendwelche starrköpfigen katholischen Neinsager einmischen.

Später war auch Wallace an ihren Tisch gekommen und hatte sich neben den Premier gesetzt, ihm aus einer funkelnden Karaffe Whiskey nachgeschenkt und locker mit ihm geplaudert. Irgendwann kam das Gespräch auf das Bestreben von Bürger- und Freiheitsrechtlern, wie in allen anderen Bundesstaaten die Todesstrafe abzuschaffen. Wallace' Meinung in dieser Frage war für Partridge keine Überraschung – die Ansicht des Premiers dazu war ohnedies schon durch die Presse gegangen –, aber als das Gespräch auf den verheerenden Zyklon Tracey kam, hörte er mit Erstaunen, dass Wallace' Vater Rinderzüchter in Kimberly gewesen war und Wallace als Junge Pferde zugeritten und Krokodile gejagt hatte. Diese Herkunft stand in seltsamem Gegensatz zu seiner auffälligen Kleidung und dem affektierten Getue. Der Akzent, dachte Partridge, wird aber immer echter, je länger der Abend dauert und je mehr getrunken wird.

Vielleicht hätte er gar nicht so überrascht sein müssen. Er wusste, dass der Gegensatz zwischen Stadt und Land in Western Australia nicht sehr ausgeprägt war. Hier schien man nicht zu glauben, dass die Städte nur vom Hinterland lebten, wie er das von zu Hause kannte, insbesondere seit er selbst aufs Land gezogen war und sein neuer Nachbar das Verhältnis zwischen Melbourne und dem Staat Victoria charmanterweise als das einer Laus in seinem Pelz beschrieben hatte.

Seine Assistentin Carol hatte zwei angeheiratete Verwandte, die Farmer waren. Die Empfangsdame in seinem Hotel war erst vor kurzem von einer Rinderfarm nach Perth gezogen. Sein Zimmermädchen war mit einem Bergarbeiter verheiratet, der monatelang weg war. Man hielt den Staat für eine Art einfache Maschine mit klaren Abläufen und austauschbaren Teilen. Es bestand ein gewisses Maß an Offenheit und Handlungsoptionen, die es nicht gab, wo er herkam.

Partridge stand auf, als der pfeifende Wasserkessel ihn aus seinen Gedanken riss, und brühte sich eine Tasse Tee. Er gab zwei Löffel Zucker hinein und öffnete dann die Schiebetür zum Balkon, um kühle Nachtluft hereinzulassen. Die Stadt vor ihm lag verschwommen in der Dunkelheit, fast wie eine Kinderzeichnung mit Malkreiden. Selbst der große braune Fluss, der langsam vorbeifloss, schien sich wie auf Rollen zu bewegen. Tagsüber war der Swan River von einer Flotte Vergnügungsboote bevölkert, deren unbedarfte Fröhlichkeit sich auch auf jedem Gartenteich gut gemacht hätte. Dennoch war da, auf der anderen Flussseite, der Golfplatz, auf dem man die Leiche von Ruby gefunden hatte.

Vor fast einem Jahr hatte Partridge seinen Richterstuhl geräumt, doch sein Dasein als Pensionär war anders geworden, als er erwartet hatte. Er fand, dass er seither stärker gealtert war als im letzten Jahrzehnt seiner Richtertätigkeit. Ihm war schleierhaft, warum das so war. Er konnte sich keine bessere Partnerin vorstellen als Margaret, und er führte ein angenehmes Leben. Vielleicht war es ja zu angenehm? Er hatte seine Abonnements juristischer Zeitschriften weiterlaufen lassen, um in Kontakt zu bleiben, und hatte wieder zu den Klassikern gegriffen, erneut Gibbon und den ganzen Shakespeare gelesen, um geistig wach zu bleiben.

Aber selbst die Literatur, die gemeinsame Zeit mit seiner Frau und die Wochenendbesuche der Kinder und Enkel konnten das Gefühl der Taubheit nicht vertreiben. Man durfte nichts vom Leben erwarten – das hatte man ihm schon als Kind eingebläut –, aber dennoch hatte er gedacht, dass ihm die Pensionierung zumindest Ruhe bescheren würde, zumindest Zufriedenheit über das Erreichte.

Doch oft stand er in Lorne genau wie jetzt auf dem Balkon, hatte eine Teetasse in der Hand und blickte hinaus auf den

Ozean, sah die eisigen Böen über die Wellen peitschen und spürte die Kälte auf der Haut, merkte wie ihm der Wind die Tränen in die Augen trieb, und sein ganzes Unwohlsein äußerte sich unmittelbar körperlich.

Ihm fiel ein, was sein Vater zu ihm als Sechsjährigem, im ersten Schuljahr, gesagt hatte. Vater war damals Richter am District Court gewesen, und als Verfechter der Todesstrafe hatte er gemeint, einen Menschen zu lebenslanger Haft zu verurteilen und ihm Bewährung in Aussicht zu stellen, sei die grausamste aller möglichen Strafen. Wenn Lebenslängliche tatsächlich freikamen, hatte er angefügt, starben sie meist wenige Monate nach der Entlassung aus dem Gefängnis.

Das war Partridge wie ein Rätsel aufgegeben worden, als ein Paradox, um dessen Auflösung er sich zu bemühen hatte, nicht hier und jetzt, aber doch nach einiger Überlegung. Von ihm wurde erwartet, dass er seinen Vater in dem Kabuff besuchte, in dem er abends arbeitete und Pfeife rauchte, sich auf den Hocker neben dem brennenden Kamin setzte und das Ergebnis seiner Knobelei bekanntgab. Wie alle anderen Aufgaben gehörte dazu das gedankliche Einfühlen in das Schicksal eines anderen Menschen, aber hinter dieses Rätsel war Partridge in seinen Kindertagen nicht gekommen.

Aus Rücksicht auf Margaret hatte er anfangs so getan, als folge er der Berufung in die Royal Commission nur widerwillig. In Wahrheit hatte er sich jedoch nach einer Aufgabe gesehnt, auf die er seine Aufmerksamkeit und Tatkraft richten konnte. Außerdem hatte er gehofft, dass seine Abwesenheit von zu Hause ihn wieder ins Gleichgewicht bringen würde, ihm eine Richtung vorgäbe für die verbleibenden Jahre.

Er blickte noch einmal über den Fluss zum Golfplatz, ehe er wieder hineinging, zurück an die Arbeit.

Die Hälfte aller Straßenlampen am Great Eastern Highway brannte nicht. Der Nebel, der vom sumpfigen Uferstreifen des Flusses herüberwaberte, hüllte den Holden in Silber. Swann blendete auf, wechselte auf die Gegenfahrbahn, ohne vom Gas zu gehen, und raste an den Neonschildern vorbei, die auf dem Weg zum Flughafen für billige Hotels warben.

Er beugte sich vor, um zwischen den Lenkradspeichen besser einen Blick auf die Armaturenbrettuhr werfen zu können. Die Maschine sollte um fünf landen, aber er konnte sie bereits über sich hören; ihr dunkles Grollen legte sich über *Bohemian Rhapsody*, die alle Sender momentan rauf- und runterspielten.

Swann hatte die Neuigkeit von Reggie erfahren, als er ihn von Jackys Motelzimmer aus angerufen hatte.

»Gute Nachrichten. Die Cootes kommen mit dem Morgenflug aus Singapur rein. Ihre letzte Etappe auf dem Weg von London.« Von Kaffee und Zigaretten aufgeputscht, hatte Reggie schon auf den Anruf gewartet.

Einer von Reggies Bekannten bei Qantas hatte seit Monaten die Passagierlisten überprüft in der Hoffnung, dass Swann es als Erster mitbekam, wenn die Cootes nach Perth zurückkamen. Gleich nach dem Mord an Ruby Devine hatte Timothy Coote eine Stelle als Schullehrer in der englischen Provinz angetreten, und nach ihrer Ankunft dort hatte seine Frau Jennifer dem CIB wegen des Mordfalls einen Brief geschrieben.

Die brüllende Boeing stand schon auf dem Rollfeld, als er in der Haltezone vor der Ankunftshalle ankam. Geschafft. Sein Blick wanderte über den Parkplatz und den Betonstreifen vor dem Eingang: Taxis, ein Kleinbus der Trans Australian Airlines. Auf der anderen Straßenseite ein Grüppchen Raucher und Wartender. Kein Anzeichen von Polizei, keine verdächtigen Zivilfahrzeuge.

Vielleicht hatte er Glück und Casey wusste nichts von den Cootes. Oder er wurde nachlässig.

Swann fuhr mit der Hand durch sein Haar und rubbelte sich kurz übers Gesicht. Eine Empfangssekretärin in der Central Police Station hatte Terry gegenüber Jennifer Cootes Brief erwähnt, noch ehe er zum CIB weitergeleitet wurde. Mrs. Coote hatte aus England geschrieben, dass die Familie gegen zwei Uhr nachts zum Flughafen Perth gefahren war und einen Sechziger-Jahre-Dodge und einen Polizeikombi auf einem Fairway des South Perth Golf Club gesehen hatte. Sie hatten sich nichts dabei gedacht und vermutet, der Dodge sei gestohlen gemeldet, doch dann hatten Freunde in einem Brief Swanns Anschuldigungen und die Untersuchungskommission erwähnt und nähere Angaben zum Mord an Ruby gemacht.

In der Hoffnung »behilflich zu sein«, hatte Jennifer in dem Brief berichtet, was sie gesehen hatte. Allerdings konnte sie nicht wissen, dass zwei Uhr nachts noch fünf Stunden vor dem ersten offiziell bestätigten Erscheinen der Polizei am Tatort war. Damit hatte sie den Beweis geliefert, dass Uniformierte Ruby Devine zufällig gefunden hatten, dann aber fortgeschickt worden waren, und das konnte nur der CIB veranlasst haben.

In der Ankunftshalle stellte sich Swann neben einen Getränkeautomaten, von dem aus er alles im Blick hatte. Er trank Ingwerbier und rauchte; die Asche schnippte er in eine Topfpflanze. Die ersten Passagiere kamen aus dem Zoll und traten mit vollgeladenen Gepäckwagen, müden Kindern und Tüten voller zollfreier Waren durch die Rauchglastüren. Die Kinder waren knatschig und verwirrt und klammerten sich an die Beine ihrer Eltern.

Abgesehen davon, dass er Lehrer war, wusste Swann nur wenig über Timothy Coote – eigentlich nur, dass er in den späten sechziger Jahren bei den Swan Districts als Ruckman Australian Football gespielt und auf den Schulfotos der Bassendean High School eine Brille getragen hatte. Swann war nicht sicher, ob er ihn identifizieren konnte, wenn er ihn sah. Ab und zu kam Jubel auf, wenn sich jemand aus der wartenden Menge löste und auf ein Familienmitglied zulief, aber die meisten Ankommenden waren still und erschöpft.

Timothy Coote war bei seiner Ankunft dann doch auf den ersten Blick zu erkennen. Er sah genauso aus wie ein ehemaliger Ruckman, der inzwischen Familienvater geworden war und irgendwo im ländlichen England als Schullehrer arbeitete. Er war sehr groß, kahl, hatte einen Bauchansatz und humpelte leicht. Im Arm trug er ein schlafendes Kind.

Jennifer Coote führte ein zweites Kind an der Hand, das einen Kuschellöwen am Schwanz hinter sich herzog. Swann schien es besser, Jennifer anzusprechen statt ihren Ehemann. Es war nicht nur sie gewesen, die den Brief geschrieben hatte, sie sah auch entspannter aus, mehr Herrin ihrer Sinne.

Er sah sich in der Halle um, ehe er zu ihr ging und seine Polizeimarke hervorzog. »Jennifer Coote? Dürfte ich kurz mit Ihnen sprechen?«

»Was? Nein, das ist jetzt schlecht.«

Forsch. Ängstlich. Die Stimme einer Mutter. Swann lächelte sie freundlich an und sprach weiter. »Mordkommission. Es geht um Ihren Brief in der Sache Ruby Devine.«

Keine Spur von Erleichterung in ihrem Blick, nicht einmal ein Aufblitzen von Verständnis. Sie wandte sich an ihren Mann, der rechts neben ihr stand und Swanns Marke anstarrte. Die Augen von Timothy Coote waren klein und blutunterlaufen, auf den verschmierten Brillengläsern waren Fingerspuren seiner Tochter zu sehen.

»Nur ein paar Minuten«, beharrte Swann. »Es ist dringend.«

Jennifer Coote blickte sehnsüchtig auf den Taxistand und die wachsende Schlange. Die selbstbewusste Haltung war Fassade gewesen; sie war genauso erschöpft wie ihr Mann. Dass ältere Kind begann zu jammern und gegen ihren Knöchel zu treten.

Swann ließ die Unzufriedenheit noch etwas ansteigen, ehe er anbot, sie heimzufahren. Er würde sie bis zur Haustür bringen. Sie könnten unterwegs im Auto reden. Er stünde direkt vor dem Ausgang.

Timothy Coote blies die Backen auf und atmete prustend aus. Seine Frau schloss die Augen und holte tief Luft.

Sie wohnten in Bayswater, eine fünfzehnminütige Fahrt, wenn er die kürzeste Strecke nach Bassendean nahm und den Fluss auf der nächstgelegenen Brücke überquerte. Ein lila Schimmer erhob sich über der Ebene und den Hügelrücken. Swann ließ das Radio ausgeschaltet, um die Kinder auf dem Rücksitz nicht zu wecken, die mit dem Kopf auf dem Schoß ihres Vaters lagen. Jennifer Coote war mit dem Beifahrersitz weiter vorgerutscht, damit ihr Mann mehr Beinfreiheit hatte, und weil beide Kinder nun schliefen, kehrten ihre Lebensgeister zurück.

Anders als ihrem Mann war Jennifer Coote die Freude über die Heimkehr anzumerken. Ihre großzügigen Mitbringsel füllten den gesamten Kofferraum – ihr eigentliches Gepäck hatte Swann aufs Dach schnallen müssen. Keiner der Cootes schien etwas dabei zu finden, dass Swann im Dienst eine Familienkutsche fuhr. Vielleicht waren sie auch nur zu müde, es zu bemerken. Er erfuhr, dass Jennifer aus einer Mittelklassefamilie in Swanbourne stammte, und ihrer Sprechweise nach zu schließen, hatte sie eine Privatschule besucht. Jedoch zuckte sie mit keiner Wimper, als unter ihrem Sitz hervor Swanns Whiskeyflasche in den Fußraum rollte.

Er würde sich langsam vortasten müssen. Beide Cootes wussten nicht, dass die Royal Commission bereits arbeitete. Jennifer schien überrascht, dass ihre Aussage von Bedeutung sein könnte. Sie wirkte unbesorgt, als Swann andeutete, die Kommission könnte sie vielleicht zur Anhörung vorladen, aber ihr Mann war vorsichtiger.

»Wir sind natürlich gern bereit zu helfen, aber das ist unser Urlaub. Wir sind nur zwei Wochen hier.«

Swann spürte, dass er damit eigentlich meinte, es sei nicht besonders klug, der Polizei Verfehlungen vorzuhalten. Er versuchte, im Rückspiegel mit Swann Blickkontakt aufzunehmen. Swann sah ihn gleichmütig an. Er würde sie nicht anlügen.

»Genau deswegen ist die schriftliche Aussage so wichtig. Das wäre ein neues Beweismittel. Sie legen vor mir die Aussage ab, unterschreiben, und dann fahren Sie wieder nach England. Das ist alles.«

Aber Jennifer nahm die Befürchtungen ihres Mannes auf. »Andere müssen doch genau dasselbe gesehen haben wie wir«, sagte sie. »Zu der Zeit war noch viel Verkehr. Zwei Autos auf dem Fairway, eins davon ein Polizeiwagen direkt neben dem Highway – das war nicht zu übersehen. Warum ist das, was wir gesehen haben, denn so wichtig?«

»Weil die anderen Zeugen alle ihre Meinung geändert haben, nachdem die Polizei mit ihnen gesprochen hat. Und das ist doch eigenartig, wenn alles so gut zu sehen war, wie Sie sagen.«

»Das war doch gar nicht zu übersehen! Aber …« Sie verfiel in Schweigen, als sie die Konsequenzen bedachte. Vor ihnen stiegen Nebelschleier über dem enger werdenden Fluss auf, um sich bald im heller werdenden Licht aufzulösen.

Swann suchte nach einem Hebel. Er war suspendiert, konnte ihnen keinen Schutz bieten. Und keine Belohnung. Auch ihre Egos brauchte er nicht zu reizen, ihr Geltungsbedürfnis – dazu waren sie zu geerdet. An ihre soziale Verantwortung konnte er ebenfalls schlecht appellieren, immerhin hatten sie Kinder. Schließlich beugte sich Timothy Coote vor, je eine Hand auf dem Kopf eines schlafenden Kindes. »Wie war noch mal Ihr Name? Superintendent Swann? Sind Sie nicht der …?«

Swann blickte ihm wieder im Rückspiegel in die Augen und fixierte ihn so lange, bis er sich wieder der Straße zuwenden musste. »Ich muss in drei Stunden bei Gericht sein. Hören Sie, ich verstehe Sie. Aber Sie können sagen, was Sie zu sagen haben, und dann wieder ins Flugzeug steigen, nach England fliegen. Vielleicht spielt es für die Kommission keine Rolle, aber andererseits könnte Ihre Aussage die erste sein, die einen Zweifel auf die offizielle Version wirft. Nach Ihnen könnten auch andere aus der Deckung kommen.«

»Aber wir haben doch schon den Brief geschrieben. Kann der nicht als Beweis dienen?«

»Den Brief gibt's nicht mehr. Wie viele andere Beweisstücke in diesem Fall. Wenn Sie eine schriftliche Aussage machen …«

Aller Eifer war aus Jennifer Coote verschwunden. Sie schien in sich zusammengesackt zu sein, war von ihm weggerutscht. Der Wagen fuhr über den Fluss, die Reifen ratterten auf den Brückenbalken aus Jarrah-Holz. Unter ihnen quakten Enten im Unterholz der Akaziensträucher, im Park riefen Flötenvögel, aber Jennifer sah nicht hinunter, nicht auf die erwachenden Vororte, in denen Vorhänge aufgezogen wurden, um die Sonne einzulassen. Stattdessen starrte sie auf ihre Hände.

»Dann erzählen Sie's mir doch inoffiziell, ohne Protokoll«, sagte er. »Sagen Sie mir einfach, was Sie gesehen haben.«

Auch seine Erschöpfung war nun nicht zu überhören, und Jennifer reagierte darauf, indem sie ihm von der Seite beim Fahren zusah.

»Wie ich im Brief geschrieben habe«, begann sie, »waren wir ein bisschen spät dran für unseren Flug. Wir sind eigentlich keine Gaffer oder so, aber als ich den Dodge und den Polizeiwagen zusammen gesehen hab, na ja, da hab ich genauer hingeschaut.«

»Es war ein weißer Polizeiwagen. Ein Kombi oder Kasten, hinten ohne Fenster«, warf Timothy ein. »Ein Holden aus der HQ-Serie. Er stand quer zu uns.«

»Sehr gut«, sagte Swann. »Und weiter?«

Jennifer rutschte in eine andere Sitzposition. »Tja, was noch? Also, der Officer, den wir gesehen haben, war ziemlich groß, ungefähr so wie Tim.«

Uniformierte, dachte Swann. Allerdings – jeder CIB-Detective hatte auch eine Uniform daheim im Schrank hängen.

»Und?«, ermunterte er sie.

»Tja, er stand einfach da und hatte die Arme aufs Autodach gestützt. Und dann waren wir schon vorbei. Wir haben's beide erwähnt. Dodges sieht man ja nicht so viele. Wir dachten, dass er bestimmt gestohlen ist.«

Swann dankte mit einem Nicken »Ich verrat Ihnen was«, sagte er. »Der Polizeikombi, den Sie gesehen haben, wird gar nicht erwähnt, nirgends. Im offiziellen Bericht steht, dass die Polizei erst bei Sonnenaufgang da war. Und Sie haben ganz recht, es gibt andere Zeugen, und die haben dasselbe gesehen wie Sie, aber die wurden alle davon überzeugt, dass sie sich irren. Ich hab die Polizeiberichte jener Nacht selbst überprüft, und in keinem wird zwischen Mitternacht und Sonnenaufgang auch nur ein einziger Vorfall erwähnt. Soweit ich weiß, ist so etwas überhaupt noch nie vorgekommen.«

»Haben Sie den Dienstplan für jene Nacht überprüft?«, fragte Timothy. »Was meine Frau sagt, stimmt, der Polizist, den wir gesehen haben, war wirklich sehr groß.«

»In jener Nacht hatte niemand so Großes Dienst. Die Pläne hab ich schon überprüft.« Swann merkte, dass er wütend wurde. Er hatte es nicht geschafft, sie für sich einzunehmen. Sie waren anständige Leute, aber an ihrer Körperhaltung merkte er, dass sie sich nicht für ihn einsetzen würden. Er hatte das schon zu oft erlebt. Unwille gepaart mit Furcht. Und ein bisschen Scham über sich selbst als Dreingabe. Das eigene Selbstbild im Handumdrehen in Frage gestellt: Vielleicht war man doch nicht ganz so, wie man glaubte?

»Es tut uns leid wegen Ruby Devine«, sagte Timothy Coote entschuldigend und lehnte sich zurück. »Wir sprechen mal mit unseren Freunden drüber. Lassen es uns durch den Kopf gehen. Aber wir melden uns auf alle Fälle bei Ihnen.«

»Ja«, sagte Swann. »Tun Sie das. Unter der Nummer können Sie mich erreichen.«

Er reichte Jennifer Reggies Visitenkarte. Nachdem er in die Straße eingebogen war, in der die Cootes wohnten, sah er sich die Häuser an. Einfamilienhäuser im amerikanischen Stil der zwanziger und dreißiger Jahre, in den Gärten Weidenmyrten und Kinderschaukeln. Kleine Arbeiterhäuser mit Rosenbeeten und makellosen Rasenflächen. Manche Häuser holzverschalt, andere mit Faserzement verkleidet, einige verklinkert. Die Dächer mit Wellblech oder roten Schindeln gedeckt. Ein Mann band sich auf der Veranda die Schuhe, neben ihm auf dem Boden lagen eine Thermosflasche und eine Papiertüte mit Sandwiches. Eine alte Frau wässerte ihren Garten, während ihr Mann mit einer im Mundwinkel hängenden Zigarette sein Auto wusch. Nicht viel anders als die Gegend, in der sein Haus stand, und diese Erkenntnis versetzte ihm einen Stich.

Die Fassade des Hauses der Cootes bestand aus hellrotem Backstein und blauen Fliesen, auf dem Rasen stand eine Kanarische Dattelpalme. Die Lüftungsschlitze waren geöffnet, um die frische Morgenluft in die Schlafzimmer zu lassen, die Wohnungstür stand offen.

»Oma!«

Das jüngere Kind war plötzlich aufgewacht und krabbelte zappelnd über den Vater, um an der Fensterkurbel zu zerren. Die Großmutter stand in die Sonne blinzelnd auf der Veranda, dann breitete sich ein Lächeln auf ihrem Gesicht aus. Timothy Coote war aus dem Wagen gestiegen und lief mit Schachteln bepackt die Auffahrt hinauf. Dabei versuchte er, sein Humpeln zu verbergen, grinste seine Mutter an und scheuchte die Kinder ins Haus. Jennifer war zur Seitentür gegangen und rief nach einem Haustier.

Keiner von ihnen achtete auf die andere Straßenseite, wo ein weißer Wagen unter einem Pfeifenputzerstrauch stand. Der Motor tickte noch leise, die Ölspur auf dem staubigen Straßenbelag darunter war frisch.

Swann stieg aus und lud die Koffer vom Dach. Er konnte den Fahrer hinter den getönten Scheiben nicht erkennen, aber das spielte keine Rolle. Er stellte die Koffer in die Auffahrt und stieg wieder in seinen Kombi. Schade, dass es mit den Cootes nicht geklappt hatte, aber immerhin hatte er ihnen einen Gefallen getan – Caseys Büttel musste nun nicht mehr zu ihnen ins Haus kommen. Wahrscheinlich würde er einfach warten, bis sie ihn bemerkten. Wenn sie die Zeitung holten. Wenn sie zum Briefkasten gingen. Den Hund ausführten. Sie würden ihn sehen, wenn er rauchte und sie anstarrte und den Kindern zulächelte, auch wenn in seinen Augen nichts Fröhliches war.

Am Morgen des dritten Sitzungstags stand QC Wallace vor Superintendent Swann und hielt mit zittriger Hand seine maschinenschriftlichen Aufzeichnungen. Bis jetzt war es Partridge nicht aufgefallen, dass der Anwalt zu allem Überfluss auch ein Alkoholproblem hatte, aber nach dem gestrigen Abend in der Loge sah er wirklich mitgenommen aus. Allerdings musste man ihm zugutehalten, dass sein Umgang mit Swann heute deutlich angemessener war. Partridge hatte noch keinen Grund gesehen, ihn zu ermahnen.

Der QC ging vor Partridges Richterstuhl auf und ab, während er auf Swanns Antwort wartete.

»Ja, man könnte sagen, dass ich maßgeblich daran beteiligt war, diese Vorgehensweise zu entwickeln. Wobei Vorgehensweise fast zu viel gesagt ist. Es wurde ja nichts schriftlich festgehalten. Aber das ist die Art Flexibilität, die man in einer Bergarbeiterstadt wie Kalgoorlie braucht. Ob's einem gefällt oder nicht, seit den ersten Goldfunden gehört die Prostitution dort dazu.«

Swann hielt inne und wischte sich mit der Hand über den Mund, was Partridge aus Erfahrung als Vorboten einer riskanten Aussage, einer gewagten Überlegung erkannte. Die Eigenarten von Zeugen zu kennen, war für Partridge immer so wichtig gewesen, wie ihren Worten zu folgen, insbesondere wenn sie unter Druck waren.

»Aus meiner Zeit in Kalgoorlie weiß ich«, fuhr Swann fort, »dass in diesem Gewerbe viele ganz normale Frauen arbeiten. Wenn sie genug Geld verdient haben oder den richtigen Partner kennen lernen, hören sie auch wieder auf damit und machen was anderes. Nur wenige bleiben langfristig dabei, abgesehen von denen, die wie Ruby Devine einen eigenen Laden aufmachen.«

Wallace unterbrach sein rastloses Auf-und-ab-Gehen und blieb vor Swann stehen. »Wir kommen später zu Mrs. Devine, Superintendent Swann. Könnten Sie uns erst kurz beschreiben, wie es um die Prostitution in Kalgoorlie bestellt war, als Sie dort anfingen, und auf welche Weise Sie die diesbezügliche Polizeiarbeit in Ihrer Dienstzeit verändert haben?«

»Für Euer Ehren erläutere ich das gern. Alle anderen hier im Saal dürften ja wissen, was für eine Stadt Kalgoorlie war und ist –«

»Sehr liebenswürdig, Superintendent Swann.« Wallace streckte die Brust raus und lächelte, sichtlich um Höflichkeit bemüht. »Aber antworten Sie doch bitte auf die Frage.«

»Die Situation, die ich vorfand, war vermutlich dieselbe wie vor ungefähr hundert Jahren. Kalgoorlie war, wie gesagt, immer schon für Prostitution bekannt, und viele Frauen kamen aus französischen Goldabbaugebieten hierher und später welche aus China. Deswegen wurde Prostitution lange toleriert, auch wenn sie strafbar blieb. Offiziell war es natürlich Aufgabe der Polizei, alle festzunehmen und vor Gericht zu bringen, die gegen Gesetze verstießen. Also wurde unwahrscheinlich viel Zeit darauf verwendet, Prostituierte aus Bars und Hotels zu verscheuchen und all jene aufzugreifen, die dumm genug waren, ihre Dienste auf der Straße anzubieten. Die Strafen waren aber so gering, dass es nur eine Frage der Zeit war, bis die Frauen wieder aktiv wurden, und alles ging von vorn los. Als ich dann dorthin versetzt wurde –«

»Haben Sie auf eigene Faust Gesetze umgangen?«

»Ich hab keine Gesetze umgangen, und ich hab auch nicht auf eigene Faust gehandelt.«

»Soll das heißen, Sie haben sich mit Ihren Vorgesetzten abgestimmt, mit dem Stadtrat, den Wahlkreisabgeordneten? Mit der Regionalverwaltung?«

»Selbst wenn ich das getan hätte, Mr. Wallace, so wäre, wie ich bereits zu Protokoll gegeben habe, nichts schriftlich festgehalten worden. Deshalb lässt sich nichts von dem, was ich hier sage, belegen – und das Gegenteil genauso wenig. Ich wollte nur sagen, dass ich gemeinsam mit meinem Partner Donald Casey gehandelt habe, der damals ebenfalls Detective war.«

»Das klingt nach einem ziemlich ehrgeizigen Vorhaben für einen jungen Detective Constable, oder?«, wandte Wallace ein. »Sie waren damals noch keine dreißig?«

»Ja. Und ich war natürlich auch ehrgeizig. Insofern, als ich die Situation verbessern wollte. Ich dachte, wir könnten was bewegen.«

Da war er wieder, dachte Partridge, das war der Ton, der Swann von den anderen unterschied. Für jemand, der angeblich unzuverlässig und labil war, trat er sehr selbstbewusst auf. Seine Körpersprache verriet Optimismus, er widerstand noch immer den Feindseligkeiten von allen Seiten. Und etwas anderes war da. Trotz des nach außen getragenen Selbstvertrauens, des Vertrauens in die eigenen Fähigkeiten, ließ sich die Art, wie Superintendent Swann vor Gericht auftrat, nicht mit dem arroganten Gehabe der anderen vergleichen. Nichts daran deutete auf den Kreuzzug eines verrückten Eiferers hin.

In Erwartung der nächsten Frage blickte Swann zu Wallace auf. Mit roten Augen saß der Superintendent da, hatte seine Hände auf die Knie gelegt, blickte geduldig und skeptisch, genau wie es sein sollte. Partridge hatte immer ein Leben des Geistes geführt, war reflektiert, ohne sich für besonders interessant zu halten. Swann dagegen ...

»Haben Sie sich überlegt, Superintendent Swann, dass Sie beim Versuch, ein illegales Gewerbe zu steuern, vielleicht selbst in Versuchung kämen? Dass Sie als junger Detective Gefahr laufen könnten, durch fremde Einflussnahme manipuliert zu werden?«

Swann umging diese Falle. »Ich hab's eher so gesehen, dass ich damit wieder zum früheren toleranten Umgang zurückkehre. Und ich kann Ihnen versichern, dass das Problem weniger die *fremde* Einflussnahme war.«

Etwas Unausgesprochenes schwang unüberhörbar in Swanns Worten mit. Der Polizeiminister Desmond Sullivan, selbst ehemaliger Polizist, war heute ebenfalls im Saal. Der massige Mann mit Doppelkinn und schweren, hängenden Schultern saß mit anderen angesehenen Persönlichkeiten als Gast der Kommission auf den Plätzen, die sonst den Geschworenen vorbehalten waren. Er trug den marineblauen Anzug und die Krawatte so, als trüge er Uniform. Mit seinem bleichen Nacken und dem feisten Gesicht sah er aus wie ein fetter weißer Engerling.

Partridge hatte von einem befreundeten Ingenieur aus Melbourne einiges über Sullivan erfahren, als dieser vor nicht allzu langer Zeit mit seinem Unternehmen im Nordwesten hatte tätig werden wollen. Doch die geforderte Summe allein für die Unternehmensgründung in Western Australia hatte sich auf 20.000 Dollar belaufen – zahlbar in bar an den Polizeiminister persönlich –, andernfalls gab es keine Genehmigung. Partridges Freund hatte dies von Sullivan selbst erfahren, bei einer Cocktailparty in einem Drehrestaurant mit Blick auf Perth. Erst hatte der Ingenieur herzlich gelacht, aber Sullivan hatte keinen Witz gemacht.

Das Vorhaben kam nicht zustande. Der Ingenieur flog am nächsten Tag nach Hause, weil ihm klar geworden war, dass er fortwährend Bestechungsgelder zahlen, in jeder Projektphase jemand anderen würde schmieren müssen. Er hatte

Partridge die Geschichte auf scherzhafte Weise erzählt und augenzwinkernd bedauert, dass er die zwanzigtausend nicht bezahlt hatte – angesichts des anhaltenden Booms, des Rohstoffabbaus und so fort. Einige Wettbewerber hatten sich, wie sie sagten, mit der Situation arrangiert und machten unter der derzeitigen Regierung und ihrer Laissez-faire-Haltung gute Geschäfte.

Sullivan beugte sich zur Seite, um seinem Sekretär neben ihm etwas ins Ohr zu flüstern. Dabei fing er Partridges Blick auf. Er erwiderte ihn mit einer plötzlichen Anwandlung von Aufmerksamkeit.

»Bitte erläutern Sie uns doch, Superintendent Swann«, hob Wallace wieder an, »auf welche Weise Sie und Donald Casey die Prostitution in der Region Kalgoorlie ›steuern‹ konnten, wie Sie sagten, und welche Auswirkungen das auf die Regelung dieser Angelegenheiten in unserer Hauptstadt hatte.«

»Wir haben kleine Änderungen angeregt, die unsrer Meinung nicht nur im Interesse der Prostituierten waren, sondern auch gut für die Gemeinde insgesamt. Diese bestanden darin, dass wir den städtischen Raum und die Zahl der Etablissements, in denen Prostitution gestattet war, beschränkten und die Frauen, die sie betrieben, auch kannten. Die Betreiberinnen waren dafür verantwortlich, dass die Mädchen regelmäßig von einem Arzt untersucht wurden, der uns ebenfalls bekannt war, und dass niemand mit Alkohol- oder Drogenproblemen in den Häusern arbeitete. Und keine Minderjährigen. Diese Regelungen erwiesen sich als sehr wirksam und wurden während meiner gesamten Dienstzeit in Kalgoorlie eingehalten. Als ich nach Perth versetzt wurde, habe ich mich dafür eingesetzt, dass man auch hier so verfährt.«

»Danke, Superintendent«, sagte Wallace. »Und wie würden Sie Ihr damaliges Verhältnis zu diesen ... Damen beschreiben?«

»Es war im Interesse aller Beteiligten, sich an unsere Vorgaben zu halten.«

»Und das heißt?«

»Das heißt, unser Verhältnis, wenn Sie es so nennen wollen, war vielleicht nicht immer von wechselseitigem Respekt geprägt, aber immerhin von Verständnis füreinander.«

»Aber keine Freundschaft?«

Mit einem kurzen Nicken ließ Swann es zu, dass Wallace das Gespräch in diese Richtung lenkte. »Ja, manchmal auch das.«

»Würden Sie Ihr Verhältnis mit Ruby Devine als Freundschaft bezeichnen? Wurden Sie beispielsweise jemals zu ihr nach Hause eingeladen?«

»Ja, das würde ich, und ja, ich wurde.«

»Könnte man angesichts Ihrer Freundschaft mit Ruby Devine nicht auch meinen, dass sie von Ihnen, sagen wir, bevorzugt behandelt wurde?«

»Nein, das ist nicht zutreffend. Sie wurde behandelt wie alle anderen.«

»Gehörte zu dieser Freundschaft auch die Bitte um Geld oder sexuelle Gefälligkeiten, Superintendent?«

Partridge bemerkte, dass er sich – genau wie die meisten Besucher – nach vorne gebeugt hatte.

»Nein, ich jedenfalls habe weder von Ruby Devine noch von jemand anderem Geld oder sexuelle Gefälligkeiten verlangt.«

»Damit wollen Sie aber doch andeuten, wie Sie es auch schon behauptet haben, dass andere Detectives solche Gefälligkeiten verlangt haben?«

Swann nickte. »Wie Sie wissen, gibt es von mir bereits eine

schriftliche Erklärung dahingehend, dass es in der Geschichte dieses Staates keine Phase gab, in der die gewerbsmäßige Prostitution und einige der für ihre Überwachung zuständigen Officers kein finanzielles Arrangement gefunden hätten. Ich kann nur davon ausgehen, dass dies heute nicht anders ist.«

Schön ausgedrückt, dachte Partridge.

»Können Sie uns denn auch irgendeinen Beleg für diese Ungeheuerlichkeit liefern, Superintendent Swann? Speziell in Anbetracht des unterstellten Ausmaßes und der Dauer dieser illegalen Aktivitäten.«

Swann konnte ein Lächeln nicht unterdrücken, die Frage war einfach zu albern. »Mr. Wallace, die Detectives des Criminal Investigation Bureau sind sehr versiert im Umgang mit Beweismitteln und wissen, wann etwas beweiskräftig ist und wie man das vermeidet. Allerdings gibt es einen Punkt, der sich nicht so leicht wegdiskutieren lässt. Ich habe hier …« Und er hob ein Dokumentenbündel in die Luft.

Schlagartig war der ganze Saal wie elektrisiert. Endlich etwas Greifbares. Wallace sah blass aus. Partridge warf dem Polizeiminister einen Blick zu und sah ein Funkeln in dessen Augen. Der QC trat zu Swann, nahm die Unterlagen an sich und blätterte sie kurz durch.

»Superintendent Swann, das hier ist eine Royal Commission. Alle Beweismittel müssen vor Beginn der Untersuchung vorgelegt werden, damit geprüft werden kann, ob diese im Hinblick auf den vorgegebenen Untersuchungsauftrag zulässig sind. Ich fürchte, dass wir in diesem Fall …«

Wallace trug den Papierstapel zu Partridge und reichte ihn dem Richter mit einem zufriedenen Lächeln. Swann schüttelte den Kopf. Partridge überflog die oberste Seite; der Geräuschpegel auf den Besucherrängen stieg rasant.

»Ruhe im Saal!«, rief er, und als es wieder still war, setzte er seine Durchsicht fort. Grundbuchauszüge, Dutzende von Grundbuchauszügen, auf denen die Namen einer Juliet Casey, Rosemary Webb, Deborah Sherving verzeichnet waren. Er nahm wieder das oberste Blatt und beugte sich zum Mikrofon. »Mr. Wallace, Sie weisen zu Recht darauf hin, dass alle zugelassenen Beweismittel vor Beginn der Royal Commission geprüft werden müssen. Allerdings werde ich in diesem Fall deren Verwendung stattgeben. Sie haben Superintendent Swann explizit gefragt, ob er im Besitz von Dokumenten sei, die seine Behauptungen belegen. Angesichts Ihrer speziellen Forderung ist seine Vorlage von Beweismitteln angemessen. Superintendent Swann, fahren Sie bitte mit Ihrer Aussage fort.«

Als Wallace seinen Fehler begriff, verzog er das Gesicht. »Keine weiteren Fragen, Euer Ehren«, stieß er hervor und wollte mit gesenktem Kopf auf seinen Platz zurückkehren.

Partridge hielt ihn auf. »Vielleicht keine weiteren Fragen, Mr. Wallace. Aber Superintendent Swann hat Ihre letzte Frage noch nicht beantwortet. Und ich für meinen Teil würde die Antwort schon gerne hören.«

Widerwillig drehte Wallace um und ging zum Zeugenstand zurück. Er nickte dem offenkundig verblüfften Swann zu, er solle fortfahren.

»Nun, man kann sich leicht eine Situation vorstellen, in der ein System der Schadensbegrenzung, wie ich es eben beschrieben habe, auch denen nützt, die es durchsetzen.«

Wallace hatte seine Fassung so weit wiedergewonnen, dass er seiner Stimme einen eisigen Klang verleihen konnte. »Sie sprechen hier von Bestechung. Das ist eine sehr schwerwiegende Anschuldigung. Ich möchte Sie daher darauf hinweisen, dass auch Zeugen vor einer Royal Commission wegen Verleumdung juristisch belangt werden können.«

Swann ignorierte die Drohung. »Ich spreche hier von einem Zehnt, wie wir es nennen, einer Art Gebühr. Insbesondere im Hinblick auf Ruby Devine und die finanziellen Vereinbarungen zwischen ihr und einigen Detectives, die nun in ihrem Mordfall ermitteln. Ich habe meinen Dienst beim CIB quittiert und mich auf eine geringer besoldete Stelle bei der uniformierten Polizei auf dem Land beworben. Was ich Ihnen eben übergeben habe, sind die Grundbucheinträge von nur drei CIB-Angehörigen, die im Großraum Perth insgesamt fünfundsechzig Grundstücke besitzen. Eingetragen auf die Namen ihrer Frauen, die meines Wissens nach alle keinem Beruf nachgehen.

Ehe Sie mir nun gleich erklären, dass eine Untersuchung dieses Sachverhalts nicht Aufgabe dieser Kommission ist, und zwar aus Gründen, die manche Leute schon etwas seltsam finden könnten, möchte ich nur kurz anmerken, dass es noch einiges mehr Interessantes gibt – Belege über Kapitalgesellschaften, Treuhandfonds, Ländereien, Bergbaukonzessionen, die sowohl Officers mit einem niedrigeren Dienstgrad als ich gehören als auch Leuten in höheren Positionen. In sehr viel höheren Positionen. Was Sie von mir bekommen haben, ist nur der Anfang.«

Swann drehte sich ganz bewusst so, dass er Sullivan ansehen konnte. Im Saal war es vollkommen still geworden, und der überrumpelte Wallace überließ es Swann, das Schweigen zu brechen.

»Eine Bordellbesucherin wird auf niederträchtige Weise in aller Öffentlichkeit ermordet, Polizisten des CIB mit kleinem Sold besitzen Reichtümer, die das Vorstellungsvermögen jedes einfachen Mannes übersteigen, und dennoch weigert sich diese Royal Commission, die naheliegenden Schlüsse zu ziehen. Stattdessen –«

Auf den Rängen erhob sich ein Lärm, dessen Echo Partridge sogar von der Wand hinter sich hörte. Er schlug mit dem Hammer und rief zur Ordnung.

Polizeiminister Sullivan blieb ungerührt sitzen und sah vor sich hin.

Der Wind vom Meer trug den brackigen Geruch des Flusses bis in die Stadtmitte. Partridge blieb an einer Kreuzung stehen, um den handgeschriebenen Adresszettel aus seiner Hemdtasche zu holen: 37 William Street. Der dramatische Tag bei Gericht hatte ihn belebt, und nun war er Carols Rat gefolgt und zu Fuß zum Arzt gegangen, statt den zugeteilten Wagen mit Fahrer zu nehmen.

Es gab keine Straßenschilder, aber der Name des Gebäudes auf dem Schild über ihm war gut lesbar: Chung Wah Association Hall, 25 Francis Street. Die Ampel schaltete um, und die Autos fuhren an und wirbelten feinen Staub auf, den er zwar nicht sehen, aber deutlich riechen konnte. Er zog die Krempe seines Hutes tiefer und hob eine Hand vor die Augen, um sie vor dem Gleißen der Dächer auf der anderen Straßenseite zu beschirmen.

Er merkte, dass jemand neben ihm stand, und wandte sich zur Seite. Es war ein älterer Mann mit Hund, der auf Grün wartete. Er kam Partridge wie eine dunklere Version seiner selbst vor, ähnlich straff und kompakt, mit einem Terrier, der nicht viel größer war als ein Kastenbrot. Partridge hielt ihm den Adresszettel hin, der Mann kniff die Augen zusammen, und dann deutete er lächelnd mit dem Daumen über seine Schulter in die Richtung, aus der er gekommen war.

Carol hatte ihm versichert, dass er sich in Northbridge nicht verlaufen könne, hatte es sogar zwei Mal wiederholt in der Voraussicht, dass er es vermutlich täte. Der Arzt war ein Cousin ihres Mannes, und seine Praxis lag in der William Street, nachts ein etwas zwielichtiges Pflaster, tagsüber aber völlig sicher. Partridges Arzt in Melbourne hatte ihm Dispirin verschrieben, um das Fieber zu senken und den Kopfschmerz im Zaum zu halten, aber mittlerweile wirkten die Tabletten nicht mehr. Der Arzt hatte gesagt, sein Blutdruck sei zu hoch, vielleicht die Folge einer Grippe, er solle sich in Perth noch einmal untersuchen lassen, falls die Symptome nicht verschwanden.

Partridge dankte dem alten Mann mit einem Nicken, und dieser trat mit dem nur zu bekannten, schwankenden Gang eines Hüftleidenden vom Gehweg auf die Straße. Der Anblick des schmerzvoll Humpelnden gab Partridges zweitem Grund für den Arztbesuch weitere Dringlichkeit. Seit seiner Pensionierung hatte er mit Margret bei jedem Wetter lange Spaziergänge unternommen, und er fürchtete, dass der Mangel an Bewegung ebenfalls zu seiner Schlaflosigkeit beitrug. Er drehte sich um und machte sich auf den Rückweg, am stehenden Verkehr entlang und vorbei an Bars, Reisebüros und italienischen Restaurants mit flatternden grün-weiß-roten Fähnchen.

Die Hausnummer 37 war ein avocadogrüner, zweistöckiger holzverschalter Bau, neben dem ein schmaler ungeteerter Weg in einen Hinterhof führte. An der Hofeinfahrt stand ein Schild, dessen Beschriftung »Privat – kein Parken« schlampig durchgestrichen und mit »Parkmöglichkeit – 20 Cents/Tag« ersetzt worden war.

Auf der anderen Seite grenzte der Zanzibar Nightclub an den Weg, und vor dem Betonbau im schwarzweißen Zebra-Look lagen unzählige Zigarettenkippen und Glasscherben. Es war der fünfte oder sechste Nachtclub, an dem Partridge in ebenso vielen Minuten vorbeigelaufen war. Alle hatten verdunkelte Fenster und Neonschilder mit glamourösen Namen – Glamarama, Klondike, Glass Slipper, Love Seat –, und aus allen wehte der Muff modriger Teppiche bis auf die Straße. Zwischen den Nachtclubs, den Buchhandlungen für besondere Ansprüche, den italienischen Restaurants und den Imbissständen gab es auch Massagesalons, deren eigentliches Angebot die roten Lampen über der Tür und die Männer verrieten, die in Bergarbeiter-Overalls und mit eisigen Mienen davor standen und rauchten.

Partridge bemerkte, dass er nicht im Geringsten befangen war, ganz anders als an ähnlichen Orten in Melbourne. Er fragte sich, ob es daran lag, dass er hier in der kühlen samtigen Abenddämmerung herumging, aber als er um sich blickte und Männer verschiedenen Alters mit vergnügten, unbefangen umherschweifenden Blicken durch die Straßen schlendern sah, begriff er, dass seine Stimmung wohl eher das Resultat von Anonymität, der fehlenden Hemmung war, die seine Anwesenheit in einem Rotlichtviertel in der Heimat begleiten würde.

Er blieb am Fuß der dunklen Holztreppe von Nummer 37 stehen, betrachtete den fadenscheinigen Teppich auf den Stufen, die lockeren Nägel, roch den Muff des alten Stoffs und lächelte vergnügt darüber, dass er sich auf dieses seltsame Abenteuer eingelassen hatte. Er umfasste sein Handgelenk und fühlte den Puls – er schlug stetig, angeregt von seinem Spaziergang.

Die Stufen knarrten unter seinen Schritten, der Lärm in dem schmalen, mit einer Blumentapete ausgekleideten Treppenhaus war erstaunlich. Doch noch überraschender fand er die Leichtigkeit, mit der er immer weiter hinaufstieg, so als würde im Gehen alles Schwere aus seinem Körper verschwinden, ihm wie Sand aus den Taschen rieseln. Und dann wurde aus der Leichtigkeit, die ihn die Stufen emportrug, ein erhebender Schwindel, so als würde er über sich hinaussteigen und höher schweben, und er musste aufpassen, nicht rückwärts zu kippen. Und ganz plötzlich kam der Schmerz, ein Brennen in der Brust, mit dem er die letzten Stufen auf die Tür zu stolperte.

Swann watete ins Meer hinaus, bis ihn die Wellen von den Beinen rissen und der Rückstrom unter Wasser drückte und zum Riff hinaus zog. Er hielt den Atem an und schloss die Augen. Die Strömung wurde immer stärker, je tiefer die Rinne wurde, aber er versuchte nicht, an die Oberfläche zu gelangen. Er ließ sich über den Boden schleifen, den Sand an seinem Bauch kratzen.

Erst als in der Dunkelheit rote Lichter zu tanzen begannen und ihn die Strömung aus der Rinne spülte, öffnete er die Augen. Er ließ sich mit dem Po auf den Boden sacken und zog die Füße sprungbereit an, wartete jedoch noch, bis das Pochen im Kopf nicht mehr zu ertragen war, und katapultierte sich an die Oberfläche.

Das Licht über dem Meer war weich und klar, unter seinem sanften Leuchten erschien das ganze Land lebendig. Eine Möwe in der Nähe beäugte ihn misstrauisch. Er war so weit vom Ufer weggetrieben, dass das Verkehrsrauschen nur noch schwach zu hören war. Vor ihm, am Ende eines orange lodernden Streifens auf dem Wasser, versank die Sonne am Horizont. Jetzt, da das grelle harte Licht verschwunden war, kam der beste Teil des Tages – Wasser, Himmel, Riff, die Sukkulenten auf den Dünen hinter ihm erstaunten ihn mit ihrer Frische, strahlend wie nach einem Regenschauer.

Er drehte sich auf den Bauch und kraulte durchs Wasser, den Blick auf den Tang am Meeresboden gerichtet. Auch er fühlte sich erfrischt, aber nicht gereinigt. Eine festsitzende Angst, die er durch Atemlosigkeit zu vertreiben gehofft hatte, hielt sich hartnäckig in den Tiefen seiner Brust.

Heute Vormittag hatte er bei Gericht einen Sieg errungen, daran gab es keinen Zweifel. Er würde aber dafür büßen müssen, dass er die Grundbucheinträge von Casey, Webb und Sherving öffentlich gemacht hatte. Während der unzähligen Stunden, die er schon in Gerichtsverhandlungen verbracht hatte, war er mit dem Verhalten von Anwälten vertraut geworden, und das hatte ihn auf Wallace heute vorbereitet. Er hatte geahnt, dass der QC davon ausging, dass er keinerlei Beweise hatte – er hatte sogar gewollt, dass Wallace das annahm, und deswegen hatte er die Auszüge auch nicht an die Medien durchgesteckt.

Aber die Reaktion würde heftig werden. Swann hatte schon wieder gegen ein ungeschriebenes Gesetz verstoßen. Er hatte Namen genannt.

Seine Zufriedenheit war in der Tat nur von kurzer Dauer gewesen. Der Vormittag war gut für ihn gelaufen, aber der Nachmittag war ihm wie eine unendliche Demütigung vorgekommen. Da war dieser Seelenklempner in den Zeugenstand gerufen worden, um seinen angeblichen Nervenzusammenbruch zu bestätigen. Swann hatte den Mann seit Monaten nicht mehr aufgesucht, und dass er dies aus eigener Entscheidung getan hatte statt nach Absprache, schien Professor Wiener verärgert zu haben. Der Chefpsychiater an der University of Western Australia erinnerte Swann an den alten Mann in *Die zwölf Geschworenen*, aber er war nicht annähernd so höflich. Als jüdischer Flüchtling aus Budapest war Wiener ein glühender Verehrer seiner neuen Heimat, wenn man von seinen Kindern absah, von denen eines im Gefängnis saß und das andere sich umgebracht hatte.

In ihren drei Sitzungen hatte Wiener Fragen gestellt, bei denen Swann seinen Ärger nur mit Mühe hatte runterschlucken können. Aber er war bis auf weiteres beurlaubt und wollte unbedingt wieder arbeiten. Ein Hindernis auf dem Weg zu diesem Ziel war Wiener mit seinen Fragen.

Nun bedauerte Swann, dass er ihm überhaupt etwas erzählt hatte. Bei Gericht hatte sich Wiener, beide Hände auf den Gehstock gelegt, mit seiner Aussage direkt an die Besucher gewandt. Manche Zeugen waren einfach so. Die meisten Menschen blickten den Richter an, wenn sie sprachen, andere starrten an die Decke, aber Wiener wollte sichergehen, dass den Besuchern keines seiner Worte entging, insbesondere den Journalisten nicht. Gelegentlich wiederholte er sich, ganz der geduldige Lehrer, damit ja jeder alles mitbekam. Sein leichter Akzent verlieh seinem Vortrag zusätzlich Autorität, so als spräche Sigmund Freud persönlich.

Seine Diskretion reichte nur so weit, wie seine ärztliche Schweigepflicht erforderte. Er gab das, was Swann während der Sitzungen erzählt hatte, nicht wörtlich wieder, beschrieb aber Swanns »Krankheit« ausführlich. Dabei waren seine Worte auf Effekt bedacht, sein Ton reißerisch, so als wäre er Marktaufseher und müsste die verdorbene Ware eines Fischhändlers begutachten – das labbrige Fleisch, die blutleeren Kiemen, die milchigen Schuppen.

Von Swanns Symptomen kam er auf die Diagnose: ein klarer Fall von Depression mit Anzeichen von paranoiden Schüben. Und die Paranoia bereitete Wiener Sorgen, Depressionen dagegen seien bei Männern von Swanns Alter und Beruf keine Seltenheit. Wiener bemerkte, dass das menschliche Nervensystem durch jahrelange Überbeanspruchung und übermäßigen Alkoholkonsum Schaden nehme, und er traf die Feststellung ohne Vorwurf, in sachlichem Ton. Doch Paranoia, behauptete Wiener, sei im Grunde nichts anderes als eine Attacke gegen das eigene Selbst, eine selbstzerstörerische Projektion eigener Schuld auf jene, die einem besonders ähnelten, eine Projektion der schlechten Eigenschaften, die man an sich selbst eigentlich erkannte, sich aber nicht einzugestehen traute.

Nach diesen Worten sah er Swann zum ersten Mal an diesem Nachmittag in die Augen. Und dann versetzte er dessen Glaubwürdigkeit den letzten und schwersten Schlag. Solche Menschen, befand der Arzt, waren nicht nur als Zeugen unzuverlässig, sie konnten auch höchst gefährlich sein. Während die Seele permanent darum ringe, die Wahrheit anzuerkennen, arbeite sie gleichzeitig auf ihre eigene Zerstörung hin, um den Konflikt zu beenden.

Ohne den Kopf aus dem Wasser zu heben, spürte Swann, dass die Wellen höher wurden und er sich dem Strand näherte. Jeden Moment konnte eine davon über ihm brechen. Wenn er an der falschen Stelle war, würde sie ihn unter Wasser drücken und auf den Sand pressen, bis sie über ihn hinweggerollt war; an der richtigen Stelle würde er sie jedoch abreiten können, und sie würde seinen Körper emporheben und tragen, und am Ende hätte sie ihn sanft und sicher an den Strand gebracht.

Als er sich den Sand von den Beinen wischte, fühlte er sich auf seltsame Weise gefestigt. Die Bewegung hatte ihm gut getan. Doch während des Abtrocknens entdeckte er Marion. Ein Stück weiter oben am Strand suchte sie ihn unter denen, die auf der Düne mit dem Gesicht zur untergegangenen Sonne lagen – an der Stelle, wo er üblicherweise lag. Die einzige Person, die wusste, dass er am Strand war, war Reggie, und Marion sah nicht so aus, als wollte sie schwimmen gehen. Als sie ihn sah, winkte sie nicht, und plötzlich meinte er, etwas schnüre ihm die Kehle zu.

Als sie aufeinander zugingen, nahm sie die Sonnenbrille ab, und er sah die Tränen auf ihren Wangen, die roten Augen. Ihr Mund war zu einer tonlosen Klage geöffnet. Er brachte es nicht über sich zu fragen. Eigentlich wusste er es bereits.

»Sie haben jemand gefunden«, stieß sie schließlich hervor.

»Oh.« Zu mehr war er nicht fähig. »Nicht …« Er konnte den Namen seiner Tochter nicht aussprechen, obwohl sie diesen Moment tausende Male durchgespielt hatten in Erwartung des Anrufs, der irgendwann kommen musste.

»Komm mit«, war alles, was sie sagte, ehe sie vor ihm auf das Clubhaus zulief.

Undenkbar, ihr in seinem Holden zu folgen. Er ging mit zu ihrem Datsun und wartete auf der Beifahrerseite, während sie einstieg. Er bekam das Bild der toten Louise einfach nicht aus dem Kopf. Und noch schlimmer waren die Augenblicke vor ihrem Tod, wenn sie mit flehendem Blick darauf wartete, dass er kam und sie rettete.

»Zünd mir bitte eine Zigarette an«, sagte sie, als sie den Motor anließ.

Er zündete sich ebenfalls eine an, um nicht fragen zu müssen, wohin sie fuhren. Er wollte ihren Namen nicht laut ausgesprochen hören.

Es war etwas Gewalttätiges an der Art, wie Marion die Gänge einlegte, auch wenn sie nicht schnell fuhr. An Stoppschildern wartete sie geduldig und ließ andere Fahrer in den Verkehr einfädeln. Sonst fuhr sie weniger rücksichtsvoll.

»Ich hab die Mädchen daheim gelassen«, sagte sie. Und brach dann in Tränen aus. »Ich will das nicht sehen.« Neue Tränen rannen über die Flecken der alten und tropften auf ihre Bluse.

Swann kannte die Namen aller, deren Leichen er gesehen hatte. Anders als manche Kollegen hatte ihn Mord nicht abgestumpft. Er war auf Beerdigungen von Getöteten gewesen, hatte die Angehörigen umarmt und gedacht, er würde den Schmerz verstehen.

Er hatte nichts verstanden. Der Schmerz, den er jetzt fühlte, war jenseits aller Worte.

Sie fuhr auf den Hof des Park Lane Motel.

»Oh nein«, flüsterte er. Er hatte angenommen, sie würden nach Gnangara fahren, in den Kiefernwald, wo Mordopfer in aller Regel abgeladen wurden. Er war unzählige Male dorthin bestellt worden, in die unheimliche Luftigkeit zwischen den Reihen der aufgeforsteten Bäume, Symbole einer gewaltsamen Ordnung, die Mörder anzog.

Aber das Park Lane Motel lag in der Innenstadt, nicht weit von Swanns Hotel entfernt. Es war außerdem der Ort, an dem Louise zum letzten Mal lebend gesehen worden war.

Es kam ihm schrecklich vertraut vor, als er die Treppe hinaufstieg und geräuschlos zu dem Zimmer ging, in dem Louise gewohnt hatte und aus dem sie verschwunden war – spurlos außer einer unbezahlten Rechnung und ihrem Namen im Gästebuch.

Swann wusste, dass sie zu ihrem Zimmer gingen. Und er wusste, dass auch seine Frau es wusste. Der Hotelmanager, der sie begrüßte, wusste es. Und vielleicht beobachtete ihr Mörder sogar, wie Swann auf die im Halbkreis um die Tür versammelten Uniformierten, Detectives und Kriminaltechniker zuging.

Sie sahen ihn erst, als er unmittelbar hinter ihnen stand, und drehten sich dann fast gleichzeitig um. Sie registrierten, dass er in Badehose und Flipflops gekommen war, und an ihren Gesichtern merkte er, dass das tote Mädchen in Zimmer 83 nicht seine Tochter war.

Sie ließen ihn durch, Marion folgte ihm. Durch das offene Fenster drang der Straßenlärm von unten herein, im Zimmer brannten alle Lampen. Das Mädchen kniete, seitlich gegen das Fensterbrett gelehnt, auf dem Bett, ihr Haar bewegte sich in der Meeresbrise. Als er einen Schritt auf sie zuging, schlug eine Böe die Tür hinter ihnen zu.

Sie war mit Gesicht und Brust aufs Laken gedrückt worden. Ihre Arme lagen ausgestreckt vor ihr, die Handflächen zeigten nach oben. Es sah aus, als würde sie beten, nur dass sie nackt war. In ihrem rechten Arm steckte eine Nadel, unter einem um den Bizeps geschlungenen Gummiband. Ihre Hand war violett vor gestautem Blut.

Michelle.

Er nahm Marions Arm und führte sie aus dem Zimmer, die Treppe hinunter und hinaus in den Wind und die Dämmerung.

Er schlug Seite dreizehn der Abendausgabe auf und las zum zweiten Mal den wenig aussagekräftigen Artikel über das vormittägliche Geschehen in der Royal Commission, das er auch selbst über ein paar Stunden verfolgt hatte. Der Einspalter stand eingeklemmt zwischen einem Bericht über neue Landvergaben an einem Ort namens Koondoola und einem längeren Artikel über die Ankunft weiterer Boatpeople aus Vietnam.

Auf der gegenüberliegenden Seite und unmittelbar über einem Text über die geplante Reise des Premiers durch den Nordwesten annoncierte ein hiesiger Autohändler teure Importmodelle, meist amerikanische Marken. Auf der großen Anzeige war auch ein Foto des Mannes zu sehen – der freundliche, ehrliche, lächelnde Leo Ajello. Sein schnauzbärtiges Gesicht strahlte über jeder Abbildung der brandneuen Corvettes, Cadillacs und Mustangs, mit denen die Anzeige zugepflastert war. Marko hatte ihm erzählt, dass Ajello der größte protegierte Drogendealer in Perth war.

Nachdenklich trank er einen Schluck Wein, einen Burgunder, noch ziemlich jung, tanninreich und mit Noten von Pflaume und Waldbeeren. Hier saß er nun, in einem der besten Restaurants von Perth, und musste überrascht feststellen, dass der Wein gar nicht schlecht war. Es schien sich einiges geändert zu haben, seit er von hier in den Osten gezogen war.

Die Speisekarte bot jedoch kaum Überraschungen. Als Vorspeise gab es Krabben mit Avocado, Crêpes mit Lachs und Zitrone oder Krebsquiche; Hauptgerichte waren Hawaiianisches Huhn, Languste an Sauce Mornay, Steak Diane, Beef Wellington, Pfeffersteak und Kronenbraten vom Schwein.

Für einen Vegetarier, der auch Fisch aß, war die Auswahl überschaubar. Schalentiere mochte er nicht besonders, selbst wenn es Langusten waren, und nicht nur deswegen, weil sie für seinen Großvater lediglich als Gartendünger getaugt hatten und der sie, für einen Spottpreis zu kaufen, als Ganzes unter den Zitrusbäumen vergraben hatte. Er entschied sich für zwei Vorspeisen, die Krabben mit Avocado sowie die Crêpes, in der Hoffnung, dass der Lachs frisch war. Aus Erfahrung wusste er, dass bei altem Lachs das Bauchfett ranzig schmeckte. Seines Wissens nach gab es im Umkreis von viertausend Kilometern um Perth keine Lachsfischerei, und so fand er es ungewöhnlich, dass der Fisch überhaupt auf der Karte stand. Aber er mochte Lachs, und deswegen bestellte er ihn jetzt.

Er sprach mit einem jungen Kellner, dessen Haar fast wie ein Kiefernnadel-Erkältungsbad roch – Norsca-Shampoo – und dessen Achseln feuchten Johnson-Babypuder-Duft verströmten. Im Restaurant war es voll geworden. Die Gäste waren überwiegend ältere Ehepaare in Abendkleidung, die wahrscheinlich nach dem Essen mit der Fähre über den Fluss in die Philharmonie fuhren. Eine größere Männergruppe setzte sich an einen reservierten Tisch in seiner Nähe. Von dort hatte man einen schönen Blick auf die über dem Wasser funkelnden Lichter der Stadt, aber keiner von ihnen schien sich dafür zu interessieren.

In seiner Kindheit hatten einige Ajellos am Fuß der Hügel gelebt, harte sizilianische Kinder, die ihren bäuerlichen Eltern schon als Teenager über den Kopf gewachsen waren. Er betrachtete das ältere Ehepaar vom Tisch gegenüber und fragte sich, was sie wohl von Leo Ajellos Doppelleben halten würden. Beide aßen den Kronenbraten, und er überlegte, ob sie je gesehen hatten, wie ein Schwein geschlachtet, seine

Kehle durchgeschnitten wurde und das Blut auf den Boden spritzte.

Mit Italienern aufzuwachsen hatte auch bedeutet, dass er als Kind so etwas oft gesehen hatte. Er hatte sogar Mitleid mit dem Tier bekommen, das im Garten gemästet wurde, bis man es in die Scheune führte. Dort drückte man es zu Boden und schnitt ihm die Kehle durch, und genauso drückte man einen Menschen zu Boden und schnitt ihm die Kehle durch. Es gab keinen Unterschied, keiner wollte sterben.

Die Krabben mit Avocado kamen. Er nahm den ersten Bissen mit geschlossenen Augen. Zimmerwarm, festes Fleisch, ein gutes Zitrusdressing mit ausgeprägten Aromen. Die große Männerrunde war nach ein paar Drinks gelöst, und sie begannen zu lachen wie Jungs bei einer Geburtstagsfeier. Er betrachtete ihre Angeberanzüge, die modisch langen Haare. Auf einigen alkoholgeröteten Gesichtern zeigte sich auch ein Kokaingrinsen. Sie schwitzten trotz Klimaanlage. Einer von ihnen schien Politiker zu sein, vielleicht auch ein Journalist. Wie alle anderen hatte er eine kräftige Stimme und ein gewinnendes Lächeln. Wie alle anderen hörte er auch auf zu lächeln, wenn er meinte, die anderen achteten nicht auf ihn. Was dann auf dem Gesicht des Mannes zurückblieb, war nicht schön.

In seinem Beruf hatte man nicht mehr als ein oder zwei Aufträge pro Jahr, so dass viel Zeit für einen selbst blieb. Er las psychologische Texte und hörte Universitätsvorlesungen. Er hatte immer gedacht, er sei anders, weil sein Vater ein Detective und auch er selbst Polizist gewesen war, aber es gab noch mehr Unterschiede. Schon als Kind wollte er herausfinden, wozu er fähig war. Wo seine Grenzen lagen. Was er nicht tun konnte, was er nicht wollte. Er wollte hinter den Vorhang blicken. Hinter die Masken. Wer hatte wirklich Macht? Er wollte diese Dinge wissen, denn ohne dieses Wissen wäre er nur einer von vielen. Ein weiteres Rädchen im Getriebe, ein Schweinchen im Pferch.

Einer der Männer verkündete dröhnend, er werde einen Privatjet mieten. Er wurde von einem anderen übertönt, der behauptete, er stünde kurz davor, Präsident Suharto ein gebrauchtes Flugzeug abzukaufen. Doch auch ihre schicken Anzüge und das gepflegte Auftreten konnten die Beschränktheit und Dumpfheit in ihren Augen nicht verbergen. Sie waren nicht besser als gewöhnliche Kriminelle, nur bessere Schauspieler.

Schon sein Vater hatte beklagt, dass es keine richtigen Verbrecher mehr gab. Er hatte es beklagt, weil er glaubte, ohne richtige Verbrecher gäbe es auch keine richtigen Polizisten. Was diese Männer feierten, wurde mit keinem Wort erwähnt. Sie alle hatten sicher auch seriöse Berufe, aber hier warfen sie mit Schwarzgeld um sich. Höchstwahrscheinlich mit Drogengeld. Drogenhandel war ein Geschäft. Dafür waren Manager nötig, keine einfachen Verbrecher. Sein Vater hatte es bereits vorausgesehen, aber wenn er heute noch lebte, würde er es nicht glauben. Er hatte zu einer Generation gehört, in der jemand aus der Arbeiterklasse nicht so leicht reich wurde.

Seine Crêpes wurden serviert. Er hob einen am Rand an, und wie befürchtet, roch der zerpflückte Fisch ranzig. Er schob den Teller beiseite.

Der Kellner, der am großen Tisch bediente, schob einen Servierwagen mit einem Spanferkel auf einer Silberplatte heran. Statt eines Tranchiermessers nahm er einen Unterteller. Das Fleisch war so zart, dass er es damit von den Knochen schieben konnte, ehe er es mit einem Löffel auf silberne Servierteller legte. Die Männer prosteten sich zu und begannen lachend zu essen. Der Rest des Ferkels blieb auf dem Servierwagen liegen, und der Mann, der am nächsten saß, drehte dessen Kopf ab und hielt ihn sich vors Gesicht. Dann erhob er sich und wandte sich in Bauchrednermanier an den gesamten Tisch.

»Oink, oink. Ich seh dich, Moncrieff. Und dich auch, Bartlett. Und dich erst recht, Dodd.«

Die Männer brüllten und johlten. Einer lachte so sehr, dass er das Fleisch im Mund wieder ausspucken musste.

»Ich seh dich, Dyson. Und dich, Strachan. Auch dich ...«

Eingerollt in schneeweiße gestärkte Laken, suchte Partridge nach einer bequemeren Liegeposition. Auf dem Nachttisch neben dem Bett stand ein Fläschchen Nitrokapseln, die ihm der Arzt verschrieben hatte und von denen er alle zwei Stunden oder beim ersten Anzeichen von Schmerz eine nehmen sollte. Neben dem Fläschchen stand auch ein Wecker, das Leuchtzifferblatt ihm zugewandt. Allerdings konnte er sich nicht erinnern, ihn dort hingestellt zu haben. Die angezeigte Uhrzeit verriet ihm, dass er erst vor drei Stunden in die Arztpraxis gekommen war und über Schmerzen in der Brust geklagt hatte.

Auf der Liege im Arztzimmer war er kurzatmig gewesen, und der Schmerz hatte bis in den Kiefer ausgestrahlt. Der Arzt hatte ihm eine bittere Flüssigkeit auf die Zunge geträufelt, dann eine Sauerstoffmaske über Mund und Nase gelegt und mit einem Stethoskop das Herz abgehört. Dazu hatte er mit leiser Stimme der Arzthelferin aufgetragen, eine Decke zu holen, den Sauerstoffhahn weiter aufzudrehen und die Kissen zurechtzuschieben.

Dabei sah Partridge die ganze Zeit dem Arzt in die Augen, lauschte der ruhigen Stimme und gab sich alle Mühe, keine Angst zu haben, obwohl er sich vor Schmerzen wand. Plötzlich erschien ihm Margret und ihr gemeinsam erbautes Haus in Lorne. Er sah ihr Gesicht in der Tür, den schwanzwedelnden Hund zu ihren Füßen, im Hintergrund die Stimmen der Enkel, Essensduft aus der Küche, bis ihn das Wort »Krankenwagen« aus seiner Träumerei riss. Auch der Schmerz ließ nun nach.

Sie hatten ihm mit der Maske Sauerstoff zugeführt, bis das Nitrospray die Herzkranzgefäße erweitert hatte, hieß es. Mit stabilisiertem Puls und inzwischen auch schmerzfrei, stellte ihm der Arzt eine Reihe einfacher Fragen. Hatte er in jüngster Zeit eine Grippe gehabt? War der Schmerz allmählich stärker geworden oder plötzlich gekommen? Hatte er sich in einer Phase der Ruhe oder des Stresses eingestellt, oder in beiden? Gab es in seiner Familie Fälle von Herzkrankheit?

Als die beiden Sanitäter eintrafen, saß Partridge schon aufrecht und trank ein Glas Wasser. Die Sauerstoffflasche neben sich brauchte er nicht mehr, aber der Ballon des Blutdruckmessers war weiter an seinem Arm befestigt. Der Arzt vermutete eine Angina pectoris im Anfangsstadium, einen ersten Ausbruch. Einer der Sanitäter leuchtete ihm mit einer Taschenlampe in die Augen, maß erneut seinen Blutdruck und war mit dem Ergebnis offenkundig zufrieden. Dass Partridge so gut auf das Nitroglyzerin ansprach, ließ darauf schließen, dass er keinen ernsteren Herzanfall erlitten hatte.

Eine Angina konnte auf eine Herzkrankheit hindeuten, aber mit den richtigen Medikamenten, einer entsprechenden Ernährung und besserer Fitness kam man ihr gut bei. Der Arzt offenbarte ihm, dass er selbst beinahe zehn Jahre an einer verschleppten Angina laboriert hatte, das sei gar nicht so selten.

An diesem Punkt machte Partridge deutlich, dass er nicht mit den Sanitätern ins Krankenhaus fahren wolle, obwohl ihm der Arzt riet, vorsichtshalber eine Nacht unter Beobachtung zu verbringen.

Er fühle sich aber gut, beharrte Partridge. Der Schmerz sei vollkommen verschwunden. Er werde sofort im Krankenhaus anrufen, sollte sich nachts nur das geringste Anzeichen von Unwohlsein einstellen, versicherte er dem Arzt. Dieser räumte ein, dass vermutlich keine unmittelbare Gefahr bestünde, solange Partridge regelmäßig die Nitrokapseln einnehme. Aber sicher sein könne man erst, wenn alle Untersuchungen abgeschlossen seien, mahnte er und riet, bei der ersten Gelegenheit einen Spezialisten aufzusuchen.

Er werde sich sofort nach seiner Rückkehr nach Melbourne untersuchen lassen, versprach Partridge, vielleicht sogar schon vorher. Ein Freund von ihm sei Arzt, ein sehr bekannter Herzchirurg sogar, und als er dessen Namen nannte, war der Arzt beruhigt. Partridge versprach, sich zu schonen und den Hotelarzt täglich Blutdruck messen zu lassen. Die Sanitäter wurden verabschiedet, und Partridge nahm das Angebot des Arztes an, sich ins Hotel fahren zu lassen. Das Einzige, was er nun wollte, war ins Bett gehen und schlafen.

Schlaf fand er allerdings keinen. Der Arzt hatte ihn davor gewarnt, ein Schlafmittel zu nehmen, auch nichts anderes mit beruhigender Wirkung, einschließlich Alkohol, bis er nicht wenigstens geröntgt worden war.

Daher war Partridge aufgestanden, hatte geduscht, und nun stand er barfuß im blauen Seidenpyjama in der Frühstücksnische und rührte Zucker in eine Tasse Tee. Seine Finger fühlten sich noch kalt an, aber das bereitete ihm keine Sorge mehr. Sein Vater hatte schon seit den mittleren Lebensjahren mit einer Angina zu tun gehabt, und gestorben war er erst mit achtzig an einem Herzinfarkt. Allerdings hatte sein Vater auch vierzig Zigaretten täglich geraucht, dazu Pfeife, und die Schmerzen in der Brust hatte er vor allem durch Ignorieren behandelt. Partridge dagegen hatte immer auf seinen Körper geachtet, und Margret hatte stets dafür gesorgt, dass er gesund aß.

Nun verstand er auch, wie sein Vater die Symptome so

lange Zeit hatte verdrängen können. Partridge kam es jetzt schon so vor, als wären die Ereignisse des Nachmittags jemand anderem passiert. Der einzige bleibende Eindruck des Vorfalls in der Arztpraxis war eine besondere Faszination, die nun alle Dinge auf ihn auszuüben schienen, die geschärfte Wahrnehmung aller Sinne. Der Teelöffel reflektierte das Licht wie ein Diamant, der Dampf aus dem Becher ringelte sich wie ein lebendes Wesen um seine Finger, und der Teeduft stieg ihm wie ein starkes Parfüm in die Nase und betäubte ihn fast. Selbst die kleinsten Kleinigkeiten schienen bedeutsam, alles um ihn voller Leben.

Um den Zauber zu brechen, legte er sich den heißen Löffel auf den Handrücken. Diesen Trick verwendete seine Frau immer, um ihn aus seinen Träumen zu reißen und auf sich aufmerksam zu machen. Von der fernen Narrows Bridge drang der Verkehrslärm zu ihm herauf, das Motorröhren bei Gangwechseln, das Jaulen von Motorbremsen. Im Zimmer über sich hörte er Schritte.

Er wollte gerade mit dem Tee auf den Balkon treten, als zu seiner Verblüffung das Telefon klingelte. Er hatte an der Rezeption gebeten, keine Telefonate durchzustellen, damit er sich erholen konnte, sondern alle dringlichen Anrufer an Carol weiterzuleiten. Er nahm den Hörer ab.

»Euer Ehren, es tut mir furchtbar leid, dass ich störe«, sagte Carol. »Ich weiß, es ist schon sehr spät, aber ich habe eben einen Anruf vom Büro des Premiers erhalten. Einer seiner Mitarbeiter. Wallace weiß bereits Bescheid.«

»Weiß worüber Bescheid?«

»Dass wir verlegt werden. Ich rufe von Ihrem Büro im Supreme Court an. Die Männer packen hier schon alles in Kisten.«

Er zwinkerte erst, zwickte dann die Augen ganz zu, doch

schon jetzt spürte er, dass seine Schläfen wieder zu pochen anfingen. Was zum Teufel?

»Und hat man Ihnen auch einen Grund genannt?«, fragte er um Fassung ringend.

»Es hieß, der Saal würde ab morgen für einen sehr wichtigen Prozess benötigt.«

»Aber das ist doch lächerlich. Wohin werden wir überhaupt verlegt? Meine Güte, wir sind eine Royal Commission. Was um alles in der Welt ist wichtiger?«

»Bitte kommen Sie nicht hierher, Euer Ehren. Ruhen Sie sich aus und überlassen Sie alles mir. Ich hole Sie morgen früh ab. Dann können Sie entscheiden.«

»Was entscheiden?«

Darauf wollte sie nicht antworten. Es war auch nicht nötig.

»Sie können Wallace sagen, oder wer immer fragt«, sagte er, »dass ich den Vorsitz der Kommission nicht niederlege.«

»Sehr wohl«, sagte sie und legte auf.

Er merkte, dass er es ihr nicht gleichtun konnte. Eine Hand umklammerte den Hörer mit aller Kraft, die andere hielt er zur Faust geballt vor sich. Als sein Blutdruck stieg, machte sich wieder der Schmerz in der Brust bemerkbar.

Nachdem er seinen Wagen vom Strand abgeholt hatte, fuhr Swann über den Fluss nach Süden. Der Mond, der im Osten aufging, war so strahlend hell, dass er ihm wie ein Schweißbogen an der Naht zwischen Himmel und Erde vorkam. Unten bei Pinjarra brannten Buschfeuer, und der Südwind trieb den Rauch die Küste hinauf.

Als er Jackys Motel erreichte, parkte er gleich neben dem Büro. Im Pool plantschten Kinder und sprangen kopfüber durch einen aufgepumpten Autoreifen hinein. Er roch den Duft von gegrillten Koteletts und gebratenen Zwiebeln, aus einem der oberen Zimmer drang die Radioübertragung eines Speedway-Rennens. Er schob eine Hand in die Tasche seines Jacketts und spannte den Hahn seiner Dienstwaffe, und als er sich langsam Jackys Zimmer näherte, zielte er damit auf die offene Tür.

Genau wie in Michelles Zimmer waren alle Lampen an – die Schreibtischlampe, die Arbeitsleuchte der kleinen Küchenzeile, das große Deckenlicht, selbst im offen stehenden Kühlschrank brannte das Licht.

Dann ging die Toilettenspülung. Erst im Ducken wandte er den Blick von den blutbesudelten Wänden. Doch der kurze Gang zum Bad sah noch schlimmer aus, blutbespritzt wie ein irres Gemälde. Swann richtete die Waffe auf die Badtür und ging um eine Blutlache herum, in der auch Haarbüschel lagen.

Als er sich der Tür näherte, hörte er ein Seufzen. Das Seufzen einer Frau. Und dann Wischgeräusche. Das Scheppern eines Eimers.

Er spähte hinein und sah sie über die Badewanne gebeugt, in einem Plastikregenmantel und mit Gummihandschuhen.

Und mit Flipflops. Auf dem Kopf eine Duschhaube mit aufgedruckten Hibiskusblüten. Er entspannte den Hahn seiner Waffe, und als er sie in den Holster schob, richtete sich die Frau auf. Sie drehte sich um, und bei Swanns Anblick seufzte sie erneut.

»Ehemann oder Liebhaber? Oder sind Sie der Vater? Egal, zu spät sind Sie in jedem Fall.«

An ihren Knöcheln rosafarbener Schaum. Vom Wischmop tropfte Blut. »Meine verdammte Putze hat nur nen Blick drauf geworfen und hingeschmissen«, klagte sie. »Dabei hat sie vorher gesagt, dass sie schon einiges gesehen hat. Wollt mir nicht glauben, als ich zu ihr gesagt hab, Schätzchen, einiges ist nicht mal die Hälfte von allem. Die Wilden im Roebourne Pub bei Vollmond sind 'n Scheißdreck gegen das, was die Leute in Motelzimmern machen. Na, die Sanis haben sie noch mitgenommen. Geschnauft hat sie ja noch. War aber echt bös verbeult.«

Die Frau widmete sich wieder ihrem Eimer. »Hören Sie, was die Kids da veranstalten? Als ob schon Weihnachten wär.«

»Hat jemand was gesehen?«

Sie zuckte mit den Schultern und wrang den Mop aus. »Ne. Und es war auch nichts zu hören, jedenfalls nicht das übliche Gebrüll und Geschrei. Die Kids waren die ganze Zeit draußen. Ich hab gesehen, wie einer von den Sanis ihren Slip aus'm Mund gezogen hat. Und wer immer's war, er hat hinterher geduscht«, fügte sie hinzu. »'n nasses Handtuch lag am Boden. Und auf'm Spiegel war noch Dampf. Das Mädchen war aber angezogen.«

»Hat Ihnen niemand gesagt, dass Sie hier nicht reindürfen? Und nichts anfassen?«

»Die Zivilbullen? Nicht die Bohne.«

»Haben Sie die angerufen?«

»Ne. Keine Ahnung, wer die geholt hat. Die waren schon da, als ich herkam. Aber die haben die Sanis gerufen.«

»Waren auch Uniformierte da?«

»Ne.«

»Die Detectives, hatte einer von denen nasses Haar?«

Die Frau überlegte kurz, und als sie begriff, zwinkerte sie. »Der blonde Typ, ja. Ah ... okay, kapiert. Ich halt besser die Klappe. Sie brauchen's nicht noch mal sagen.«

»Nein, das ist es nicht.« Plötzlich sah ihn die Frau ungläubig an.

»Ach du Scheiße. Sie sind der Plattfuß aus der Zeitung. Wie heißt der? Das ist nicht Ihre Tochter, oder? Ach du Scheiße ...«

Swann schüttelte den Kopf, doch ihre schaumige Hand lag schon auf seinem Arm. Tränen in ihren Augen.

»Verdammte Schweine. Oh, Mann, Sie sollten das nicht sehen. Sie sollten –«

Aber er hörte gar nicht zu. Erst Michelles Ermordung in Louises ehemaligem Hotelzimmer, jetzt das Blutbad mit Jacky. Das waren zwei Nachrichten an ihn.

Das Blut auf der Glühbirne im Gang begann zu trocknen. Es roch süßlich, wie geröstete Marshmallows. Später am Vormittag würde es schon wie Roheisen riechen.

Von Victoria Park war es nur ein Katzensprung über den Fluss nach Mount Lawley. Dort parkte Swann in der Beaufort Street und ging zurück zur Pension – jenem Haus, das Pat Chesson laut Donovan Andrews für ihre Mädchen gekauft und bar bezahlt hatte. Auf dem Bürgersteig und in den Gullys lagen noch immer trockene Blätter, doch die Chinesischen Talgbäume waren wieder grün belaubt, und die Zikaden darin veranstalteten ein lärmendes Spektakel.

Die meisten Häuser waren dunkel und still, viele auch halb verfallen oder vernagelt. Auf der Veranda des Nachbarhauses jedoch saß ein älteres Ehepaar, trank Wein und schälte Äpfel. Sie beobachteten ihn, wie er über das rostige Gartentor stieg.

Um die Vorderseite des Hauses, erbaut in der Goldrauschzeit Ende des 19. Jahrhunderts, lief ein verglaster Balkon, der auf die alte Holzfassade aufgesetzt worden war. An den Seiten des Gebäudes war der Anstrich schon vor langer Zeit von den Schalbrettern abgeblättert, und die Wetterfahne hing abgeknickt vom Kamin, dafür reckte sich eine Antenne zum Himmel. Von der Regenrinne baumelte Weihnachtsbeleuchtung und diente einer wuchernden Kletterrose als Rankhilfe.

Bei seinem letzten Besuch hatte Swann nach Louise gesucht. Damals war aus den vorderen Zimmern lautes Lachen und Musik gekommen, das ganze Haus war von Irish-Stew- und Bratapfelduft erfüllt gewesen. Weil die einzige Dusche im Dauerbetrieb war, hatte neben dem Treppenaufgang eine Dampfwolke gehangen. Pat hatte die zwanzig Zimmer mit Stockbetten ausgestattet, um möglichst viele Mädchen unterzubringen. Die Bodendielen knarrten, die Wände zitterten von den Druckstößen in den Wasserleitungen für die Dusche. Die meisten Bewohnerinnen machten sich für die Nachtschicht zurecht und liefen mit Handtüchern um den Kopf und Zigaretten im Mund umher. Die eben von der Arbeit Heimgekommenen spielten am Küchentisch Karten, tranken Wein und warteten, bis sie mit dem Duschen an der Reihe waren.

Heute Abend war die Küche verwaist. Über dem Tisch summte eine Neonröhre, die Resopalplatte war mit einer feuchten Masse aus Zigarettenasche, Kosmetiktüchern und

Bier verschmiert. Im Waschbecken stapelte sich schmutziges Geschirr, der Mülleimer neben dem Kühlschrank quoll mit Bierflaschen über. In der Dusche kein Wasserrauschen, der Fernseher aus. Das einzige Geräusch war das Knarren der Dielen über ihm.

Früher einmal hatte Swann alle Straßenmädchen der Stadt mit Namen gekannt, aber diese Zeiten waren längst vorbei. Die junge Frau im ersten Zimmer oben am Treppenabsatz hatte er noch nie gesehen. Sie war allein, saß in Jeans und einem rosa Baumwollpulli auf dem Bett und blickte dem aufsteigenden Qualm ihrer Zigarette nach. Dann richtete sie ihre misstrauischen grauen Augen auf Swann, stieß Rauch durch die Nasenlöcher aus und schnippte die Asche in den Becher auf ihrem Schoß. Die Dauerwelle in ihrem langen blonden Haar schien ganz frisch.

Er zeigte ihr seine Dienstmarke, die sie ohne Überraschung, nur mit einem Kopfnicken zur Kenntnis nahm.

»Michelles Zimmer ist am Ende des Gangs, die Nummer eins. Das mit den vielen Bon-Scott-Postern.«

»Du weißt es schon?«

»Mitch hat's uns vor gut zwanzig Minuten erzählt. Hat alle unten zusammengetrommelt.«

»Mitchell Davey? Pats Mann?«

»Der ist hier irgendwo. Besser, Sie reden mit dem.«

»Mach ich. Hatte Michelle ein Zimmer allein, oder hat sie's geteilt?«

»Geteilt.«

»Wo ist das Mädchen, das mit ihr im Zimmer war?«

»Tracey? Die ist weg.«

»Weg? Wohin?«

Nun wurde dem Mädchen unbehaglich. Sie stellte die bislang überkreuzten Beine nebeneinander und legte ihre Hände auf die Knie. »Hören Sie, ich bin noch nicht lang hier. Ich kenn nicht mal Traceys Nachnamen. Sie ist heut Vormittag einfach nicht zur Arbeit gekommen, genau wie Shell. Mitch sagt, sie ist zurück nach Hause.« Das Mädchen schniefte und wischte sich mit dem Ärmel die Nase. Auf dem oberen Bett war nur eine nackte Matratze, darauf hatte sie ihre Sachen ausgebreitet. Alles zusammen hätte in einen Einkaufskorb gepasst. Neben ihr lag ein Schlafsack, der so weit geöffnet war, dass er eine Zudecke ergab. Der Schlafsackbeutel war mit Kleidung zum provisorischen Kissen ausgestopft.

Sie bemerkte seinen Blick. »Toll, oder?«

»Hast du einen Führerschein?«

Sie beschwerte sich nicht, wie er eigentlich erwartet hätte. Er hielt den Schein ins Licht. »Marcia, aus Dubbo. Wie lang bist du schon von daheim weg?«

Sie nickte, als wäre das eine sinnvolle Frage. »Achteinhalb Monate. Ungefähr.«

»Wissen deine Eltern, wo du bist?«

Sie seufzte und holte hörbar Luft. Schenkte ihm ein Kleinmädchenlächeln. »Ja. Nicht so ganz. Sie glauben, ich bin an der Nordküste, als Köchin auf einem Krabbenschiff.«

Die Naivität wirkte aufgesetzt. Wahrscheinlich wusste sie sogar, dass man sie auf ein Schiff packen würde, egal ob sie wollte oder nicht.

»Herr Officer, Sie sollten wirklich lieber mit Mitch sprechen. Ich hab Kopfweh.«

»Klar, Marcia, das mach ich. Wo sind die anderen Mädchen?«

»Weiter unten im Gang ist ne Party, in Katys Zimmer, die siebzehn.«

Er lauschte. Nichts zu hören.

»Nicht eingeladen?«

»Kopfweh. Könnten Sie's Licht ausmachen, wenn Sie gehen? Danke.«

Nettes Ding. Schlechte Lügnerin. Absolut kein Talent zum Schauspielern. Swann schaltete das Licht aus und schloss die Tür.

Katys Zimmer war drei verschlossene Türen weiter auf der anderen Seite des Gangs. Ihre Party war anders, als Swann sich Partys vorstellte. Völlige Stille, auf jedem Bett saßen zwei Mädchen, drei weitere hockten auf einer gegen die Wand gelehnten Matratze. Auf dem Boden stand eine selbstgebastelte Bong, die aber nicht so roch, als wäre kürzlich geraucht worden. Nur eines der Mädchen hob den auf die Brust gesenkten Kopf.

»Scheiße«, flüsterte sie, zwinkerte und massierte sich den Kiefer. Sie blickte auf das Stück Stahl in sich – eher eine Röhre, jedenfalls nicht zur Verwendung als Spritze gedacht. Aber es hatte seinen Zweck erfüllt, bei ihr wie den anderen.

»Mitch hat gesagt, dass keine Bullen kommen. Wo ist er überhaupt?«

»Katy?«

Sie schüttelte den Kopf, überlegte es sich dann anders und nickte. »Ja. Ich weiß, was Sie sind, aber wer zum Teufel sind Sie?«

»Mein Name ist Swann. Katy, wo ist Tracey? Ich suche Tracey.«

Ein oder zwei weitere Mädchen öffneten die Augen, kratzten sich und verschwanden wieder im Nichts. Swann ging am Fußende von Katys Bett in die Hocke. Sie war älter als die anderen, wahrscheinlich schon Mitte zwanzig, aber sie roch nach Babypuder. Auf ihrem Schoß wiegte sie den Kopf ihrer schlafenden Nachbarin, deren Gesicht vom dichten schwarzen Haar verborgen war und die langsam, zu langsam atmete.

»Das fragen Sie besser Mitch, Mr. Swann.«

»Ist nicht zu finden.«

Katy zuckte mit den Schultern und schloss die Augen, doch als ihr der Kopf auf die Brust fiel, fuhr sie wieder in die Höhe. »Mitch meinte, sie hat sich was Besseres gesucht. Mitch sagt immer, seid gut zu Mitch, dann ist er auch gut zu euch. Tja, es gibt kein Gutes, außer man nutzt es, was? Aber was sie ihm über Michelle erzählt hat ... Eigentlich hat sie's gut, dass sie weg ist. Mit Mitch kannst du schon Spaß haben, er is'n lustiges Haus, wenn er will, und schmeißt gern Partys wie die hier, aber ...«

Dann sackte sie wieder weg, und dieses Mal versank sie auch ganz. Unter dem Bett fand er ihre Handtasche. Kondome. Ein Feuerzeug, ein Messer. Schminktäschchen. Lippenstift. Brieftasche. Darin war mehr Geld, als er im Monat verdiente, ein kleines Alufolientütchen und ein Foto – von Michelle und ihr, Kate Hilsdon, gebürtig in Newtown, Sydney. Ihr Führerschein war 1974 ausgelaufen, aber Swann notierte sich die Daten auf der Rückseite des Fotos und schob es in seine Hosentasche.

Michelles Zimmer war abgesperrt, was ihn hoffen ließ, dass es noch nicht leergeräumt war. Das Schloss war alt, der Bügel locker. Er hob die Klinke an und drückte, dann warf er sich mit der Hüfte gegen die Tür.

Sie gab beim ersten Versuch knirschend nach und ging beim zweiten Versuch auf. Er schaltete das Licht an. Überall Bon Scott: Zeitungsausschnitte; Poster des Fremantler Helden mit nacktem Oberkörper auf einem lila Monaro GT liegend; verschwitzt und mit nacktem Oberkörper auf der Bühne kniend und in die Kamera grinsend. An einer Wand stand eine kleine Spiegelkommode, das Glas über und über mit Lippenstiftküssen bedeckt. Ein Necessaire, Handcreme,

Make-up. In der Schublade Vaseline und Kondome. Ein Bausparbuch, auf das wöchentlich 400 Dollar eingezahlt wurden. Das Foto einer alten Frau auf der Veranda einer Farm, die Hand auf einem Border Collie.

Die obere Matratze war abgezogen, aber das untere Bett war ungemacht – Kissen und eine Steppdecke –, darunter lag eine Sporttasche. Er zog sie hervor und stellte sie aufs Bett. Sie war gepackt, die Wäsche darin ordentlich zusammengelegt, dazu ein neuer Barbara-Cartland-Roman und ein ledergebundenes Tagebuch mit einem an einer Schnur befestigten Stift und einem kleinen Messingschloss.

Swann steckte das Tagebuch ein und drehte sich um, als ein Softball-Schläger knapp an seinem Kopf vorbeisauste und auf das obere Bett knallte. Das metallische Knirschen ließ die dünnen Wände erzittern.

In einem Reflex schlug er dem Angreifer in die Rippen und hatte kaum die Zeit, Mitch Davey zu erkennen, der gleich darauf mit eingezogenem Kopf auf Swann zustürzte. Er hatte nicht viel Platz vor dem Stockbett, doch Swann gelang es, den nächsten Schwinger zu platzieren und Davey abzuwehren, dann bei der Schulter zu packen und in den Schwitzkasten zu nehmen. Er wollte Davey auf die Matratze werfen, packte mit einer Hand die Haare am Hinterkopf und drückte fester zu.

Aber Davey gab nicht auf. Mit einer Hand zog er ein Messer vorne aus der Hose und stach über seine Schulter nach hinten, knapp an Swanns Kehle vorbei. Swann ließ ihn los, rammte ihm jedoch noch den Ellbogen in den Rücken. Davey war klein, aber wendig, und er kämpfte rein instinktiv. Er sprang hin und her und stach mit dem Messer in die Luft, ehe Swann ihm einen Handkantenschlag gegen die Kehle versetzen konnte, dann einen weiteren Fausthieb seitlich an den Kopf. Danach ging Davey in die Knie, hieb aber weiter mit dem Messer um sich. Dass sein linkes Handgelenk schon gebrochen war, schien er nicht bemerkt zu haben. Seine Augen waren schwarz und leer wie die eines Hais.

Und dann war er wieder auf den Beinen und stürzte sich auf Swann, der den Messerhieben auswich und auf eine Kontergelegenheit wartete. Sie ergab sich schon beim nächsten Angriff, und nun gelang es ihm, hinter Davey zu kommen, die nach hinten stochernde Messerhand zu packen und im Polizeigriff nach oben zu drücken. Jetzt, das wusste er, hatte er ihn. Er schob Davey, eine Hand in dessen Haar gekrallt, vor sich her, drosch dessen Gesicht gegen den Türstock und riss die Messerhand noch weiter nach oben. Als Davey zu Boden ging, merkte Swann wie die Sehnen rissen, dann das Schlüsselbein brach und die Schulter auskugelte wie ein morscher Baumstumpf, der aus der Erde gerissen wird.

Mitch Davey brüllte, ließ aber das Messer nicht los. Swann stampfte ihm auf das gebrochene Handgelenk, sprang zurück und begann, ihm gegen den Nacken, den Rücken, den Kopf zu treten, dann mit der Tür zu schlagen, bis Davey die Augen verdrehte und kaum noch atmete.

Swann wusste, dass er zu weit gegangen war, aber keine innere Stimme hatte ihn zurückgerufen. Die Wände waren wie graue Wellen über ihm eingestürzt, und dann hatte er seine Pistole in der Hand und war ebenfalls auf den Knien, kniete im Blut, drückte Davey den kurzen Lauf ins Gesicht und brüllte mit aller Kraft, er solle es bloß nicht wagen, die Augen aufzumachen.

Donovan Andrews schien das Blut auf Swanns Schuhen nicht zu bemerken – genauso wenig wie auf den Knöcheln, wo es fast geronnen war und wie schlecht sitzende Handschuhe auf Swanns Fäusten spannte. Das blutbesudelte Jackett hatte er gegen eine alte Windjacke getauscht, die im Auto gelegen hatte. Es war zumindest ein Versuch, Andrews nicht unnötig einzuschüchtern. Doch zum Glück war es im Kings Park so dunkel, dass Andrews der Zustand seiner Hose ebenso entging wie die Waffe in seinem Hosenbund.

Am Pfad entlang des Kliffs warfen die angeschrägten Lampen smaragdgrünes Licht auf die Stämme des Zitroneneukalyptus, der wie Wachposten aufgereiht über der Stadt stand. Die Bank, an der sich Swann und Andrews treffen sollten – die Verabredung war auf Andrews' Wunsch über Reggie vereinbart worden –, war umgeben von Wachsblumensträuchern und hohen, kurz vor dem Aussamen stehenden Fenchelstängeln. Als Swann dort eintraf, war niemand zu sehen, doch in der Luft hing Zigarettenrauch. Swann setzte sich auf die Bank, zündete sich ebenfalls eine Zigarette an und wartete.

»Detective?«

»Kannst rauskommen, Süßer. Die Luft ist rein.«

Swanns Hände hatten aufgehört zu zittern, aber er musste sich bemühen, mit ruhiger Stimme zu sprechen. Er wusste, dass er Mitchell Davey halbtot geprügelt und dann einfach liegen gelassen hatte. Er war erleichtert, als Andrews sofort zu lamentieren anfing.

»Warum hast du mich nach Michelle fragen lassen? Warum hast du mir nicht gesagt, dass sie Jackys Zuckerpuppe war? Jetzt wo sie hops gegangen ist, schau ich echt ziemlich –«

»Ach, das sagt man also? Dass Michelle und Jacky zusammen waren? Hat du in letzter Zeit was auf die Birne gekriegt?«

»Geredet wird doch immer.«

»Wie viele hast du denn wirklich nach Michelle gefragt?«

Der Schreck war Andrew anzusehen. Im spärlichen Mondlicht entdeckte Swann ein nervöses Zucken unter seinem Auge, das Zittern des Muskels, der über seinem zusammengepressten Kiefer hervortrat. Andrews blinzelte ein paar Mal angestrengt, so als würde er in dichte Rauchschwaden blicken, und sagte dann, er komme grad von der Arbeit und habe den ganzen Tag Sardinen ausgenommen und filetiert und noch viel länger Tintenfische geputzt, die er auch noch hatte töten müssen, mit dem Messer. Er habe auf sie eingestochen, während sie ihn mit ihren großen schwarzen Augen angesehen hätten, sie mit dem Messer erstochen und dann umgestülpt. Er fuhr sich hektisch mit der Zunge über die Lippen, ohne zu atmen, nur um nicht mit dem Reden aufhören zu müssen. Die üblichen Vorzeichen, Swann kannte sie seit Jahren.

»Also, was willst du mir eigentlich sagen?«, fragte Swann, als Andrews seinen Redeschwall unterbrach, um Luft zu holen.

»Hab ich doch schon beim letzten Mal gesagt, oder? Dass ich keinen Quatsch mehr mach? Ich hab nen Job in Freo –«

»Ja, hast du gesagt. Und das freut mich für dich, Don. Ehrlich.«

»Hör zu, ich schufte in nem neuen Restaurant in der South Street, dem Pomodoro Siciliano. Gehört Nick Mancuso.«

»Mancuso? Was will der denn von dir? Und erzähl mir nicht, dass du nur Geschirr spülst und Fische ausnimmst.«

»Stimmt aber. Und Nick ist kein übler Kerl.«

»Aber?«

»Und er sagt auch nur Gutes über dich. Hat damit angegeben, dass ihr zusammen aufgewachsen seid. Hat erzählt, dass du schon als kleiner Knilch eine Zeitungsecke in der

High Street hattest, die du einem Griechenjungen abgeknöpft hast. Und dass sein großer Bruder sie dir wegnehmen wollte, aber du dich nicht von ihm hast kleinkriegen lassen, nicht mal, als er mit Verstärkung kam.«

»War damals so.«

»Nick hat auch gesagt, dass dein Vater dich gegen Seeleute kämpfen ließ, und er weiß noch, dass ein Kampf irgendwo bei der Esplanade fast ne Stunde gedauert hat. Gegen nen riesigen Samoaner, aber du hast ihn geschafft. Nick sagte, dass er auf den Brettern lag und du noch gekniet hast. Deswegen hast du gewonnen.«

Andrews wollte ganz eindeutig etwas loswerden, aber er hatte zu viel Angst, es rundheraus zu sagen. Swann würde sich gedulden müssen. Nach dem, was gerade passiert war, wurde ihm beim Gerede vom Kämpfen übel. In der Pension war ihm alles nicht ganz wirklich vorgekommen.

»Nick meinte, dass er's nicht fassen konnte, als du zu den Cops bist.«

»Warum redest du eigentlich mit Mancuso über mich? Du weißt doch, wer das ist. Wie er sein Geld macht.«

»Hast du sie noch alle? Ich red doch nicht mit ihm, ich hab nur von der Küche aus zugehört. Da haben sie angegeben, dass sie dich kennen.«

»Lass mich raten. Das Restaurant ist immer leer, aber in der Kasse ist immer Kohle. Du arbeitest in einem Lokal, in dem Drogengeld gewaschen wird, Don.«

»Mein Gott, da ist es doch nicht das einzige in Freo.« Andrews rutschte auf der harten Bank hin und her, ließ den Kopf kreisen, knackte mit dem Nacken. »Hör zu, diese Typen, das ist nicht mehr so wie früher. Sind immer fünf Riesen da, mindestens, hinter nem fetten Pecorino im Kühlschrank. Und das ist nur der Kies, von dem ich weiß. Stimmt schon, es ist immer leer im Restaurant, und in der Kasse ist auch immer Geld, ja. Die sind schon okay, die Typen, aber bei so viel Geld muss man niemand lang bitten, da lohnt sich's schon, jemand eine zu verpassen. Verstehst du?«

»Und in dem Zusammenhang wurde mein Name erwähnt?«

»Das will ich doch die ganze Zeit sagen.«

Er hatte zu sprechen aufgehört. Swann musste ihm nun über die letzten Meter helfen. »Und weiter?«

»Gestern Abend hab ich die Tische abgeräumt, und Nick und seine Kumpel haben noch einen Absacker getrunken, als es an der Tür geklopft hat. Die war aber sowieso nicht abgesperrt. Also kam ein Typ rein, den hatte ich vorher noch nie gesehen, aber ich hab trotzdem gleich gesehen, dass er Detective war. Und hinterdrein kam ein Kerl im feinen Zwirn, den kannte ich auch nicht. Beide waren voll wie die Haubitzen.«

»Wie sah der Detective aus?«

»Ziemlich groß. Ganz aufrechter Gang, so wie'n Soldat – und das war er auch, hab ich gehört. Vietnamveteran. Ist Caseys neuer Fahrer, Gilmartin heißt er.«

»Kenn ich, der war bei der Verkehrspolizei. Und jetzt ist er beim CIB? Dumm wie Bohnenstroh, aber dreschen kann er gut.«

»Aber jetzt kommt's erst. Der ist korrupt wie alle anderen – der Koch bei uns hat erzählt, dass er schon seit Jahren mit Nick unter einer Decke steckt. Besorgt ihm Papiere für geklaute Karren und so. Na ja, jedenfalls kommt er an den Tisch, mit dem schicken Typen im Schlepp, und Nick steht auf, so westernmäßig, du weißt schon. Wenn Nick was intus hat, macht er manchmal so Quatsch.«

Andrews hielt die gespreizten Hände leicht zitternd ein

Stück über seine Hüften. »So ungefähr. Und dann zieht er und tut, als würd er ein paar Mal auf den Bullen schießen, macht auch noch laut Piffpaff dazu, und dann bläst er den Rauch von den Fingern. Und ruft dazu: ›Der Killer! Der Killer Gilmartin! Komm und trink n Bier mit uns, Kumpel.‹ Und der Typ rastet komplett aus, stürzt sich auf Nick und verpasst ihm sogar ein paar, mit der Faust, ehe die anderen sie trennen und Nick ihn wieder beruhigt. Der hat sich sogar entschuldigt, wusste gar nicht, dass die Mancusos so was können.«

»Hat er dich gesehen? Ich mein Gilmartin?«

»Ja. Ich hab den ganzen Scheiß ja mitbekommen. Und der Typ hat echt irre Augen. Hat gebrüllt, ›Wer ist der Pisser da?‹ Hat sich wegen mir überhaupt nicht mehr eingekriegt. Die mussten ihn immer wieder beruhigen. Ich musste kommen und mich vorstellen, als ob ich neu in ne Schulklasse komm.«

»Was wollte er von dir wissen?«

Swann hatte schon gehört, dass Casey einen neuen Fahrer hatte. Einen, der den Job praktisch ohne Überprüfung bekommen hatte und nun immer Bescheid wusste, was Casey tat und wen er traf. Es passte auch gut ins Bild, dass sich Casey jemand wie Gilmartin holte, der kein großes Problem mit Gewalt hatte.

»Die meiste Zeit hat Nick für mich geantwortet«, sagte Andrews. »Hat ihnen gesagt, dass ich in Ordnung wär und man mir trauen könnte, außer bei Weibern. Deswegen, hat er gesagt, lässt er mich auch nur mit ner Schwuchtel in die Küche. Da musste Gilmartin lachen, und er hat sich beruhigt und war dann beinah nett zu mir. Hat gefragt, wo ich wohn.«

»Und was hast du gesagt?«

»Du weißt doch, dass ich eigentlich nie ne richtige Wohnung hab.«

»Sind sie danach noch geblieben?«

»Auf ein, zwei Bier.«

»Wer war der andere Typ?«

»Irgendwas mit Steuern, meinte Nick.« Andrews zuckte mit den Schultern. »Wie auch immer, Nick will in einen Lieferservice einsteigen, Sachen von irgendwelchen Partyservices abholen. Da war ich aber schon wieder in der Küche. Schätze, der andere macht den Papierkram.«

»Sehr gut, Don.« Swann klopfte Andrews auf die Schulter und wollte aufstehen.

»Eins noch. Kennst du eigentlich Ray Hergenhan?«

»Ja, den kenn ich.«

»Also, der sitzt ja in Freo, längerfristig. Das jetzt hab ich übrigens nicht aus der Arbeit. Aber es macht grad die Runde, dass Ray was mit Ruby Devine zu tun hatte. Hat er jedenfalls selbst behauptet. Ray hat zwar ne große Klappe, aber immerhin.«

»Ja, die hat er. Trotzdem. Das von ihm hab ich heut auch schon gehört. Und er ist einer von denen, die immer irgendwas wissen. Vielleicht will er mich zu sich einzuladen.«

Andrews wirkte überrascht. »Ich hab's auch erst heut Abend gehört. Kein Scheiß.«

Swann nickte. »Hat mir Mitch Davey grad erzählt.«

»Wusste gar nicht, dass Mitch so ne Plaudertasche ist.«

»Kannst mal sehen. Gibt's noch was?«

»Nur dass Michelle – sie war Hergenhans Braut. Jedenfalls bevor er eingelocht wurde.«

»Das ist auch gut zu wissen, Don.«

»No worries.«

Swann klopfte eine Craven A aus dem Päckchen und bot sie ihm an. »Letztens hast du erwähnt, dass du vielleicht einen Tapetenwechsel brauchst.«

»Ja, das haben wir vor, ich und meine Kleine. Muss aber erst ein bisschen was zur Seite legen. Dann überlegen wir, wo's hingeht.«

»Du solltest deine Mutter besuchen. Sieh zu, dass du von den Mancusos wegkommst, Don. Die bauen grad Elefantenmist.«

Andrews nickte, wirkte aber nicht überzeugt. Vermutlich dachte er an die fünftausend im Kühlschrank. Im Aufstehen hielt Swann ihm die Hand hin. Die hatte er Andrews noch nie angeboten, und der junge Mann wurde deswegen nervös. Er wollte die Hand gar nicht mehr loslassen.

Swann zog die Hand sanft zurück und klopfte Andrews noch einmal auf die Schulter. Dann drehte er sich um und verschwand in der Dunkelheit.

Nun bestand kaum noch Hoffnung auf Schlaf. Partridge saß auf dem Bett und wartete auf den Anruf. Er war noch immer außer sich, aber immerhin hatte das Handeln des Premierministers, zweifellos eine Reaktion auf Partridges Worte im Gerichtssaal, ihn in seinem Entschluss bestärkt. Außerdem bestätigte es, dass es richtig gewesen war, vor dem heutigen Gerichtstag einen Privatdetektiv zu beauftragen. Der Kommission eigene Untersuchungen zu versagen, war eine bewusste Provokation gewesen, und Partridge hatte keine andere Option gehabt, als selbst die Initiative zu ergreifen. Wenn es darauf ankäme, würde er den Detektiv auch aus eigener Tasche bezahlen.

Er hatte in Sydney einen Bekannten, der ihm in ähnlichen Fällen, wenn Takt und Diskretion gefragt waren, geholfen hatte. Ihn hatte er angerufen und nach einer Empfehlung für Perth gefragt. Doch alle Privatdetektive, die der Mann hier kannte, waren ehemalige Detectives. Weil es für Partridge besser war, sich nicht zu exponieren, zog der Detektiv aus Sydney selbst Erkundigungen ein.

Zur verabredeten Zeit klingelte das Telefon. Partridge wusste, dass der Mann keine Umschweife mochte, daher sagte er bloß: »Legen Sie los.«

Die Stimme des Detektivs war rau und rauchig. Vermutlich werde er nie herausfinden, wer Ruby Devine wirklich erschossen habe, sagte er. Interessant sei aber die Vorgeschichte des Mords. Da wären zum Beispiel die über 70 000 Dollar, die Ruby Devine in einem Treuhandfonds in Hongkong verwalte, angeblich für einen Immobilienspekulanten, obwohl sie sich gegenüber dem Finanzamt geweigert hatte anzugeben, woher das Geld stammte. Mit anderen Worten: Geldwäsche für jemand anderen. Als ihr die große Steuerrechnung für das Fondsgeld ins Haus flatterte, hatte Ruby befürchtet, dass sie nicht nur ihre eigenen Ersparnisse verlieren würde, sondern auch ihre Statussymbole – das große Haus in einem feinen Vorort und mit einem Swimmingpool, auf dessen Boden sie ihre Initialen in Gold hatte anbringen lassen. Vergeblich hatte sie ihre Freunde in Politik und Medien um Hilfe gebeten. Und dann hatte sie zwei Tage vor der nächsten Einbestellung ins Finanzamt zu Jacky White gesagt, sie habe einen »wichtigen Geschäftstermin«, der all ihre Probleme beseitigen würde, und Jacky deswegen gebeten, das Haus zu verlassen.

Laut Privatdetektiv war all das aktenkundig. Dasselbe galt auch für Ruby Devines Anruf am Nachmittag bei ihrer üblichen Babysitter-Agentur, von der sie aber wegen der kurzfristigen Anfrage niemand hatte bekommen können. Wenn man zusammennahm, dass sie ihre Geliebte aus dem Haus geschickt und zugleich eine Babysitterin für ihre Tochter gesucht hatte, meinte der Privatdetektiv, dann habe Ruby erwartet, zu Hause abgeholt zu werden, und zwar von jemandem, der nicht gesehen werden wollte. Von jemandem, der erst zu Rubys Haus gebracht und später vom Golfplatz wieder abgeholt worden sei, nachdem sie ja in ihrem eigenen Wagen ermordet und das Fahrzeug einfach stehengelassen worden war.

Im Protokoll stand außerdem die Aussage der Nachbarin, die ein Mädchen an Ruby Devines Tür gesehen hatte, als diese das Haus verließ. Weil außerdem Rubys Tochter ausgesagt hatte, sie sei im ersten Stock gewesen und habe ferngesehen, musste also an jenem Abend eine Babysitterin im Haus gewesen sein. Laut der Quelle des Detektivs, eines Reporters bei einer Lokalzeitung, hatte Ruby ihre eigenen Mädchen gelegentlich als Babysitterin eingesetzt, wenn sie keine von der Agentur bekam. Doch die Aussagen von Ruby Devines Prostituierten, aufgenommen von Detective Inspector Donald Casey, glichen sich alle aufs Wort; alle leugneten, je als Babysitterin bei Mrs. Devine gewesen zu sein. Dies legte nahe, dass entweder einige von ihnen logen oder die Aussagen erzwungen oder vorgegeben worden waren.

Wenn man annahm, dass das Mädchen an der Tür ungefähr zum Zeitpunkt der Abfahrt von Mrs. Devine im Haus war, dann war sie möglicherweise die einzige Zeugin; vielleicht wusste sie, wer an jenem Abend gekommen war, und hatte die vermutlich männliche Person sogar gesehen, die Ruby auf den Golfplatz gelockt hatte, wo sie kurz darauf ermordet worden war.

Als der Mann seinen Bericht beendete, dankte ihm Partridge und sagte: »Behalten Sie das ruhig im Auge. Aber ich möchte, dass Sie sich auf Folgendes konzentrieren ...« Er erklärte ihm, was er wollte, und legte auf. Er konnte nicht länger sitzen.

Er stellte den Wecker auf sechs, obwohl er zweifelte, dass er ihn brauchen würde. Er legte sich auf den Rücken, schloss die Augen und begann seine Atemübungen. Dabei ließ er den Nachmittag Revue passieren, nein, er flüchtete vielmehr vor sich selbst in die Geschichte der ermordeten Frau, in dieses Puzzle aus Fakten und Einzelheiten, die er sortieren, wieder zusammensetzen und vielleicht sogar verstehen musste.

Swann hatte wenig geschlafen und war früh aufgewacht. Nach dem Aufstehen hatte er seine Fingerknöchel in Eiswasser gebadet und war dann zum Fremantle Prison aufgebrochen. Als er sich dem Vordereingang näherte, befiel ihn die bekannte Unruhe. Er war im Laufe der Zeit schon unzählige Male in dem Gefängnis gewesen, aber das machte ihm die Besuche nicht leichter. Die Kalksteinmauern glommen in der Morgenhitze, auf dem Wachturm ging der Posten mit einem Gewehr Kaliber .22 am Schulterriemen auf und ab. Swann drückte auf den Summer am Tor und zeigte der Wache am Eingang seine Marke. Er war angespannt, seine Hände schweißig – egal ob schuldig oder unschuldig, innerhalb der Mauern waren alle gleich.

Das von Sträflingen gebaute Zuchthaus thronte über der Hafenstadt und gemahnte sie an die bittere Wahrheit von Verbrechen und Strafe. Wo immer man in Fremantle hinging, das Gefängnis mit seinen auf dem Hügel aufragenden Steinmauern war von überall zu sehen. Es lag in unmittelbarer Nachbarschaft zum Fremantle Oval, und wenn Swann als Kind Fußballspiele im Stadion sah, hatte er sich beim Gedanken an die Insassen gefragt, ob sie die Rufe der Zuschauermenge hörten und was sie dabei empfanden. In klaren Nächten konnte er die Wachposten mit ihren Gewehren auf den Mauern patrouillieren sehen. Die Gefängnisinsassen waren weder zu hören noch zu sehen, aber ihr Schweigen und ihre Unsichtbarkeit hatten die Macht, Swann nachts in seinen Träumen heimzusuchen. Dann sah er Männer, die in glühender Hitze Steine klopften oder nachts aus den Zellen ausbrachen, genau wie in den Geschichten, die ihm sein Stiefvater erzählt hatte. Brian war als junger Mann wegen

Autodiebstahls ein Jahr im Gefängnis gewesen, und wenn er die Schließer verfluchen und auf die Mauern schimpfen konnte, die ihn dort gefangen gehalten hatte und hinter denen noch immer Kumpel von ihm saßen, lief er zu sprachlicher Höchstform auf. Brian hatte immer gesagt, es sei nur ein Katzensprung von der Freiheit bis hinter die Eisentore, Swann solle das bloß nicht vergessen.

Bei seinem ersten Besuch im Gefängnis war Swann neunzehn gewesen. Er hatte immer vermutet, dass er einmal dort hinkäme, aber dass es in Polizeiuniform wäre, hätte er sich nie träumen lassen. Die Uniform war ganz neu gewesen, die Stiefel poliert. Es war ein heißer Tag gewesen, die Mauern lagen in der prallen Sonne, und ihr Licht, das von der Kalksteinfassade reflektiert wurde, stach ihm auf der Haut und brannte in den Augen. Er empfand eine seltsame Furcht, war aber zugleich erregt.

Hinter den großen schwarzen Toren öffnete sich die Anlage zu einem Hof mit Blumenbeten und gekalkten Fußwegen, die mit weißen Seilen abgegrenzt waren. Er war gekommen, um den Fahrer eines Banküberfalls zu vernehmen, der einen Unfall gebaut und sich beide Beine gebrochen hatte, während seine Komplizen ins Coolbellup-Buschland entkommen waren. Der Fahrer war fast noch ein Junge gewesen, aber man hatte ihn zu den Sexualstraftätern gesteckt. Swann sollte ihm die leichteren Haftbedingungen in einem anderen Block anbieten, wenn er so schlau war und die anderen verriet.

Woran er sich bei diesem ersten Gefängnisbesuch aber vor allem erinnerte, war nicht der verängstigte Junge oder seine schnelle Preisgabe aller Geheimnisse, sondern der Moment, in dem er den Hof des Blocks betrat, in dem der untergebracht war. Der Hof war zwar leer, aber schon beim ersten

Schritt hinein spürte er eine Spannung, die ihn innehalten ließ, weil sich ihm alle Haare aufstellten.

Der Wärter, der Swann begleitete, lachte. »Sie spüren's auch, was? Das ist der Block mit Sexverbrechern. Ihre Kumpel vom CIB wollten, dass wir ihn zu den Perversen stecken. Ist mit nem schwarzen Halbaffen in der Zelle, der hier das Sagen hat. Seit er hier ist, hat der Junge nicht mehr zu bibbern aufgehört. Kommen Sie.«

Swann hatte das Gefühl, Füße aus Blei zu haben. Instinktiv wollte er sich umdrehen und weglaufen. Es waren nur dreizehn Meter, doch der Weg über den Hof war der längste Gang seines Lebens.

Ray Hergenhan war wie alle Langzeithäftlinge in Block 4 untergebracht. Überall in diesem Block waren die Stiefel der Wachleute zu hören, die auf den Laufgittern und Betonböden dröhnten und hallten. Von der Decke der sich rasch leerenden Halle hingen nackte Glühbirnen an dünnen Drähten. Die Insassen in ihren grünen Trainingsanzügen bewegten sich auf die vier mal drei Meter großen Zellen zu. Das Gefängnis war so überfüllt, dass man sie zu zweit sechzehn Stunden lang dort hineinsperrte.

In der Luft hing der Gestank von Klokübeln, Männerschweiß, Käsefüßen und billigem Tabak. Das Gefängnis war gnadenlos, im Sommer brüllheiß, im Winter eiskalt – und selbst der Galgen war noch in Betrieb, auch aus trotzigem Widerstand gegen die Zivilisation, die sich in anderen Landesteilen herausbildete. In den einhundertfünfundzwanzig Jahren ununterbrochenen Betriebs hatte sich innerhalb der Mauern von Fremantle Prison nicht viel geändert.

Dennoch war das Gefängnis für manche Männer eine Art Zuhause, und Hergenhan war einer von ihnen. Swann kannte ihn schon, als er noch Kredithaien und Buchmachern die handfesten Argumente geliefert hatte. Seine Spezialität war allerdings bewaffneter Raub, und deswegen hatte er einen großen Teil seines kurzen Lebens hinter Gittern verbracht. Mit eins fünfundneunzig, fettigem blonden Haar und einem mit schlecht gestochenen Tattoos zugepflastertem Körper war er leicht zu erkennen. Außerdem war er ein Schlaumeier, den auch seine Kumpane nicht mochten, und so dauerte es nicht lang, bis ihn einer für eine Schachtel Zigaretten, eine Einzelzelle oder ein paar Wochen Freiheit verriet. Von einem Freund in der Gefängnisverwaltung hatte Swann unter der Hand erfahren, dass Hergenhan wieder als Leibwächter für einige ältere Kriminelle in den besseren Zellen arbeitete.

Trotz seiner Jugend war Hergenhan so abgebrüht, dass er erst reden würde, wenn es wirklich um sein Leben ging. Als Mitchell Davey ausgepackt und Swann erzählt hatte, dass Hergenhan etwas über den Mord an Ruby wusste, hatte sich Swann das Hirn zermartert, um irgendeinen Ansatz zu finden, und nun hatte er ihn, dank Donovan Andrews. Michelle war Hergenhans Freundin gewesen.

Für eine Kiste Bier, die er am Haupttor abgegeben hatte, war Hergenhans Zellengenosse für eine Stunde verlegt worden. Swann wollte, dass alle von Hergenhans Unterredung mit einem Cop erfuhren, aber niemand etwas über die Einzelheiten des Gesprächs.

Die Zellentür stand offen. Hergenhan saß auf der unteren Pritsche und schrieb etwas in ein Tagebuch, das er zuklappte und unter sein Kissen schob, sobald er den Besucher erblickte. Er griff nach seinen Zigaretten, als sich Swann auf den Stuhl ihm gegenüber setzte. Der Klokübel neben der Tür war leer, doch der Raum stank nach Fürzen und ungewaschenen Füßen. Hergenhans Fäuste waren mit frischem Schorf überzogen, die Augen blutunterlaufen, an seinen Mundwinkeln klebte trockener weißlicher Speichel. Sein fettiges Haar war schuppig.

Swann bot ihm eine Craven A an. Hergenhan nahm zwei und steckte sich eine hinters Ohr. Das Päckchen White Ox steckte er in den Bund seiner Shorts.

»Hey, was für ne verdammte Ehre. Swann, die lebende Leiche. Er hat's zwar noch nicht mitgekriegt, aber er ist mausetot. Und he, was hast du mit deinen Knöcheln angestellt, Junge? Gesetz in die eigene Hand genommen, was? Zack, zack!« Er hielt ihm seine schorfigen Hände entgegen.

»Da gibt's was, das dich interessieren dürfte«, sagte Swann.

»Rattenmausetot.« Beim Lächeln entblößte Hergenhan eine gelbe Zahnreihe. »Weißt du eigentlich, dass auf deiner Stirn ein Preisschild klebt, Detective? Glück für dich, dass ich hier nicht wegkann. Sonst würd's mich wirklich jucken, so oft wie du Arsch mich eingebuchtet hast. Aber ich sollte trotzdem glücklich trällern. Hat nicht mehr lang – und trotzdem will er seine Zeit hier in meinem kleinen Stück vom Glück verbringen. Verdammte Ehre, das.«

Swann spürte die Kraft in seine Hände zurückkehren. Er könnte sich Hergenhan vornehmen, ohne dass ein Hahn danach krähen würde. Seine Finger begannen zu zittern, und er fühlte, wie ihm heiß wurde. Nichts leichter als sich auf ihn stürzen und ihm ein paar verpassen, den Schädel auf den Boden zu knallen, die Daumen in die Augen zu rammen, den Kehlkopf zu zertrümmern.

Aber er musste ruhig bleiben, damit das hier klappte.

»In paar Tagen kann ich dem Rest der Welt verkünden, dass Swann noch kurz vorm Abnippeln hier vorbeikam und seinem alten Kumpel Raymond endlich Respekt gezollt hat.«

Swann wartete, eine Hand auf dem Scheinbein des übergeschlagenen Beins, mit der anderen die Zigarette haltend, und blickte aus der Tür.

»Hab dich echt gern, alter toter Swanny, echt wirklich gern!«

»Deine Freundin Michelle ist tot.«

Die Rollläden fielen schnell, aber nicht schnell genug. In diesem kurzen Augenblick sah Swann bis an jenen Ort, wo der junge Hergenhan mit angesehen hatte, wie sein älterer Bruder ihren Vater erschlagen hatte; bis in das Erziehungsheim, in dem er von anderen Jungen fertiggemacht worden war, in dem er andere Jungen fertiggemacht hatte. Bis an den Ort, an dem die Leute warteten, die Hergenhan so lange gequält hatte, bis sie ihm gaben, was er wollte; und sie würden dort so lange warten, bis er seinen letzten Atemzug tat.

»Gestern erst«, fügte Swann hinzu.

Hergenhan versuchte, das Angstflackern in seinen Augen zu verbergen. »Musste ja so kommen. Sie war ne Nutte.«

»Da könnte was dran sein.«

Fahrig zündete sich Hergenhan die nächste Zigarette an. »Ich hab ihr immer gesagt, ist ne gefährliche Arbeit. Wie ist sie gestorben?«

»Überdosis, ich war da.«

»Ne, Quatsch«, sagte er skeptisch. »Das kann nicht sein. Shelly hat nicht gedrückt. Ich hab ihr gesagt, dass ich sie umbringe, wenn –«

»Du warst ja nicht da. Woher willst du wissen, was sie gemacht hat und was nicht? Du sitzt seit fünf Monaten.«

»Ja, klar«, meinte Hergenhan. »Und zehn Jahre hab ich noch, verschärft. Aber nee. Sie kommt regelmäßig vorbei. Sicher nicht. Das wüsste ich.«

Swann schnippte seinen Stummel in den Klokübel. Strich mit der Hand seine Hose glatt. Wartete. »Kam regelmäßig vorbei«, berichtigte er. »Wiederkommen wird sie nicht.«

»Sicher nicht«, wiederholte Hergenhan und furzte gedankenverloren.

»Du hast vermutlich recht. Angeblich war's ne Überdosis, aber ich war selbst da und hab sie gesehen. Da hat rein gar nichts gestimmt.«

»Was meinst du damit?«

Er beschrieb, wie man Michelle gefunden hatte, sogar das Detail des im Wind wehenden Haars. Hergenhan war bis in die letzte Faser gespannt. Swann konnte es beinahe rattern und klicken hören, als Hergenhan im Kopf die Namen und Gesichter derjenigen durchging, die Michelles Tod gewollt haben konnten.

»Dein alter Kumpel Mitchell Davey hat's mir eben erst gesteckt, Ray. Meinte, dass du was über den Mord an Ruby Devine wüsstest. Dass du was fallen gelassen hast. Damit angegeben hast. Stimmt das?«

Hergenhan versuchte sich zu erinnern, wie ein Lächeln ging, aber sein Gesicht schaffte es nicht. Swann beschloss, ihn wieder zu sich kommen zu lassen. Er wollte nicht, dass Hergenhan etwas Dummes tat.

»Kann es sein, dass jemand Michelle umgebracht hat, weil er dir eins reinwürgen wollte? Weil du zu viel gequatscht hast?«

»Ist das da Mitchs Blut an deinen Knöcheln, Swann? Ich dachte eigentlich, du hast mehr drauf.«

»Antworte einfach auf die Frage?«

»Klar, ist möglich.«

»Dann kann ich dir vielleicht helfen.«

Hergenhan schüttelte den Kopf. »Echt nett von dir, toter Mann. Aber lieber nicht.«

»Sicher?«

»Ja, klar, lass mal überlegen. Ich helf dir, du hilfst mir.

Aber dann zieht man dir den Stöpsel, und wo bleib dann ich, toter Mann? He?«

Swann zuckte mit den Schultern. Damit hatte Hergenhan nicht ganz unrecht. Aber er hatte die Saat gesät. Was Hergenhan auch wissen mochte und was er Swann vielleicht erzählen mochte, er würde es nicht hier und jetzt tun. Es brauchte Zeit, bis Michelles Tod nicht nur an der harten Fassade kratzte, sondern tiefer sackte. Aber spätnachts, wenn es dunkel war und still, wenn er allein war mit seiner Angst, seinem Selbstekel, dann vielleicht.

»Ich weiß nicht, wie's draußen ist, Detective, aber hier drin weiß jeder Arsch und Pimmel, der drinsteckt, dass du erledigt bist, sobald die Royal Commission vorbei ist. Laufen sogar schon Wetten, wie lang du's noch machst. Also, was soll der Scheiß?«

»Mach ne Aussage, und es wird sich für dich lohnen. Ich sorg dafür, dass du ein neues Leben kriegst – in einer anderen Stadt, nem anderen Staat. Sogar in einem anderen Land, wenn du willst.«

»Gequirlte Scheiße, Mann. Wenn ich das Maul aufmach, bin ich so tot wie du. Glaubst du, deine Kumpels finden mich nicht? Schwachsinn. Die wissen, dass ich nie rede.«

»Tust du doch schon, Ray. Du konntest doch nie die Klappe halten. Und jetzt ist Michelle tot.«

»Das ist auch Schwachsinn! Ich hab gar nichts gesagt. Du glaubst wohl, du kannst hier einfach reinmarschieren, den alten Ray ein bisschen schütteln und dann nachsehen, was da aus seinen Taschen gefallen ist.«

»Michelle ist zu mir gekommen.«

Hergenhan grinste abschätzig. »Dann hat sie gekriegt, was sie verdient.«

»Bist du ganz sicher, dass du sie nicht angestiftet hast, Ray? Du hast mich doch hergeholt, oder nicht?«

Er bekam keine Antwort. »Wie in alten Tagen, Ray? Da hat auch eine Hand die andere gewaschen, was?«

»Schrei nicht so rum«, knurrte er. »Es sei denn, du willst, dass ich dran glaube. Das war, als ich draußen war.«

»Wir können's doch auch wieder so machen.«

»Einen Scheißdreck können wir. Ich kenn jeden Winkel in diesem Knast, selbst seine dunkelsten Ecken. Ich hab immer noch Möglichkeiten. Hier drin bin ich sicherer als du da draußen.«

Swann lächelte. »Das stimmt ja nicht so, Ray. Ob du was sagst oder nicht, mit mir reden tust du in jedem Fall. Ich bin bei dir. Und da werden alle lange Ohren kriegen, drinnen wie draußen.«

Swann stand auf und warf Hergenhan sein Päckchen Zigaretten zu. Er ließ sie zu Boden fallen.

»Toter Mann, ich hab hier alles, was ich brauche. Wir sehen uns in der Hölle.«

Swann trat hinaus auf das metallene Laufgitter. Die anderen Zellen waren verschlossen, aber als er zur Tür ging, spürte er, wie er von vielen Augen angestarrt wurde.

Von der Telefonzelle in der Nähe seines Hotels meldete er sich erst bei Reggie und rief dann Terry an. Er bat ihn, die Akte von Solomon Sands rauszusuchen, falls es eine gab. Jackys Beschreibung von ihm passte auf den angeblichen Steuerberater, den Donovan Andrews in Mancusos Restaurant gesehen hatte. Ins Archiv der Central Police Station durfte selbst ein Plattfuß wie Terry. Zwar lagerten dort auch sämtliche vertraulichen Dokumente zu Ermittlungen, Festnahmen und ungelösten Fällen, doch schon zu Swanns Anfangszeiten bei der Polizei blieb das Archiv stets unverschlossen, damit der Purple Circle nach Belieben ein- und ausgehen und Akten über Kollegen und Kumpel verschwinden lassen konnte – und wenn nötig die Schuld dafür den Uniformierten in die Schuhe schieben.

Nach dem Auflegen ging er in sein Zimmer, um zu duschen und sich frische Sachen anzuziehen, weil die alten nach Hergenhans Zelle stanken. Vor dem Badspiegel knöpfte er sich das Hemd zu und knüpfte den Krawattenknoten. Der Besuch bei Hergenhan war keine Zeitverschwendung gewesen, auch wenn das Gerede, er sei Rubys Mörder, sehr wahrscheinlich Unsinn war.

Es ergab keinen Sinn, dass die Auftraggeber für den Mord jemand wie Hergenhan anheuerten, denn das hieß für sie zwei Morde: den zweiten, um den Täter des ersten auszuschalten. Hergenhan war ein Schläger, aber kein Profikiller, und mit dem gezielten Einsatz von Fäusten und Stiefeln würde er sich in wenigen Stunden brechen lassen und dann alles ausplaudern.

Es gab allerdings noch einen zweiten Grund, warum es kein angeheuerter Killer sein konnte. Die Leute des Purple Circle waren die Herren der Stadt; sie hatten belastendes Material über Richter und Politiker und konnten tun, was sie wollten. Einige hatten zwar durchaus etwas im Kopf, andere nur in den Fäusten, aber eins hatten sie alle gemeinsam – sie hielten eisern zusammen. Einer drückte den Abzug, während ein anderer aufpasste, und der Rest des feinen Kreises war ihnen im Schweigen verbunden.

Swann schlüpfte in sein Jackett und band sich die Schuhe, indem er erst einen, dann den zweiten Fuß auf den Rand der Dusche stellte. Die Schmerzen in der Hand kehrten zurück, und er wollte sich gerade einen Schluck eingießen, als das Telefon klingelte. Er sah auf die Uhr – zehn – und hob ab. Im ersten Moment dachte er, es sei eine Frau, aber das betrunkene Brabbeln und Schluchzen stammte von einem weinerlich nölenden, benebelten Cooper.

»Swann, bist du das, Kumpel? Kumpel?«

»Was gibt's, Cooper?«

»Ich glaub, ich hab was angestellt, Kumpel? Du bist doch mein Kumpel, oder, Swann? Oh, Gott, was sag ich da? Du musst mich hassen.«

»Worum geht's? Ich kann dich fast nicht ...«

»Ruby war das. Ich war das.«

»Du bist besoffen. Sprich wenigstens in den Hörer.«

»Ich hab Mist gebaut. Ich bin schuld. Sie hat's mir gesagt, sie hatte es mir gesagt. Sie war wirklich sauer. Sie wollte es ein paar Leuten heimzahlen, wenn sie nicht ihren Anteil beisteuern.«

Swann spürte, wie ihn Adrenalin durchflutete. »Halt sofort die Klappe. Ich komm vorbei ...«

»Ich war beim Spielen im Travatore. Ich steck da ein bisschen tief drinnen, zu tief. Ich hab fallen lassen, was Ruby zu Nicky Mancuso und seinen Leuten gesagt hat. Ich war besoffen, Swann, ich wollte nicht –«

»Herrgott, Cooper, nicht auf dieser Leitung. Treffen wir uns da, wo wir beim letzten Mal, in –«

Er hörte Glas klirren, dann Cooper fluchen.

»Cooper? Cooper?«

Aber die Leitung war tot.

Partridges neuer Schreibtisch bestand aus einer Spanplatte auf zwei Böcken, über die ein schwarzes Tuch gelegt worden war. Die Kommission war in die Cafeteria eines ungenutzten, auf seine Renovierung wartenden Verwaltungsgebäudes am Stadtrand verlegt worden. Sein Richtertisch war völlig nackt, davor standen drei Reihen von Plastikstühlen in einer gähnend leeren Halle. Staubwolken tanzten im Licht, das durch die Glasziegel unter der Decke in den Raum fiel. Der Ortswechsel war nicht von der Morgenzeitung bekannt gemacht worden, so dass bis auf Pat Chesson und zwei ihrer Freundinnen die Plastikstuhlreihen unbesetzt waren.

Partridge beugte sich vor und klopfte gegen das Mikrofon, worauf die tragbare Verstärkeranlage zu zischen begann. »Counsel Wallace, wenn Sie so weit wären.«

Er war fest entschlossen, sich von den äußeren Umständen nicht entmutigen zu lassen, jedenfalls so lange nicht, bis er die Möglichkeit hatte, die Angelegenheit mit dem Gouverneur zu besprechen; ihn zu kontaktieren hatte er Carol heute Morgen gebeten. Wallace dagegen sah geknickt aus, als er die Blätter mit seinen maschinenschriftlichen Notizen nahm und über den karogemusterten Linoleumboden ging.

Partridge kümmerte es nicht im Geringsten, dass Wallace' Ego einen Dämpfer erlitten hatte, solange er seine Arbeit ordentlich machte. Vielleicht war es sogar von Vorteil für den Richter, wenn Wallace von seinem hohen Ross runterkam. Die Demütigung, die sie hatten einstecken müssen, hatte den QC nicht nur dazu gebracht, sein arrogantes Auftreten abzulegen, heute Morgen hatten sie sogar in einer guten Atmosphäre zusammengearbeitet.

In der Vorbesprechung war es vor allem um Pat Chessons Unternehmungen und die Nachricht gegangen, dass eine ihrer Prostituierten gestern Nachmittag tot aufgefunden worden war. Dennoch hatte sie nicht beantragt, ihre Vorladung vor die Kommission zu verschieben, was selbst der QC ungewöhnlich fand.

Wallace räusperte sich und legte eine Hand auf den Rücken, als er unter die Neonleuchten trat. »Euer Ehren«, hob er an, hielt dann jedoch inne, weil eine Gruppe Journalisten in den Raum kam.

Partridge fragte sich, ob einer von ihnen den Artikel für die Morgenzeitung verfasst hatte. Während es laut Polizei beim Tod von Pat Chessons Mädchen keine verdächtigen Umstände gab, berichtete die Zeitung auch von einer brutalen Prügelattacke auf eine andere Prostituierte, Jacky White, die Geliebte von Ruby Devine. Nach schweren Kopfverletzungen ins künstliche Koma versetzt, lag White nun im Fremantle Hospital.

Superintendent Swann saß reglos am Tisch, musste sich aber auch bewusst sein, dass die Gewalt außerhalb des Gerichtssaals seinen Anschuldigungen neues Gewicht gab. Ein Mord, der einer Hinrichtung gleichkam, eine angebliche Überdosis und eine brutale Prügelorgie in so kurzer Zeit waren eindeutige Hinweise auf organisierte Kriminalität. Und wenn es organisierte Kriminalität gab, dann war auch Polizeikorruption nicht allzu weit entfernt.

Es würde hochinteressant werden, Pat Chessons Ansicht über diese Angelegenheit zu hören.

»Euer Ehren, ich rufe Mrs. Patricia Chesson in den Zeugenstand.«

Sie erhob sich und ging zu dem Mikrofon neben Swanns Tisch, so dass sie nicht anders konnte, als auf ihn herabzublicken. Angesichts der Tatsache, dass eines ihrer Mädchen am Vorabend gestorben war, wirkte sie erstaunlich gefasst. Mit breitem Akzent und der Nonchalance von jemandem, der nicht zum ersten Mal vor Gericht stand, legte sie den Eid ab.

Wallace' Schuhe kratzten auf dem Linoleum. »Mrs. Chesson, Sie haben angegeben, seit einigen Jahren in diesem Staat ein Bordell zu betreiben. Würden Sie uns bitte berichten, welche Veränderungen Sie in dieser Zeit beobachtet haben, speziell im Hinblick auf die Durchsetzung des Gesetzes, das Prostitution für illegal erklärt.«

Pat Chesson lächelte ansatzlos und entblößte zwei Reihen grellweißer Zähne. Im Kontrast zu dem hellroten Zahnfleisch, in dem sie steckten, strahlten sie beinahe unnatürlich weiß.

»Wie lang haben Sie, Mr. Wallace? Darüber lässt sich nämlich ne Menge erzählen.«

»Nehmen Sie sich ruhig Zeit, Mrs. Chesson. Dafür sind wir ja hier.«

Sie zuckte affektiert mit den Schultern, was Partridge noch mehr beunruhigte als ihre Zähne. Mit ihrem ärmellosen Blumenkleid und Sandalen ähnelte sie den arglos-grazilen Vorstadtmädchen, die er aus seiner Jugend kannte, wäre da nicht der Kranz aus tiefen Furchen um ihren Kettenrauchermund.

»Na denn, Mr. Wallace, die Sache ist die. Als ich herkam und mein Geschäft hochgezogen hab, haben wir uns abgestimmt, ich und die Herren von der Polizei. Wir für unsern Teil haben uns an Absprachen gehalten, und die Officers auch. Wir haben uns drum gekümmert, dass die Mädchen gesund sind und keinen Zirkus machen. Hat auch nie Scherereien gegeben. Wären Sie an nem Haus von mir vorbeigelaufen, hätten Sie's gar nicht erkannt. Und wenn eine die Regeln missachtet hat, ist sie aus der Stadt geflogen.«

Sie machte eine Pause, um einen Schluck Wasser zu trinken, ihren Mund zu spülen. »Früher war's besser, aber was soll man machen, ich bin Geschäftsfrau und muss schauen, wo ich bleib. Also pass ich mich an und mach das Spiel mit. Aber ich hab den Mund aufgemacht und das Kind beim Namen genannt, wenn mich wer gefragt hat – einmal hab ich sogar den Premier getroffen.«

»Ein Treffen, an das er sich nicht erinnert.«

»Und den Polizeiminister.«

»Der sich ebenfalls an kein Treffen erinnert.«

Sie zuckte wieder mit den Schultern. »Aber dann wurde Ruby umgebracht, und seitdem hab ich die Klappe gehalten.«

»War Mrs. Devine für Sie eine Rivalin? Konkurrenz?«

»Nein, Ruby und ich waren gut befreundet. Früher war Platz genug für uns alle. Ruby hat mir am Anfang sogar geholfen. Sie hat gesehen, dass ich Profi bin.«

»Haben Sie eine Vermutung, warum Mrs. Devine ermordet worden sein könnte?«

»Nein, Mr. Wallace. Ich war genauso geschockt wie alle anderen auch.«

»Hat es Sie beunruhigt, dass Mrs. Devine kaltblütig ermordet wurde? Oder lassen Sie mich die Frage anders formulieren: Wie stehen Sie zu der Überzeugung von Superintendent Swann, dass Gelder, die an gewisse Polizisten geflossen sind, etwas mit dem Mord an Ruby Devine zu haben könnten?«

Swann zeigte keine erkennbare Reaktion, doch Pat Chesson atmete hörbar in das Mikrofon. »Hm, ich persönlich hab viel Respekt vor Superintendent Swann, und ich weiß, dass er ne schwierige Zeit durchmacht. Das tut mir sehr leid, aber ich weiß wirklich nicht, wovon er da spricht.«

»Sie sagen also, dass er sich das einbildet? Haben Sie uns nicht eben gesagt, wie waren noch mal Ihre Worte … dass Sie sich abgestimmt haben, Sie und die Polizei?«

»Nein, Sir, das mein ich nicht – ich will nur sagen, dass ich davon keine Ahnung hab. Ich bin altmodisch, Sir, in jeder Hinsicht altmodisch. Ich bin ne anständige Geschäftsfrau und kümmre mich um meine eigenen Angelegenheiten.«

Wallace akzeptierte ihre Aussage mit einem kurzen Nicken. Er ließ das Schweigen wirken und wartete, bis sie wieder das Wort ergriff.

»Bis zum Mord an Ruby kamen Superintendent Swann und ich gut miteinander klar. Aber als dann das mit seinen Problemen losging, hat er sich auch anders verhalten. Das wissen Sie ja längst, aber wir hatten immer viel Kontakt. Anfangs wusste ich auch, was er wollte, aber manches hab ich nicht kapiert. Er wollte, dass ich ihm helfe, seine Tochter zu finden. Und dabei gab er mir irgendwie die Schuld. Er meinte, ich muss ihm dazu Informationen geben, genau wie früher, aber ich wusste nichts. Dann fing er mit den Drohungen an, auch gegen mich. Er sagte, ich würd vom Tod von Ruby profitieren, und dass ich sie mit dem CIB zusammen aus dem Geschäft drängen wollte, was eine Lüge ist, Sir, eine glatte Lüge. Und dann fing er mit diesen öffentlichen Beschuldigungen an, und zwar nicht nur gegen mich … Aber das wissen Sie ja«, wiederholte sie.

»Hat Sie Superintendent Swann je persönlich bedroht, Mrs. Chesson?«

»Ja, hat er. Er hat gesagt, er würd sich für Ruby rächen.«

»Und was haben Sie entgegnet?«

»Gar nichts. Danach hab ich nicht mehr mit ihm geredet.

Und ich hab Detective Inspector Casey über die Sache informiert. Der meinte, darüber bräucht ich mir keine Sorgen machen.«

»Danke, Mrs. Chesson, das ist alles.«

»Bitte. Und danke, dass ich die Gelegenheit hatte, dazu was zu sagen. Ich hoffe, dass ein paar von den wichtigen Leuten zugehört haben und mitbekommen, mit welchen Problemen eine Geschäftsfrau in diesen schwierigen Zeiten kämpft.« Sie sah sich in dem beinahe leeren Raum um und löste die kräftige kleine Faust, mit der sie ihrer gesamten Rede Nachdruck verliehen hatte, indem sie rhythmisch gegen ihren rechten Hüftknochen geklopft hatte.

Draußen schob sich eine Wolke vor die Sonne, und in dem Guckkasten des Gerichtsaals wanderte das wechselnde Licht langsam an die Wände heran. Pat Chesson ging zurück zu ihren Begleiterinnen und nahm Platz. Die Journalisten begannen zu tuscheln und Notizen abzugleichen. Annie DuBois wurde in den Zeugenstand gerufen, von wo aus sie mit unverhohlenem Abscheu auf Pat Chesson starrte.

Partridge blickte in seine Aufzeichnungen und schrieb die Namen derer auf, die nach ihr aussagen würden: zwei ehemalige Detectives und ein früherer Polizeiminister.

Morgen war Samstag und sein Geburtstag, der erste, den er fern der Familie verbringen würde. Zum Mittagessen war er mit einem Politiker verabredet, aber den Rest des Wochenendes hatte Carol ihm freigehalten. Er stellte sich vor, wie es zu Hause sein würde, wenn die Enkel sich für seine Geschenke interessierten, ihm seine drei Kinder an einem Tisch voller Salate und Braten zuprosteten, und er spürte, wie ihm warm ums Herz wurde in dem Wissen, dass er dorthin zurückkehren konnte, sobald die Kommission zu Ende war.

Als er aufsah, traf sein Blick zum ersten Mal am heutigen

Vormittag den von Swann. Dort saß ein Vater, der sein Kind verloren hatte, und was das Wochenende für ihn bereithielt, mochte sich Partridge lieber nicht vorstellen.

Als Swann raschen Schritts von seinem Hotel durch den Park zum Bistro Gregorio ging, spürte er den kühlen Nachmittagswind auf dem Rücken. Er blieb unter den weit ausladenden Zweigen einer Großblättrigen Feige stehen, um sich im Windschatten eine Zigarette anzuzünden. Er war sicher, dass er observiert wurde, aber das bereitete ihm keine Sorge. Eine Zivilstreife war ihm die ganze Strecke vom Gefängnis bis zur heutigen Verhandlung gefolgt, wo er den gesamten Tag auf einem harten Plastikstuhl zugebracht hatte.

Die Royal Commission war übers Wochenende vertagt worden. Vielleicht hatte Hergenhan recht, und man würde bis zu ihrem Abschluss warten, ehe man ihn zu töten versuchte, aber in der Zwischenzeit hatten man durch den Überfall auf Jacky und den Mord an Michelle die Taktik deutlich gemacht. Michelle war einfach abgeschlachtet worden, und dass dies im ehemaligen Hotelzimmer seiner Tochter geschehen war, machte die Botschaft unmissverständlich.

Mit aufgerissenen Schnäbeln, so als warteten sie auf das Hereinbrechen der Dunkelheit, kreisten zuversichtliche Möwen um die Straßenlampen. Swann trat aus dem Windschatten, lief die letzten zwanzig Meter zum Bistro und öffnete die schwere Tür. Wie immer klingelte das Glöckchen, das einen Eintretenden anzeigte, und wie immer wartete Reggie in seiner dunklen Ecke, und wie immer ließ Greg einen Drink ironisch über die Theke schliddern.

»Hast du das schon mal gehört?«, fragte Greg.

»Kann ich nicht behaupten.« Eine bluesige Mundharmonika bekämpfte eine dudelnde Gitarre.

Lächelnd schüttelte Greg den Kopf. »Das«, sagte er, »ist

eine Schwarzpressung von Norman Guston auf der Harmonika und Frank Zappa, wie sie in Melbourne zusammen spielen. Total superklasse.«

»Nicht schlecht«, räumte Swann ein. »Dieser australische Quatschkopf hätte auch was Besseres machen können als immer nur Fernsehen.«

Greg lachte. »Ja, aber das ist sowieso immer ratsam.«

»Sieh zu, dass mein Nachschub nicht abreißt, ja?«

Der Barkeeper nickte, war aber schon wieder ganz bei den dahinpuckernden Gitarrenrhythmen, während er Wodka, Eis und Wermut für mehrere Kunden am Klavier in den Cocktailshaker gab.

Reggie zwinkerte ihm zur Begrüßung zu. Auf der einen Seite seines Kopfes lag sein orangerotes Haar an, auf der anderen stand es in Büscheln ab. Sein Blick war unstet. »Ich hab eben Jacky im Krankenhaus besucht«, sagte er. »Sie wird wieder, heißt es.«

»Ist sie nicht im Koma?«

»Nö, nur wenn Bullen da sind.« Reggie sah Swann mit neuem Interesse an. »Ich hab auch gesehen, was du mit Mitchell Davey gemacht hast. Schädelbruch, Kieferbruch, fünfzehn gebrochene Rippen. Und das Handgelenk obendrein.«

»Er hat's drauf angelegt. Was sagt er?«

»Der sagt gar nichts. Sein Mund ist fester verschlossen als Jungfrauenschenkel. Aber die Schwester hat gesagt, er wär von nem Laster gestreift worden.«

»Nicht sehr originell. Da würd man eher glauben, dass Pat ihn vermöbelt hat. Weißt du noch, was sie letztes Jahr mit ihm gemacht hat?«

Reggie lachte. »Oh ja, die Nummer mit dem Superkleber.«

Angeblich hatte Pat Chesson es satt gehabt, dass er ständig mit ihren Mädchen schlief, und deswegen Davey im

Suff mit Superkleber den Schwanz an den Oberschenkel geklebt.

»Brauchte angeblich ne OP, um ihn wieder abzukriegen.«

»Glaub ich gern.« Swann zog sein Notizbuch hervor und schlug es auf. »Terry hat für mich was aus den Akten rausgesucht. Vor zwei Jahren ging ein gewisser Solomon Sands pleite. Er haut für ein Jahr ab nach Sydney, und zurück kommt er als Multimillionär.«

»Warum gibt's da eine Akte?«

»Vor zwölf Monaten wurde er beschuldigt, die Anleger von einem Goldminenunternehmen aufs Kreuz gelegt zu haben. Man will ihm immer noch ans Leder. Jetzt hat er ein neues Ding am Laufen, und er nennt sich Steuerbevollmächtigter. Neues Haus am Fluss. Dicke Autos. Urlaub in Frankreich. Das komplette Angeberprogramm. Und das ist nicht alles. Laut Jacky ist Annie DuBois seine Mieze.«

»Ach du Scheiße.«

»Genau das hab ich auch gedacht«, nickte Swann. »Ruby könnte gedroht haben, den Steuerbehörden mehr zu stecken als die Namen von Casey und den anderen.«

»Ein weiterer Steuerbetrug. Aber was für einer? Was hat Sands vor?«

»Weiß ich noch nicht. Ich weiß nicht mal so richtig, was ein Steuerbevollmächtigter macht.«

»Wird jedenfalls nicht ganz sauber sein, nach seinem bisherigen Werkverzeichnis zu schließen. Überlass das mal mir. Ich hör mich um, vielleicht krieg ich eine Liste seiner Kunden und finde raus, wie er sein Geld macht.«

»Hast du die restlichen Grundbuchauszüge bekommen?« Reggies Kontakt bei der Land Corporation hatte sich bereit erklärt, alle Einträge für alle Detectives rauszusuchen, die bei dem falschen Einsatz in der Rawson Street dabei waren.

Reggie nickte. »Die Tupperware-Leute machen's schon richtig. Es gibt wirklich eine Menge reicher Hausfrauen.«

Swann steckte die Nase tief in sein Whiskeyglas, trank den letzten Schluck und kippte das Eis in das eben servierte Glas mit dem Nachschub. Seine Armmuskeln waren wie versteinert. Seine Fingerknöchel zerschlagen und angeschwollen. »Ich hab dir doch erzählt, dass ich in Michelles Zimmer ein Tagebuch gefunden hab«, sagte er.

»Steht da was drin, das uns irgendwie weiterhilft?«

Swann schüttelte den Kopf. »Das sind vor allem nicht abgeschickte Liebesbriefe an Bon Scott. Ziemlich eindeutige Liebesbriefe sogar. Keine gute Reklame für unser Schulsystem.«

Reggie beugte sich vor. »Ich fürchte, da steckt etwas mehr dahinter. Deswegen bin ich vom Besuch bei Jacky auch direkt hergekommen. Jacky hat gesagt, dass Michelle noch angerufen hat, kurz bevor sie sie kassiert haben. Sie hat irgendwas gesagt, weswegen sie sterben musste – Michelle war die Babysitterin.«

Swann spürte Wut in sich aufsteigen. Die Babysitterin, die vielleicht denjenigen gesehen hatte, der mit Ruby Devine an jenem Abend weggefahren war und sie zu ihrem Mörder gebracht hatte. Sie lag jetzt tiefgekühlt in der Leichenhalle.

»Mein Gott, warum haben sie mir das nicht gesagt? Ich hätte was für sie tun können, sie vielleicht aus der Stadt bringen.«

Das war die bislang beste Spur von allen gewesen. Aber er hatte mit Michelle nur ein Bier getrunken statt etwas aus ihr rauszubekommen. Er konnte seine Enttäuschung kaum verbergen.

»Nicht mal Jacky wusste es, bis Michelle anrief. Jacky meinte, sie wollte Geld, sonst würde sie nicht reden. Jacky hat ihr versprochen, Geld zu besorgen, aber natürlich ...«

»Ich war bei Ray Hergenhan – Mitch Davey hat mich auf ihn aufmerksam gemacht. Er hat nicht geschossen, aber er weiß was. Er könnte Michelle angestiftet haben. Michelle muss ihm was gesagt haben, vielleicht, wen sie gesehen hat.«

»Glaubst du, er redet, nach dem, was mit Michelle passiert ist?«

»Würd ich mich nicht drauf verlassen«, sagte Swann. »Jetzt, wo Michelle tot ist, steht sein Wort gegen das desjenigen, den sie beschuldigt hat. Und sein Wort ist das von jemand, der zu zehn Jahren verknackt ist. Aber wenn ich Partridge einen Namen liefern könnte, kann ich vielleicht was für Ray tun, Bewährung, vielleicht sogar einen Neuanfang.«

Reggie sah ihn kopfschüttelnd an. »Du hast schon wieder diesen Blick.«

Swann sah in sein Glas und entdeckte darin ein Bild von Michelle auf einem Stahltisch, genau wie Ruby. Er zündete sich eine weitere Zigarette an und bestellte neue Drinks. Als sein Jameson kam, spülte er sich erst mit einem kleinen Schluck den Mund, dann kippte er zur Vorbereitung auf die Leichenhalle den Rest auf einmal hinunter.

Geht's dir gut, Harold? Du hörst dich müde an.«

Es tat gut, Margrets Stimme zu hören, doch die Vorfälle der vergangenen Tage wollte sich Partridge nicht anmerken lassen.

»Es ist die Hitze, Liebste«, log er. Und dann konnte er nicht anders: »›Oh wind, rend open the heat, / cut apart the heat, / tear it to tatters ...‹«

»Du Angeber«, lachte sie. Dass er gern und oft falsch zitierte, war ihr schon bei ihrem Kennenlernen aufgefallen, aber Hilda Doolittle war ihre Lieblingsdichterin, und so konnte sie es ihm nicht unkorrigiert durchgehen lassen.

»›*Rend* it to tatters‹«, verbesserte sie ihn. »›Fruit cannot drop / through this thick air – / fruit cannot fall into heat ...‹«

Er vermisste Margrets fröhliches Lachen. Auch nach fünfzig Jahren berührte ihn ihr kleines Ritual tief.

»Womit wir schon bei den Trauben sind«, sagte er.

»Ja, sie werden schön langsam. Eingestaubt natürlich wegen der Auffahrt, wir alle warten, dass der Straßenbauer mit dem Asphalt kommt, aber sie werden, man könnte mit Hilda Doolittle auch sagen, sie runden. Geht's dir wirklich gut, mein Lieber?«

»Selbstverständlich«, erwiderte er, weil er die Besorgnis in ihrer Stimme hörte. »Du fehlst mir«, fügte er hinzu.

»Und wie feierst du deinen Geburtstag?«, fragte sie. »Kaum zu glauben, dass du dreiundsiebzig wirst.«

»Geht mir auch so«, sagte er. »Und ich fühl mich immer noch ...« Er konnte den Satz nicht beenden, weil er Margret so vor sich sah wie bei ihrer ersten Begegnung: Tennis spielend, mit zum Pferdeschwanz gebundenen kastanienbraunen Haaren. Und dann diese bezaubernden Beine. Partridge war unter Jacarandas gesessen, zu seinen Füßen ein Teppich aus lila Blüten, hatte an einem Gin Tonic genippt und ihr durch den gesprenkelten Schatten zugesehen.

»Ja?«, ermunterte sie ihn. »Du fühlst dich immer noch wie?« Der Hinweis reichte, dass Partridge – zu seinem großen Erstaunen – die Zeilen wieder einfielen, die er vor fünfzig Jahren zitiert hatte und seither nie wieder. Es war sein erster Flirt mit ihr gewesen, sein erstes Werben um sie, und nun regte sich erneut das alte Verlangen in ihm.

Gather ye rosebuds while ye may / Old time is still a-flying … Aber er konnte die Worte nicht aussprechen.

»Vollendet. Um auf deine Frage zu antworten, ich fühle mich vollendet.«

Aber seine Stimme musste ihn verraten haben. »Oh Harold, du bist immer noch nicht ganz in Ordnung. Soll ich zu dir kommen? Ich kann Trans Australian Airlines anrufen und den nächsten Flug nehmen. Es ist Wochenende – wir könnten einen Ausflug machen?«

»Nein«, entgegnete er. »So sehr ich dich vermisse. Hinterher vielleicht. Oder in ein, zwei Tagen, wenn ich eine genauere Vorstellung habe, wie lange ich hier bin.«

»Wenn du das für richtig hältst. Aber wir alle hier vermissen dich. Wenn du zurückkommst, feiern wir deinen Geburtstag nach. Versprochen! Bitte, pass auf dich auf, da drüben im Westen. Morgen ruf ich dich natürlich auch an.«

Als er aufgelegt hatte, trank er ein Glas Wasser. Er hatte Margaret nichts erzählt, weil er hoffte, dass er sich irrte, aber es sah so aus, als ließe das Ende der Kommission nicht mehr lange auf sich warten. In dem an die Cafeteria grenzenden Raum, der nun als sein Büro diente, hatte ihm Wallace vor wenigen Stunden eröffnet, dass die junge Polizistin, mit der Swann eine Affäre gehabt hatte und die DI

Casey bei seiner Aussage vor ein paar Tagen erwähnt hatte, Swann sexuelle Belästigung vorwerfen würde. Die junge Frau war danach zwar aus dem Polizeidienst ausgeschieden, doch nun, behauptete Wallace, sei ihr Rechtsbeistand an ihn herangetreten und habe verlangt, sie vor der Kommission anzuhören.

Und da war sie, die unhintergehbare Tatsache, die Partridge erwartet hatte, der Sargnagel nicht nur für Swanns Ruf, sondern auch für seine Glaubwürdigkeit als Zeuge, als Mann mit unzweifelhaftem Leumund. Dennoch hatte Wallace die Nachricht beinahe entschuldigend vorgetragen, ganz anders, als Partridge von ihm erwartet hätte.

»Warum hat denn die Polizei die Vorwürfe gegen Swann nicht verfolgt, wenn er tatsächlich übergriffig geworden ist?«, fragte er den QC. »Oder soll das jetzt noch geschehen?«

Aber Wallace wich seinem Blick aus und starrte nur auf die stumpfen Dielen neben seinen Füßen. Einer seiner Schuhsenkel war halb offen.

»Denn Sie können sich denken«, fuhr Partridge fort, »wie das für mich aussieht. Die junge Frau will sogar unter Eid diese Anschuldigung erheben, und dennoch verfolgt die Polizei, bei der sie selbst gearbeitet hat, die Sache nicht weiter.«

»Ja, ich kann mir denken, wie das aussieht.«

»Der offizielle Grund, weswegen gegen Superintendent Swann kein Verfahren eingeleitet wird, ist zweifellos der, dass es für die Behauptung der Frau keinerlei Belege gibt. In der Sache steht also ihr Wort gegen seines, und sie möchte aus verständlichen Gründen die Belastung einer öffentlichen Verhandlung vermeiden – und dennoch ist sie willens, den Ruf von Superintendent Swann zu ruinieren, in aller Öffentlichkeit, in meinem Gerichtssaal?«

»Das könnte alles zutreffen – jeder einzelne Punkt.«

»Was verschweigen Sie mir denn noch alles?«

Wallace trat von einem Fuß auf den anderen. »Es wird morgen in der Zeitung stehen.«

Das ist im Grunde ein Geständnis, dachte Partridge. Im Grunde ein Schuldeingeständnis.

Ohne sich zu bemühen, seine Enttäuschung und seinen Ärger zu verbergen, schickte er Wallace mit einer verächtlichen Handbewegung hinaus.

Während er auf den Anruf seines Privatdetektivs wartete, spülte Partridge aus Gewohnheit sein Glas aus und stellte es zurück in die Minibar. Das Telefon klingelte pünktlich auf die Minute, aber die Stimme des Detektivs klang müde, sein Atem ging pfeifend.

»War ziemlich ergiebig. Ergiebiger, als ich dachte. Ich hab mich nach allen Seiten hin umgehört. Da gibt es Verbindungen, von denen nicht mal ich was wusste.«

Partridge wartete, bis der Hustenanfall am anderen Ende der Leitung vorüberging. Er hörte das Zischen eines Asthmasprays, tiefes Einatmen, Räuspern.

»Jetzt geht's besser. Gott sei Dank, ich krieg wieder Luft. Ich hab mich unter Geschäftsleuten umgehört, und Ihre Geschichte über den Polizeiminister scheint zu stimmen. Es ist ein offenes Geheimnis, dass er Geld nimmt. Außerdem hat er ein paar ungewöhnliche Gewinne bei Pferderennen gemacht. Dauernd hör ich, dass es hier zugeht wie im Wilden Westen. Er ist aber nicht der Einzige. Haben Sie was zu schreiben?«

»Legen Sie los.«

Es dauerte eine ganze Weile, und als sie fertig waren, sagte der Privatdetektiv: »Und wie Sie vorgeschlagen haben, habe ich mich an einen Freund in Canberra gewandt, jemand bei der Steuerfahndung – nur zu gern unterzieht er das Vermögen der Detectives, die Sie genannt haben, einer Prüfung.«

»Wir werden sehen.«

»Er hat mir außerdem gesagt, dass ihm soeben die Ermittlungen gegen einen Steuerbevollmächtigten in Perth übertragen worden sind. Er steht im Verdacht, Heroin zu schmuggeln. Solomon Sands ist der Name. Und jetzt kommt's: Mr. Sands hat beste Beziehungen zu mehreren Kabinettsmitgliedern aus den Reihen der Liberal Party. Stolze acht von zehn Abgeordneten, die dem Finanzausschuss der Partei angehören, machen Geschäfte mit dem Kerl, genauso wie der Parteivorsitzende – irgendein neues Steuerding. Aber die Leute von Crown Law im Westen, die eigentlich in dem Fall meines Bekannten ermitteln sollen, nun, die tun gar nichts. Außer die Sache verschleppen. Die ganze Abteilung Crown Law ist – wie hat mein Bekannter gesagt – vorsätzlich unhilfreich. Das ist also ein weiterer Aspekt, dem Sie nachgehen könnten.«

Wenn es nur möglich wäre, dachte Partridge. Aber sein Verdacht hatte sich bestätigt. »Wie funktioniert das, dieses Steuermodell?«, fragte er.

»Es heißt Bottom-of-the-Harbour-Steuermodell. Eigenartiger Name, was? Für mich klingt's wie das übliche Filettieren und Zerschlagen eines Unternehmens. Eigentlich nichts Neues: Man zieht aus einem Unternehmen alle Vermögenswerte und Gewinne ab, ehe die Steuer fällig wird, verkauft den Rest an einen Strohmann, der angeblich nichts von der Geschichte weiß, und dann sorgt man dafür, dass das Australian Taxation Office leer ausgeht, indem plötzlich alle Bücher verschwinden – man versenkt die Unterlagen auf dem Hafengrund. Steuern zahlt der Steuerbevollmächtigte nur für seine Kommission, die natürlich bloß einen Bruchteil des Verkaufspreises beträgt. Unterdessen werden die bestehenden Vermögenswerte einfach auf eine neue Firma übertragen, und das Geschäft läuft weiter wie bisher. Dass mein Freund so aufgeregt ist, heißt, für ihn sind viele Fleißpunkte drin, weil es hohen Tieren an den Kragen geht – Politikern, Bankern, Geschäftsleuten. Er vermutet, dass es sich um mehrere zehn Millionen Dollar handelt und dass das Ganze in Perth seinen Anfang genommen hat. Jetzt läuft das schon überall im Land. Vielleicht hing Ruby Devine da mit drin, oder sie wusste was davon und hat gedroht, das bei ihren Gesprächen mit dem Finanzamt anzugeben.«

Partridge dankte dem Detektiv und legte auf. Ihm schwirrte der Kopf. Als er über das Ausmaß der Korruption nachdachte, die Farce, zu der diese Royal Commission gemacht worden war – seine Royal Commission –, und was er daraus hätte machen können, wenn er die Möglichkeiten gehabt hätte, verwandelte sich sein alter Ehrgeiz in entsetzliche Enttäuschung, eine Bitterkeit, wie er sie seit Jahren nicht mehr empfunden hatte.

Die unter fünf Stockwerken Royal Perth Hospital begrabene gerichtsmedizinische Abteilung wurde nur »Bunker« genannt. Von den Krankenhausfenstern fiel sepiafarbenes Licht auf den neuen Asphalt um den Personaleingang. Trotz des Teergestanks stieg Swann schon jetzt der Geruch von Formaldehyd und Ammoniak in die Nase.

Von der Müllverbrennungsanlage in seinem Rücken hörte Swann das Scheppern einer Blechkiste, und der rote Feuerschein aus einem der Öfen ließ seinen Schatten auf der gegenüberliegenden Ziegelmauer erscheinen. Körperteile, Abfall und infektiöse Bettwäsche wurden in die Flammen gekippt, und ein schlanker schwarzer Kamin begann zu rumpeln wie ein Dampfkessel unter Druck.

Swann stieg die Treppe zur gerichtsmedizinischen Abteilung hinab und klopfte an die abgegriffene Holztür. Sie ging auf und gab den Blick frei auf einen Gerichtsmedizinassistenten, der unter einer flackernden Neonröhre vor weiß gefliesten Wänden stand. Er trug eine weiße Latzhose, deren Beine in Gummistiefeln steckten, sowie weiße Gummihandschuhe. Die Gesichtsmaske hatte er unter sein stoppeliges Kinn gezogen.

»Das ging aber flott.« Darren Plant war erst Anfang zwanzig und hatte seine jugendliche Begeisterungsfähigkeit noch nicht verloren. Er schien sich aufrichtig zu freuen, Swann zu sehen.

»Wie bitte?«

»Sie waren echt schnell. Superspitzenschnell. Ich hab kaum aufgelegt, und Sie sind schon da. Scotty, beam mich rauf!«

Vielleicht lag es an den Dämpfen, aber Darren konnte einem nie einfach nur etwas mitteilen.

»Was quasselst du da, Darren? Willst du deinen Job verlieren? Lass mich endlich rein.«

»Keine Panik, Superintendent. Das drüben am Ofen ist bloß der alte Abraham. Biblischer Name, biblischer Job.« Er trat lachend zur Seite und bat Swann mit einer Verbeugung herein. »Die Verliese des Grauens erwarten Sie, Sir.«

»Lass diesen Addams-Family-Quatsch. Wo ist sie?«

Plant führte ihn durch die gekühlten Stahltüren in den Sektionsraum. »Leute von der Homicide Squad haben sie vor knapp ner halben Stunde abgeliefert. Sie bleibt bis nächste Woche hier, wenn die Profs von ihrer Konferenz in Montreal zurückkommen.«

Es war Tracey, Michelles Zimmergenossin, dessen war sich Swann sicher. Jedenfalls passte sie auf Donovan Andrews Beschreibung – Mischling, helle Haut, halbe Irin.

Vor Monaten hatte Plant Swann angerufen und ihm mitgeteilt, dass man im Buschland bei Pinjarra die Leiche einer jungen Frau entdeckt hatte. Er hatte nur sagen können, dass es eine brünette junge Frau in schwarzer Unterwäsche sei, eindeutig ermordet. Ihr Gesicht sei so entstellt, dass sie nicht zu erkennen war. Das Foto von Louise, das Swann ihm gegeben hatte, sei also nutzlos. Aber wie Louise habe sie braunes Haar, und deswegen war Swann mit pochendem Herzen in die Leichenhalle geeilt.

Das ermordete Mädchen war geöffnet worden, ihr Magen lag auf einer Waage, Herz und Leber in glänzenden Stahlschüsseln. Die Schädeldecke war aufgesägt und das Gehirn entfernt worden. Ein Gipsabdruck ihrer Zähne stand neben den Organen auf einer Bank zum Trocknen. Swann starrte auf die Schlieren schwarzen Bluts, das über die graue Haut auf Brust und Bauch gelaufen war, auf das fürchterlich zugerichtete Gesicht, und ein entsetzliches Gefühl der Erleichterung ließ seine Knie zittern – es war nicht Louise.

»Weiß die Presse schon davon?«, fragte er Plant mit einem Nicken zu Tracey.

»Nö. Wird wohl auch nichts erfahren, die kriegen so was eh selten mit. Gab auch kein Tamtam deswegen. Wohl wieder ein Badeunfall, hat der eine von Homicide gesagt. Der, der auch die Obduktion für Zeitverschwendung hielt. Erstaunlich, wofür manche Typen Geld ausgeben, hat er noch gemeint. Kennen Sie sie?«

»Warum sagst du ›wieder ein Badeunfall‹?«

Plant sah ihn überrascht an. »Sie ist schon die Dritte in diesem Jahr. Ich hab nie was gesagt, weil keine von denen wie Ihre Tochter aussah. Ich hab ihr Foto immer noch, schauen Sie!«

»Das glaub ich dir auch so. Erzähl mir lieber was über die anderen Fälle.«

»Wie gesagt, die Erste kam vor ungefähr einem Jahr rein, die nächste kurz darauf. Bei beiden hat der Gerichtsmediziner Unfalltod festgestellt. Die Cops haben sie nur kurz angesehen und sind gleich wieder weg.«

Keine Verdachtsmomente bei ihrem Tod: Deswegen hatte Terry über sie keine Akten gefunden.

»Haben sich denn keine Angehörigen gemeldet? Wurden sie überhaupt identifiziert?«

»Leider nein. Eine wurde vor ein paar Wochen eingeäschert. Bei der andren ist's morgen so weit. Es ist jetzt ein Jahr her, und niemand hat sich gemeldet.«

»Kann man die Einäscherung verschieben? Ich glaub nämlich nicht, dass ihr Tod ein Unfall war.«

»Nicht, wenn die Polizei keine Ermittlungen aufnimmt. Und der Gerichtsmediziner hat nichts Ungewöhnliches entdeckt.«

»Ich würd gern Bluttests machen lassen, Drogentests.«

»Dafür ist es zu spät. Sie wurde schon entleert. Außerdem ist sie seit zwölf Monaten in der Kühlung, da ist kaum mehr was zu machen. Ich weiß aber noch, dass der Gerichtsmediziner bei beiden einen hohen Blutalkoholwert festgestellt hatte. Deswegen kam er auch zu dem Schluss, dass sie beim Schwimmen ertrunken sind.«

Swann blickte wieder Traceys Leiche auf dem Sektionstisch an. »Was meinst du, sieht es so aus, als wäre sie verprügelt worden?«

Darren Plant beugte sich über sie und hob ihr verfilztes Haar in die Höhe. Es war Sand darin, und Sand klebte auch auf ihrer Kopfhaut. Ihre Augen waren geschlossen, der Mund stand offen. Sie roch noch immer nach Meer.

»Ein paar blaue Flecken – schau. Oben am Nacken.

»Darf ich?«, fragte Swann.

»Klar.«

Swann schlug das dicke Baumwolltuch zurück und ließ es auf den Boden fallen. Zwischen Traceys Zehen hing noch Tang. »Wo wurde sie gefunden?«

»Oben im Norden, draußen vor einem Strand. Mehr weiß ich nicht. Schleppangler haben sie bei einem Riff entdeckt.«

»Aber sie ist doch voller Sand«

»Sie konnten sie nicht ins Boot holen. Sie wollten sie nicht mit dem Fischhaken raufziehen, aber auch nicht dort lassen, deswegen haben sie sie an den Strand geschleppt.«

Swann hob vorsichtig einen ihrer Arme und betrachtete ihn eingehend. Schließlich fand er, wonach er gesucht hatte, an einer Ader auf ihrem Knöchel. Ein kleiner blauer Fleck. Eine kleine rote Beule, nicht mehr als ein Mückenstich, dort, wo die Nadel gesetzt worden war. Er machte davon ein Polaroidfoto für Reggie, danach noch eines von ihrem Gesicht.

»Ich weiß nicht, wie du's anstellst, aber sieh zu, dass der

Gerichtsmediziner sie diesmal auf Heroin testet und die blauen Flecken untersucht. Und sag mir, wenn sie schon tot war, bevor sie im Wasser war.«

»Roger.«

»Bis heut Abend kriegst du von mir ihren Namen. Sie wird aus dem Osten sein, genau wie die anderen zwei. Ich will, dass du das an die Presse weitergibst.«

»Aber die Polizei meinte, da ist nichts verdächtig dran.«

»Mir egal, was du denen erzählst, sie müssen's nur spannend finden. Sag, dass sie in diesem Jahr schon die dritte ist, die ungefähr an der gleichen Stelle ertrunken ist. Und dass eine umfassende toxikologische und gerichtsmedizinische Untersuchung ansteht, um rauszukriegen, ob sie schon tot war, ehe sie ins Wasser fiel.«

»Dem Gerichtsmediziner wird klar sein, dass ich das denen gesteckt hab. Ich bin ja allein hier.«

»Sag, dass jemand von der Mordkommission es erwähnt hat. Und speziell um diese Untersuchungen gebeten hat.«

»Dann hab ich diese Schweine am Hals.«

»Schau sie dir an – sie ist so alt wie du. Wurde einfach umgebracht und wie ein Stück Dreck weggeworfen.«

»Aber –«

»Wenn sie zu dir kommen, sag, dass ich dich gezwungen hab. Das glauben sie dir. Sag ihnen, dass ich dich bedroht hab. Denn das mach ich nämlich, wenn du's nicht tust.«

Plant sah Tracey an, den immer noch feuchten Sand auf ihren Augenlidern. »Okay«, stieß er hervor.

Zu zweit legten sie das Baumwolltuch wieder über die Leiche. Im Kühlraum war es eisig, laut der roten Anzeige neben der Rollliege nur drei Grad Celsius. Swann hatte Gänsehaut auf den Armen, dennoch schwitzte er – trotz der Chemikalien in der Luft konnte er sich selbst riechen.

»Und wo ist Michelle?«, fragte er.

»Wer?«

»Die gestrige Überdosis. Die aus den Nachrichten.«

»Hier entlang.«

Michelle war noch nicht obduziert worden, wofür Swann dankbar war. Plant führte ihn durch einen Korridor. Dabei quietschten seine Gummistiefel bei jedem Schritt auf dem Fliesenboden. Er zog eine Schublade aus der Wand und öffnete den Reißverschluss eines Leichensacks. Darin lag Michelle, nackt. Dort wo die Nadel in sie gestochen worden war, hatte sie einen blauen Fleck am Arm. Ihre Fäuste waren geballt.

Swann machte ein weiteres Foto. Das scharfe Blitzlicht brannte ihm ihr Bild in die Netzhaut. Als er sie öffnete, war es wieder dunkel. Das Polaroid kam aus der Kamera, und er wedelte es in der eisigen Luft trocken.

Er gab Darren den Fünfziger, den er ihm für die Informationen und den Zugang schuldete. »Ich besorg den Namen. Und du gibst ihn an die Presse weiter.«

»In Ordnung. Aber die Einäscherung wird trotzdem stattfinden.«

Der Fremantle Doctor blies immer noch kräftig, doch selbst der salzige Wind vom Meer konnte den Gestank der Leichenhalle nicht vertreiben. Swann schmeckte das Formaldehyd im Mund, spürte es auf der Haut.

Ruby Devines nächste Nachbarn lebten in einem Bungalow am anderen Ufer des dunklen Flusses, ein im Vergleich zu den Gebäuden daneben bescheidenes Haus. Er parkte an der Straße und ging den Fußweg zur Haustür. Merle Shannon war eine alte Frau, aber trotz der späten Stunde öffnete sie die Tür sofort und ohne vorher zu fragen. Sie trug eine beige Strickjacke und einen Rock und Pantoffeln mit Schottenkaro. Swann konnte Schaffett und Pfeifentabak riechen, die mit der klassischen Musik aus einem Radio vom Wohnzimmer herüberwehten.

Er hatte schon zwei Mal mit Merle gesprochen, wollte sich aber noch einmal versichern. Sie hatte sowohl den ermittelnden Polizisten und der Presse als auch Swann und Reggie erzählt, wie sie am Abend von Rubys Ermordung in ihren Rosenbeeten Unkraut gejätet hatte. Da war es noch angenehm mild gewesen, erst später hatte es zu regnen begonnen. Merle hatte sich, zunächst vom seitlichen Zaun verdeckt, erhoben und gesehen, wie Ruby in einem ihrer schicken Kleider an ihrer eigenen Tür klingelte und in der Handtasche kramte. Ihr Dodge Phoenix stand in der Auffahrt, zum Teil von Sträuchern verborgen. Merle war nicht sicher, ob jemand darin gesessen war, aber sie hatte erkannt, dass ein Mädchen die Tür geöffnet und dann mit komischem Gesichtsausdruck auf das Auto geblickt hatte. Weil daran nichts Ungewöhnliches war, war Merle wieder ins Haus gegangen.

Swann entschuldigte sich bei Merle, dass er sie schon wieder belästigte, und lehnte die angebotene Tasse Tee ab. Er zog das Polaroidfoto von Michelle heraus und zeigte es ihr. Beim Anblick des Totengesichts im grellen Blitzlicht verzerrten sich Merles Züge. Aber sie fasste sich schnell und blickte durch ihre Brille auf die schwarzen Augen, die dunklen Haare und die roten Lippen, die zusammen das Gesicht ergaben. Sie nickte nachdenklich.

»Wie ich beim letzten Mal schon gesagt habe, meine Augen sind nicht mehr so gut. Aber ja, das könnte sie sein. Ja, ich glaube, das könnte sie sein. Mein Gott, so jung! Ist das die aus der Zeitung?«

Swann strich Merle über den Arm und steckte das Foto

weg. Er spürte ihren Blick im Rücken, als er über den Weg zwischen den Rosen von ihr fortging, doch als er beim Auto war und sich umdrehte, war sie verschwunden.

Rubys Haus nebenan war dunkel und still. Im Mondlicht, das sich im Fluss spiegelte, schimmerte ein Verkaufsschild.

An diesem Abend wirkte Donovan Andrews nicht so ängstlich wie sonst. Im grauen Licht, das den alten War Memorial Cenotaph beleuchtete, sah Swann ihn sogar grinsen – und er tat es auch dann noch, als er Swann entdeckte. Vielmehr rutschte er ein Stück auf der Parkbank zur Seite und wies mit dem Arm hinter sich. Unter dem nächsten Baum stand ein poliertes, glänzendes Motorrad.

»Eine BSA Golden Flash«, meinte Swann. »Das ist eine 61er, oder? So eine hatte ich auch mal.«

Andrews Grinsen wurde breiter. »Ich weiß. Deswegen hab ich sie mir ja gekauft. Du hast oft davon geschwärmt.«

»BSAs gab's früher wie Sand am Meer. Heute sieht man kaum noch eine. War aber eine richtig gute Maschine. Hat Mancuso sie dir geliehen?«

»Ne, die Pfeife fährt doch ne Guzzi. Ich hab sie mir selber gekauft, von meinem Fischputzergeld. Das ist ganz allein mein Bock.«

»Alle Achtung, Don, du gehst gleich in die Vollen.«

»Ich hab endlich ne gute Braut, das hab ich doch gesagt. Ich glaub, das ist was für länger. Ich mag sie mehr als alle andern.«

Swann setzte sich und streckte seine langen Beine aus. Die tiefen Wolken und der ruhige Fluss unter ihnen reflektierten die Lichter der Stadt, um sie herum leuchteten die weißen Stämme des Zitroneneukalyptus.

»Ist das Blut an dir, Don? Muss ich irgendwas wissen?«

Andrews kicherte, als er die schwarzen Flecken auf seiner Jeans und den Jackenärmeln ansah. »Ne, das ist Tinte, Mann, von Tintenfischen. Ist neben meine Schürze gespritzt. Stört mich aber nicht mehr, dieses ganze Fischeputzen. Gewöhn mich sogar an den Sardinengestank. Die Arbeit könnt ich auch im Norden machen. Nick Mancuso redet immer davon, wie der Norden sich entwickelt. Ich könnt auf nem Schiff arbeiten oder auf ner Bohrinsel.«

»Woher hast du das Geld? Wolltest du darüber mit mir reden?«

Andrews zündete sich eine Zigarette an. Ein Anflug von Besorgnis huschte über sein Gesicht.

»Komm schon, Don. Ich muss noch vor Schließzeit ins Fremantle Prison.«

»Und ich muss zurück zur Arbeit. Wie wär's mit nem Rennen? Wer zuerst in Freo ist?«

»Wie wär's, wenn du's ausspuckst? Sagst, was los ist?«

»Ich hab's nicht gestohlen, Mann. Da war dieser Anwaltstyp, von dem ich dir neulich erzählt hab. Der für Nick arbeitet? Der mit dem durchgeknallten Detective kam? Er ist heut Nachmittag wiedergekommen und hat nach mir gefragt. Sagte, er gibt mir nen Tausender, wenn ich meinen Namen unter irgendein Papier setze. Wart erst mal und schau nicht so. Nick war auch da, und der meinte, es ist okay, die Sache ist völlig sauber. Und er legt noch nen Tausender obendrauf.«

»Bei Nick Mancuso ist gar nichts sauber. Zunächst mal dealt er mit Heroin. Und davor hat er geklaute Autos verkauft. Und davor Gras, und das im großen Stil. Und davor –«

»Also kann er sich's doch leisten! Es ging auch nur drum, dass Nick dem alten Franchino irgendwelches Zeug abkauft – ein paar Laster und Zeug fürs Restaurant, Öfen und Herde und so. Sie wollten nur, dass ich als Geschäftsführer der alten Firma eingetragen bin. Da kann nichts passieren. Ich bin nur so was wie ein stiller Teilhaber und hab nichts mit allem zu tun.«

»Da läuft irgendein Betrug, Don. Und vielleicht ist Ruby Devine sogar gestorben, weil sie darüber was gewusst hat.«

Andrews dachte nach, allerdings nicht sehr lange. »Zwei Riesen, Mann. Einfach so, hier und jetzt. Der Anwaltstyp hat gesagt, wenn wer fragt, soll ich sagen, dass jemand in einem Pub zu mir gekommen ist und mir nen Hunderter für die Unterschrift geboten hat. Und weil ich blau war, hab ich's gemacht.«

»Diese Firma soll pleite gehen, Don. Die suchen sich Geschäftsführer, die nirgends zu finden sind. Oder bei denen man sicher sein kann, dass sie das Maul halten. Und Mancuso behält die ganze Ware. Hast du noch andere Namen gesehen?«

»Nur meinen und den eines andren, Casper Murray, einer von der Hafenarbeitergewerkschaft. Den kenn ich von früher.«

»Wie hieß denn die Firma?«

»Hannan Enterprises oder so.«

»Na, immerhin haben sie Humor. Sands muss genauso über dieses Steuerschlupfloch gestolpert sein wie Paddy Hannan damals über sein Gold in Kalgoorlie.«

»Tja, davon hab ich keine Ahnung.« Andrews beugte sich vor und schob sich die Hosenbeine über die Stiefel. »Ich hau sowieso ab von hier. Das Ganze interessiert mich und meine Braut nicht die Bohne. Aber bis ich verschwinde, behalt ich Mancuso und das Geschäft im Auge. Und wenn ich was seh, außer haufenweise Zaster, sag ich Bescheid. Kannst dich drauf verlassen.«

Aus seinen Worten sprachen Aufrichtigkeit und Ernst.

Sein Bedürfnis nach Anerkennung hatte Swann schon immer ausgenutzt. Doch trotz allem Gerede, die Stadt zu verlassen – Swann konnte nur hoffen, dass Don das wirklich vorhatte.

Swann war schon spät dran für sein nächstes Treffen mit Cooper in Nedlands, und er war erleichtert, als er den De Ville im Schatten gegenüber Steve's Hotel an der Mole geparkt sah. Es war nicht viel los am Ufer, nur ein paar Krabbenfänger wateten in der Nähe des Wellenbrechers im dunklen Wasser. In der leichten Dünung wippten ihre Stirnlampen auf und ab.

Die Parkplätze neben dem De Ville waren frei, also stellte Swann seinen Wagen daneben ab. Cooper saß im Schneidersitz auf der Motorhaube seines Autos und trank Champagner aus der Flasche. Neben ihm standen ein Körbchen mit Erdbeeren und eine Styroporschachtel, in der die Schalen eines Dutzends Austern auf schmelzendem Eis lagen. Aus den offenen Fenstern des De Ville kam Musik.

»Hast du das gehört? Elton John. *Saturday Night's Alright for Fighting*.« Cooper rutschte mit dem Hintern hin und her, um bequemer zu sitzen. »Ich hab Elton John sogar mal getroffen. Bei einer Party in Rubys Haus. War echt ne tolle Party. Am Ende war selbst Elton im Pool. Schluck Schampus, Swann?« Er hielt ihm die Flasche hin.

Swann sah das Etikett an und überlegte kurz, lehnte dann aber ab. »Schmeckt einfach besser aus der Flasche, oder?«

Cooper schüttelte den Kopf. »Das hier kam ganz plötzlich, ich hatte keine Zeit mehr, Gläser zu besorgen.«

»Jeder Tag ist ein Grund zu feiern, wie?«

»Ja. Jeder Tag.« Cooper wischte sich den Mund mit dem Inneren seines Seidenärmels ab. »Weißt du, an der Mole hier hab ich früher Cobbler gejagt. Mit der Harpune. In ungefähr zwei Meter Tiefe liegt ein gesunkenes Boot. Ich hab überhaupt nichts gesehen, aber wenn man mit irgendwas Spitzem in eine der Ritzen im Boot sticht, holt man einen Korallenwels raus. Ich hab sie immer an den Fish-and-Chips-Laden da hinten verkauft. Ohne Zwischenhändler. Fünfzig Cent fürs Filet. Im Laufe der Zeit hab ich eine hübsche Stange Geld verdient, aber jetzt schmecken sie mir nicht mehr. Woraus man vielleicht auch seine Schlüsse ziehen kann.«

Cooper wirkte nicht betrunken, woraus Swann schloss, dass das alles nur das Vorgeplänkel war. »Kommen wir doch zu dem, was du heute Vormittag gesagt hast«, begann er.

Cooper schüttelte den Kopf. »Keine Ahnung, wovon du sprichst.«

»Blödsinn.«

»Ehrlich, ich hab Gedächtnislücken. Bin heute Nachmittag mit dem Kopf neben dem Porzellansessel aufgewacht. Hab's wohl nicht mehr ganz geschafft. Hab mich sogar im Schlaf selbst angeschissen. Mehr willst du gar nicht wissen.«

Es hatte keinen Zweck, auf das zu dringen, was er bei ihrem Telefonat gesagt hatte – die Mancusos würden es sowieso nie bestätigen. Es war besser, Cooper dort zu packen, wo er verwundbar war.

»Nach dieser hübschen Beschreibung hätte ich doch gern ein bisschen Schampus, Cooper.«

»Sind wir wieder gut?«

Denn falls Cooper seine Spuren verwischt hatte, warum hatte er dann Reggie gebeten, dieses Treffen zu arrangieren? Die Antwort lag auf der Hand: Er war wegen des Bundesbeamten bei der Steuerbehörde besorgt, der tausende Kilometer entfernt in Canberra saß und den er, anders als die Polizei hier, nicht kaufen konnte. Egal ob Cooper es zugab oder nicht, ob er sich erinnerte oder nicht, Swann hatte heute Vormittag Angst und Sorge aus seiner Stimme herausgehört.

Die Flasche war fast voll, und Swann nahm einen kleinen Schluck. »Dachte, du bist in den Miesen?«

»Da brauch ich nicht lügen, Swann, ich hab ernstzunehmende Schulden bei ernstzunehmenden Leuten.«

»Was den Champagner und die Austern erklärt.«

»Nur der Not keinen Schwung lassen. Hab ich von meinem Vater gelernt.«

»Lass mich raten, Cooper. In dein Büro wurde eingebrochen, und jetzt sind alle Unterlagen zu Rubys Geldangelegenheiten verschwunden.«

Cooper lachte vergnügt.

»Und hinterher«, fuhr Swann fort, »wurde ein zurückdatierter Polizeibericht erstellt, in dem der Diebstahl ganz vorschriftsmäßig aufgenommen wurde.«

»Ganz vorschriftsmäßig«, räumte Cooper ein.

»Noch was?«

Cooper sah ihn nachdenklich an. »Ich hab meine Kumpels bei Crown Law angerufen; die wissen nichts von Ermittlungen gegen mich.«

»Laut meinem Kumpel in Canberra traut man dort den hiesigen Crown-Law-Leuten nicht übern Weg. Nur der Bodensatz arbeitet hier für staatliche Behörden.«

»Also, zumindest Letzteres ist wahr.«

»Alles ist wahr. Und die Jungs drüben lassen nicht locker, wenn sie mal Lunte gerochen haben. Schau nur, was bei Ruby war.« Swann nahm noch einen Schluck und gab Cooper die Flache zurück.

»Um der alten Zeiten willen, Swann. In Erinnerung an unsere gemeinsame Freundin.« Cooper prostete den lichterfunkelnden Yachten auf dem dunklen Fluss zu, von denen der Wind Lachen und Musik herübertrug. »Sag deinen Steuerkumpels, wenn sie ihre Zeit nicht verplempern wollen, sollten sie sich um andere kümmern als um mich. Und wenn sie über meine kleinen Verfehlungen hinwegsehen könnten, zeige ich ihnen gern, wie sie viel weiter oben was ausgraben. Da gibt's reichlich Leute, die was zu verbergen haben. Die halbe Liberal Party steckt in diesem Sumpf, diese Typen werden gierig und fett. Hast du gesehen, wie viele neue Häuser in Dalkeith gebaut werden, in Applecross, in City Beach? Alles Neureiche.«

Als Cooper »Neureiche« sagte, verzog er das Gesicht voller Verachtung. Swann wusste, was jetzt folgen würde.

»Da ist ein Neuer in der Stadt.«

»Über Solomon Sands weiß ich Bescheid. Kommen wir lieber gleich zu den Details.«

Cooper lachte und prustete Champagner über seine Motorhaube. »Dabei waren wir doch grad so schön sentimental. Aber gut, wenn du so ungeduldig bist.«

»Du brauchst mir hier nicht groß was vormachen, Cooper. Wenn du weiter über Sands plaudern willst, dann sollte es sich auch lohnen. Und ich schließ das dann kurz und knapp mit ein paar eigenen Worten ab.«

»Du bist nicht verwanzt, oder? Denn ich sag dir das nur, damit du informiert bist.«

»Spuck's aus, Cooper, ich muss noch woanders hin. Und ich brauch auch noch ein bisschen Zeit, um dir zu verklickern, dass du nur aus einem einzigen Grund nicht tot bist, nämlich weil du dann die Leute, die dich umbringen wollen, nicht mehr bezahlen kannst.«

Cooper tat, als würde ihn schaudern. »Entspann dich, Swann. Ich hab mir heute schon mal in die Hose geschissen.«

»Spuck's aus, hab ich gesagt.«

Aber Cooper sagte nichts. Stattdessen beugte er sich vor und presste beide Hände auf den Bauch. Als er endlich das Wort ergriff, sprach er seltsam leise. »Ohne Witz, Mann, ich hab Magengeschwüre. Diese neuen Scheißteile, die wirklich üblen.«

»Scheint so.«

»Das sind doch alles Schönwettersegler. Die meisten von denen sind Schwachköpfe, die es auf Leute wie mich abgesehen haben. Diese verdammten Cowboys tun, als gehöre ihnen alles hier. Dabei wollen die sich nur das unter den Nagel reißen, was meine Leute seit über hundertfünfzig Jahren aufgebaut haben.«

»Woher kommt das ganze Geld? Drogen?«

»Natürlich von den Drogen. Von Drogen und Börsenschwindel. Steuertricks und falsche Goldgeschäfte. Immobilienbetrug und verschiedene andere Gaunereien. Aber es stimmt, Drogen sind ganz vorn dabei. Ruby Devine hat Don Casey fünfhundert die Woche bezahlt, damit sie ihre Häuser betreiben durfte. Übers Jahr gesehen ist das ein Haufen Geld, aber das muss auch geteilt werden, es gibt viele hungrige Mäuler zu stopfen. Weißt du, wie viel ein Kilo Heroin in Kuala Lumpur kostet und wie viel man hier dafür bekommt, im Großhandel?«

»Diese Neureichen schmuggeln es also?«

Cooper lachte. »Nein, die finanzieren das nur. Lernt man zwar nicht in der Polizeischule, aber eigentlich ist es nur das Einmaleins des Finanzkapitalismus. Man teilt das Risiko auf. Angenommen, ich will Heroin importieren, selbst aber kein Geld reinstecken; ich will kein finanzielles Risiko eingehen. Also suche ich mir fünf Geldgeber, die etwas schnelles Geld machen wollen, denen eine direkte Beteiligung aber zu heiß ist, weil sie einen guten Ruf oder so was haben. Und die stecken jeder zehntausend in die Sache. Dann zahle ich den Kurieren ein paar Tausender, damit sie mir in einer Woche fünf Kilo bringen. Anschließend geb ich den Geldgebern das Dreifache von dem, was sie eingezahlt haben, und wenn ich die Waren dann als Großhandelsmenge an die Italiener verkaufe, hab ich fast dreihunderttausend eingesteckt. Nicht schlecht für eine Woche Arbeit. Dann investieren die Geldgeber wieder jeder zehntausend, und das Spiel geht von neuem los.«

»Ich hab gehört, dass die Mancuso-Brüder –«

»Tja, das ist die Alternative, und die ist noch lukrativer. Statt die ganze Ware auf einmal zu verkaufen, könnte ich, vorausgesetzt, ich bin ein gewisser Detective Inspector mit der Macht, jeden verdammten Mist zu tun, den ich will, Leute wie die Mancusos oder Dom Franchino, Leo Ajello, irgendwen mit einer Fassade als anständiger Geschäftsmann, einen dieser Stützpfeiler von Kirche und Gesellschaft, reinnehmen, ihnen grünes Licht geben und so ein noch fetteres Stück vom Kuchen kassieren. Da macht auch jeder seinen Schnitt dabei. Die Detectives sind zufrieden. Und die sorgen wiederum dafür, dass auch die Richter und Politiker zufrieden sind.«

Swann fragte sich, wie viele von Coopers Vorfahren dasselbe getan hatte – genau zu dem Zeitpunkt ihr Gewissen entdecken und den Mund aufmachen, als die Konkurrenz sie überflügelte.

»Die Geldgeber sind auch alle zufrieden«, sagte Cooper. »Und die wirklich cleveren von ihnen gehen natürlich zu einem Typen wie Solomon Sands.«

»Mir ist klar, wie er ins Spiel kommt, beim Geldwaschen, Filettieren von Unternehmen und so weiter, aber für was brauchen die Investoren das Geld?«

»Einfluss. Mit so viel Geld kann man sich auch viel Macht kaufen, und sehr viel Protektion von gewissen Personen. Die Investoren haben schon angefangen mit den Parteispenden. Auch die Liberal Party nimmt ihr Geld und stellt keine Fragen. Es ist, als wären wir wieder in der Kolonialzeit, wieder ganz am Anfang. Es ist die Zukunft, aber nichts Neues. Das wurde alles schon mal gemacht.«

»Außer dass diesmal deine Leute außen vor bleiben.«

»In ein paar Jahren weiß niemand mehr, dass diese großkotzigen Neureichen mal Heroindealer waren. Mit ihrem Startkapital können sie sich Unternehmen kaufen, die von ihren neuen Kumpels in der Regierung eine Vorzugsbehandlung bekommen. Es ist nur eine Frage der Zeit, bis sie ihre eigenen Banken aufmachen, um auch alles selbst zu finanzieren. Dann kriegen sie die richtig großen Infrastrukturprojekte, und damit lassen sie das alte Geld wirklich alt aussehen. Sie kaufen sich Zeitungen und Fernsehsender, und dann liebt die Politik sie gleich noch mehr. Und im Norden geht es grad erst los. Das ganze Eisenerz. Die Diamanten. Das Gold. Na, was denkst du, wer wird dabei zum Zug kommen?«

Coopers Stimme war immer lauter und schriller geworden, aber nun verstummte er. Dann hob er die Flasche an die Lippen und trank, trank einen großen, großen Schluck.

»Ruby hatte keine Ahnung davon, falls du das fragen willst. Aber wenn sie als Kunden kamen, hat sie immer Geld von ihnen verlangt. Anders als unsere Politiker sind Huren wenigstens keine Heuchler.«

»Hab dich noch nie mit einem Moralischen erlebt.«

»Hast mich heute an einem schlechten Tag erwischt.«

»Das Geld in den Treuhandfonds, das du für deine Mandanten verwaltest und das du fürs Bezahlen deiner Schulden verwendest – das haben ein paar wirklich ungute Typen im Blick. Nicht nur die Finanzbehörden.«

Cooper spähte mit einem Auge in die Flasche, hob sie hoch und schüttelte sie. »Nicht mehr viel drin? Sollen wir nicht noch eine? An der Bar bei Steve's hab ich Kredit.«

»Du willst dich also weiter an Sands und die Leute halten, für die er den Betrug organisiert?«

Cooper nickte und hob einen Zeigefinger in die Luft wie eine Antenne. »Hörst du den Song? Boz Scaggs. Den Kerl hab ich auch schon mal getroffen. Der ist sogar noch kleiner als ich.«

Schon beim Aussteigen wusste Swann, dass etwas nicht stimmte, doch bis er die Männer entdeckte, die sich auf der anderen Seite des Hotels aus dem Schatten lösten, war es zu spät. Es waren drei, Sturmhauben auf dem Kopf, Revolver in der Hand. Einer sah aus wie Sherving, aber in der Dunkelheit ließ sich das nicht sicher sagen. Sie waren im Vorteil, deswegen griff er nicht nach seiner Waffe. Er rief auch nicht um Hilfe. Ihm war klar, dass dieser Augenblick hatte kommen müssen, dass er vorbestimmt war bis in die rituellen Bewegungen, die rituelle Furcht.

Außer ihnen war niemand da. Sie hatten alle Zeit der Welt.

Die Männer kamen über die Breite seines Holden verteilt auf ihn zu, einer etwas links, einer etwas rechts von ihm, und alle hatten Waffen auf ihn gerichtet. Als der Mittlere in Reichweite war, stürzte sich Swann auf ihn und schlug zu, traf den Mann hart am Kinn und setzte nach, als der zurücktaumelte. Doch dann erhielt er von der Seite mit einem Revolver einen Schlag in den Nacken, dann noch einen an den Hinterkopf. Er hatte die Hände um den Hals des ersten gelegt und wollte nach den Augen greifen, doch da wurden seine Arme taub, und er war unfähig, sie zu bewegen, ließ los, fiel jedoch nicht, wurde gehalten. Er erhielt Schläge in den Magen und in die Rippen, dann wurde er zu Boden geworfen, sie traten ihn, trampelten auf ihn. Sie gingen methodisch vor. Eine Stimme hörte er erst bei einem Tritt gegen den Hinterkopf: »Nicht ins Gesicht.«

Dann stellten sie das Prügeln ein, und jemand beugte sich zu ihm und flüsterte in sein Ohr: »Kleine Nachricht von Casey zu deinen hübschen Töchtern. Zwei hast du ja noch. Wir werden sie ficken, Swann. Wir alle werden sie ficken. Hart, so wie sie's gern haben. Und du darfst dabei zusehen.«

Sie lachten, und der, der gesprochen hatte, griff in Swanns Jackett und zog seine Dienstwaffe heraus. »Die behalten wir für später. Wenn alles zu viel wird. Dann werden wir kommen und dir helfen. Bis dann, Swanny, wir sehen uns.«

Also war es nicht zu Ende, noch nicht. Wieder traten sie auf ihn ein, und während schwarze und rote Blitze durch seinen Kopf zuckten, musste er an seinen Stiefvater denken. Der ihm beigebracht hatte, Strafe zu ertragen, die er mit Händen und mit Füßen verabreichte, während seine Mutter daneben stand und nur zusah.

Er parkte exakt dort, wo der Dodge der Bordellbesitzerin in der Mordnacht gestanden hatte. Der Valiant stand mit dem Heck zum Freeway, die Scheinwerfer waren ausgeschaltet, die Fenster runtergekurbelt. Hinter ihm lag der Fluss, auf dem Krabbenfänger und Harpunenfischer ihre Stirnlampen hin und her schwenkten, aus dem Süden wehten Melodiefetzen der Raffles Hotelkapelle herauf.

Einen Block weiter im Norden war der Zoo. Er hörte das Brüllen und Kreischen der Affen und dachte an die Tiere, die in jener Regennacht die vier Schüsse gehört haben mussten. An die Bären und Raubkatzen und die anderen Fleischfresser, denen der Wind den Blutgeruch zugetragen hatte.

Von Marko wusste er, dass über das Wer und Warum unzählige Theorien im Umlauf waren. Ein Taucher sei angeblich aus dem Fluss gekrochen, habe sie getötet und sei danach wieder im Wasser verschwunden. Dann gab es den Provinz-Cop, der an jenem Tag von Merredin mit dem Motorrad nach Perth gefahren sei und hinterher die Waffe in einem der riesigen Weizenfelder des Wheatbelt vergraben habe. Einer anderen Geschichte zufolge hatte der Mörder etwas mit einem Raubüberfall zu tun und saß im Fremantle Prison eine Strafe ab. Wieder andere behaupteten, ein illustrer Autorennfahrer und stiller Teilhaber von Rubys Bordellen habe sie erschossen, oder Ruby habe gedroht, die Namen der Chinesen zu nennen, die in ihr Geschäft investiert hätten. Oder DI Casey habe es getan, als er neben ihr auf dem Beifahrersitz saß. Oder zwei junge Uniformierte auf Caseys Anordnung, denen für den Rest ihres Lebens eine jährliche Zahlung und die Übernahme der Schulgebühren für ihre Kinder versprochen worden war. Oder ein sizilianischer Gangster namens

Franchino. Oder Abe Saffron habe es für eine seiner Bordellbetreiberinnen hier in Perth organisiert. Ein Killer der Hafenarbeitergewerkschaft, der auf einem Handelsschiff, der *Iron Yampi*, am Vortag eingelaufen war und am Tag danach wieder abgefahren.

Es gab so viele Gerüchte, dass er sie sich gar nicht mehr anhörte. Seine Erfahrung hatte ihn gelehrt, dass es immer dem Mörder diente, wenn man absichtlich Wahrheit und Einbildung vermischte: Dadurch wurde die Botschaft, die hinter dem Mord steckte, betont, während der Täter in den Hintergrund trat.

Eines verriet ihm das Gerede jedoch – wie sehr sich Perth in den zehn Jahren, seit er weggegangen war, verändert hatte. Selbst vor dem Sohn eines Polizisten hatten sich die Leute keinerlei Mühe gegeben, ihren Abscheu vor der Polizei zu verbergen. Dieser Abscheu war aber gepaart gewesen mit einer Art Achtung, einem gewissen Verständnis dafür, wie es eigentlich laufen sollte. Zur Zeit seines Vaters hätten die Polizisten, die sich von Buchmachern und Bordellbetreibern ihr Schmiergeld abholten, einen Typen wie Leo Ajello in den Busch mitgenommen und ihn sein eigenes Grab schaufeln lassen. Niemals hätten sie es erlaubt, dass sich jemand über das Gesetz stellte, selbst wenn er Informant war. Buchmachern und Bordellen Geld abzuknöpfen, tat niemandem weh, so hatte man es früher gesehen. Aber die alten Zeiten waren vorbei. Besser als viele andere wusste er, wie es heute zuging. Der Mord an der Bordellbetreiberin war ein Zeichen dafür, wie es zukünftig in der Stadt aussehen würde, obwohl die Historiker dazu vermutlich eine andere Meinung haben würden.

Er blickte auf den leeren Beifahrersitz, und es fiel ihm nicht allzu schwer, sich selbst darauf vorzustellen. Wenn es anders gelaufen wäre, dann hätte auch er der Frau in den Kopf schießen können. Sogar als junger Cop hatte er noch Autos gestohlen und schwarz gearbeitet, als Türsteher vor Clubs in Northbridge und Fremantle. Er war nicht der einzige Rekrut, der beide Seiten des Geschäfts kannte, obwohl er nicht so war wie die anderen.

Er hasste die Uniformen, das ganze Salutieren und Yes, Sir, No, Sir. Und als sein Vater starb, noch während er auf der Polizeischule war, und er bei der Beerdigung die Kumpel seines Vaters sah, seinen Purple Circle, wie sie alle vor sich hin starrten, sich die Ansprachen voller Lügen anhörten, da hatte er es noch mehr gehasst.

Doch nicht der Hass auf Regeln und Heuchelei hatten ihn aus der Truppe getrieben. Als er zum ersten Mal getötet hatte, war es ein Unfall gewesen. Er hatte die Tür eines Clubs in Fremantle gemacht, als ein besoffener, wegen Mordes gesuchter Stauer mit einem Metallrohr auf ihn losging. Er hatte sein Messer gezogen und ihn erstochen.

Ein Kollege seines Vaters, ein Detective, den er immer Onkel genannt hatte, hatte ihn davor bewahrt, wegen Totschlag in den Knast zu wandern. Er hatte ihm geraten, sich nach Osten abzusetzen, bis Gras über die Sache gewachsen war, und unterdessen in die Armee einzutreten; der Mann hatte sogar das Polizeiprotokoll seiner Festnahme aus der Akte genommen und die Tür seiner Zelle im Fremantle Prison aufgesperrt.

In Sydney wusste kein Mensch, nicht einmal seine Frau, dass er eine Polizeiuniform getragen hatte und sein Vater Detective gewesen war.

Er beugte sich unter das Lenkrad und legte die Zünddrähte aneinander. Beim Anspringen tat der Valiant einen Satz nach vorne. Als er das Licht anschaltete und den Gang einlegte, warf er noch einen Blick auf den Beifahrersitz. Doch dort sah er nicht den Geist der toten Frau sitzen, sondern sich selbst – denjenigen, der er hätte werden können.

Swann betrachtete sich im Badspiegel. Im Morgenlicht funktionierten seine Augen mit scheußlicher, vom stechenden Schmerz noch gesteigerter Klarheit, aber auf seinem Gesicht war nichts zu entdecken. Vom Schlüsselbein ausgehend tastete er sich ab, befühlte eine Rippe nach der anderen, doch ließ sich keine eindeutige Schmerzquelle lokalisieren. Gebrochen war nichts, aber alle Rippen waren schwer geprellt. Immerhin begannen die Schmerztabletten, die er gleich nach dem Aufstehen genommen hatte, zu wirken, genauso wie der Schluck Wodka aus der fast leeren Flasche.

Als er sich langsam vor dem Spiegel hin und her drehte, sah er, dass links und rechts der Wirbelsäule auf seinem Rücken Stiefelabdrücke waren. Um die Nieren war alles blutrot. In seinen aufgeschürften Handflächen steckten Steinchen.

Als er letzte Nacht in sein Zimmer gekrochen kam, war er froh gewesen, dass sie ihm die Waffe abgenommen hatten – es wäre zu leicht gewesen, sie sich unters Kinn zu halten und Schluss zu machen mit dem Schmerz, den Wellen von Schmerz, die ihn in Schweiß ausbrechen ließen. Es wurde erst etwas besser, nachdem er sich übergeben hatte. Danach war er in Embryohaltung auf dem schmuddeligen Teppich gelegen und hatte allmählich seinen Atem wieder in Griff bekommen. Dabei hatten sich Schmerzattacken und Schübe von Übelkeit abgewechselt. Die nächste Stunde hatte er im Bad verbracht, zusammengerollt in der Dusche liegend, den Kopf gegen die Fliesen gelehnt, und immer wenn der Schmerz übermächtig wurde, hatte er kaltes Wasser darauf rieseln lassen. Als er es schließlich ins Bett geschafft hatte, war er im Traum vor Gericht. Seine Hände lagen gefaltet vor ihm auf dem Tisch, während er wie ein Schuljunge darauf wartete, dass er aufgefordert wurde aufzustehen und zu sprechen, ohne zu wissen, was man von ihm erwartete.

Er zog ein frisches weißes Hemd an, stopfte es in eine saubere Hose und zog den Gürtel fest. Er hatte abgenommen. Auch das Hemd hing schon etwas an ihm herunter. Um die Schuhe zuzubinden, musste er sich aufs Bett setzen.

Draußen wehte ein östlicher Wind, und die Hitze aus dem Landesinneren machte ein Jackett eigentlich überflüssig. Er war dennoch in eines geschlüpft, um das leere Holster zu verbergen. Dass sie ihm die Waffe abgenommen hatten, war nicht nur gefährlich, sondern auch eine Demütigung. Er musste sie unbedingt wiederhaben. Wahrscheinlich wollten sie ihm damit etwas anhängen. Oder – noch wahrscheinlicher – ihn damit erschießen.

Gerne wäre er geflüchtet. Er wollte bei Marion und seinen Töchtern sein, sich zusammen mit ihnen hinlegen und sie festhalten, aber er wusste, einmal bei sich zu Hause, würde er nicht wieder aufstehen.

Vorsichtig legte er die verletzten Hände auf das Lenkrad des Holden und fuhr langsam durch ruhige Straßen. Der Vorort war ein stiller Traum – eine Familie hatte Handtücher über die Schulter geworfen und packte ihren Wagen für die Fahrt an den Strand, zwischen sonnengebräunten Beinen flitzte ein Hund umher; auf einer Veranda war ein alter Mann mit nussbraunem, in der Sonne glänzendem Schädel in die Zeitung vertieft. Swann nahm die Auffahrt zum Stirling Highway und fuhr in Richtung Westen zum Gefängnis.

Hergenhan drehte das Polaroid von Michelle auf den Rücken, leckte es ab und klebte es sich auf die Stirn. »Kann ich das behalten? Macht nen Kerl doch immer glücklich, wenn er'n Bild seiner Süßen hat.«

Swann betrachtete ihn, konnte seine Miene aber nicht deuten. »Weißt du, Ray, was Michelle Jacky vorgeschlagen hat, ist immer noch machbar.«

»Geld ausgeben ist nicht ganz leicht, wenn man hier drin hockt, und erst recht nicht, wenn man tot ist.«

»Vielleicht kann ich was für dich tun.«

»Selbst für nen Bullen ist's schwer, was zu tun, wenn er tot ist.«

Die Schmerzen ließen Swann nicht ruhig sitzen. »Es geht erst mal nur um eine schriftliche Aussage. Damit ich dem Kommissionsvorsitzenden was präsentieren kann. Wenn es gut ist, wird man sich um dich kümmern.«

Hergenhan stieß einen sarkastischen Pfiff aus, aber sein Blick war wach, neugierig.

»Und wie gesagt, ich hol dich hier raus. Du kannst neu anfangen.«

»Und wie willst du das anstellen? Mich mit nem Hubschrauber raufseilen? Tunnel buddeln? Dem Oberschließer einen neuen Bungalow bauen?«

»Kommt drauf an, was du zu bieten hast, Ray. Wenn du als Zeuge aussagst, kann dich die Kommission an einen sicheren Ort bringen. Und für Straffreiheit sorgen, wenn du auspackst. Für eine neue Identität. Ein neues Leben.«

Nachdenklich runzelte Hergenhan die Stirn. Sie wussten beide, dass er überall derselbe kaputte Typ bliebe, trotzdem war das Angebot eine Überlegung wert.

»Warum hast du nicht gesagt, dass Michelle in der Nacht, in der Ruby erschossen wurde, bei ihr Babysitter war. Ich hätte was tun können. Vielleicht wär sie dann noch am Leben.«

»Ich weiß echt nicht, wovon du da redest, Detective. Keine Ahnung, wie's Ruby Devine sieht, aber ich würd Michelle nicht auf meine Kinder loslassen. Zuverlässigkeit war nicht grad ihre Stärke.«

»Hat sie gesagt, wen sie an dem Abend vorm Haus gesehen hat?«

»Bringt jetzt ja nichts, wenn ich schwindle, oder?«

»Wir wissen doch beide, dass Casey Michelle über die Klinge springen lassen hat. Und du bist der nächste – und das bald, wenn er rauskriegt, dass du mit einer Geschichte zu mir bist.«

»Ne, ne, Mann, da machst du nen Denkfehler. Michelle ist mit ihrer Geschichte zu dir gekommen. Und jetzt ist sie tot und kann nichts mehr sagen. Das hat nichts mit mir zu tun.«

»Meinst du, Casey sieht das genauso? Du bist doch nicht besser dran als ich. Sobald du ihm nichts mehr nützt, bist du erledigt.«

»Och, ich war immer schon der nützliche Typ, Detective, und das wird auch so bleiben. Bin einfach praktisch veranlagt, Kumpel.«

»Mir hat mein Schwiegervater mal erzählt, wie's im Leben läuft, Ray. Alles, was man sieht, vergeht, nur was man nicht sieht, hat Bestand.«

»Hä? Was soll der Scheiß heißen? War der Kerl ein verdammter Pfarrer oder was? Du hast sogar ein größeres Rad ab, als alle sagen, weißt du das?«

»Du weißt, was das heißt. Und du weißt auch, was ich damit sagen will. Casey ist durchgeknallt. Er denkt, er kann alles. Deswegen hast du so viel Schiss vor ihm. Deswegen hat jeder so viel Schiss.«

»Ich hab keinen Schiss.«

»Doch. Der Einzige, der sich nicht in die Hosen macht, bin ich. Ich weiß, dass Pat Chessons Mädchen als Kuriere laufen, ein paar von ihnen lagen schon tot am Strand – erst gestern wieder eine. Und Michelle wurde einfach umgebracht. Dir ist klar, dass Casey dahintersteckt, und ich weiß, wer die Hand über ihn hält, weiter oben.«

»Ach so? Vielleicht tust du das ja, aber ich hab davon keinen Schimmer.«

»Aber du weißt, wenn das Ganze in die Presse kommt, dann bist du eine Belastung. Dann bist du Geschichte.«

»Ne, ich hab nur ein paar Sprüche geklopft, bisschen Leben in die Bude gebracht.«

Aber Hergenhan klang wenig überzeugt, und er wusste es. Er lehnte sich zurück und blickte auf seine Hände. Als er den Kopf wieder hob, war die Glut in seinen Augen erloschen. »Ich sag dir was, Detective«, begann er schließlich. »Angenommen, ich hätte Interesse, wie wär's, wenn ich dir ein Angebot mache. Wenn du einen Monat nach der Royal Commission noch am Leben bist und die Kröten hast, und wenn ich eine neue Identität hab, dann sag ich dir, was ich weiß.«

»Für jetzt bringt mir das aber gar nichts, oder? Und ohne mich machst du's auch nicht mehr so lang.«

Hergenhan nickte mit ernster Miene, wie er sie auch vor Gericht aufsetzen würde. »Da könntest du recht haben. Aber wenn ich dir jetzt helfe, und du kratzt nächste Woche ab, dann bin ich auch nicht besser dran. Es ist so oder so riskant.«

Swann schüttelte den Kopf und wollte aufstehen und gehen, doch Hergenhan sprang schneller von seiner Pritsche auf und versperrte ihm die Tür.

»Geh mir aus dem Weg, Raymond.«

Hergenhan bewegte sich nicht. Er versuchte, ein verächtliches Gesicht zu schneiden, doch aus seinen Augen sprach

Verzweiflung. »Wenn ich's richtig seh, bist du grün und blau unterm Hemd, oder?«

Swann hatte instinktiv seine Verletzungen verborgen, und Hergenhan hatte sie genauso instinktiv wahrgenommen.

»Ich sag's zum letzten Mal. Geh mir aus dem Weg.«

Mit geballten Fäusten stand Hergenhan vor Swann und blickte finster auf ihn herab. »Weißt du, warum ich nichts für dich tue, Detective? Weil ich dir nicht traue. Du hattest mal nen guten Ruf, Mann. Aber Scheiße, jetzt trägst du angeblich die Nase oben und bist was Besseres als die anderen.«

Swann trat nahe an Hergenhan heran, seine Ausdünstungen schlugen ihm entgegen. An einem guten Tag konnte er es mit ihm aufnehmen, heute jedoch nicht. Darin täuschte sich Hergenhan nicht. Er legte alle Entschlossenheit in seinen Blick, aber es war nicht genug.

»Die Zeiten haben sich geändert, Hergenhan, genau wie ich.«

»Hier drin hat sich gar nichts geändert. Gesetz des Dschungels, Kumpel. Keine Chance, dass ich mich auf deinen Schutz verlassen kann. Du bringst es nicht mehr. Eigentlich vermiss ich den alten Swann sogar. Den, der mich längst an der Gurgel gepackt und mir zack, zack ein paar aufs Maul gegeben hätte. Wo ist der nur hin? Ich hab gehört, was du mit diesem verdammten Arschloch Mitch Davey angestellt hast, aber wenn ich dich so seh, kann ich's mir nicht vorstellen. Und was ist mit mir? Mir hast du auch nicht den Respekt gezeigt, den ich verdien. Hast mir nicht mal eine geballert.«

Swann spürte, wie seine Arme, sein Körper ihm sagten, was zu tun war. Linker Schwinger in die Rippen, das Haar packen und ein Knie hochreißen. Aber erst musste er einen Schritt zurücktreten.

Hergenhan machte es ihm leicht, trat selbst einen Schritt zurück. Swann sah den Wärter im selben Moment, wie Hergenhan ihn in seinem Rücken spürte. Er hatte den Schlagstock gezückt und den Blick auf Hergenhans Nacken geheftet.

»Bis in einem Monat dann.«

»So lang wird's kaum dauern.«

Als junger Polizist hatte es Swann seltsam gefunden, wie viele Kriminelle an die Hölle glaubten. Nun tat er das nicht mehr.

Swann hatte Krankenhäuser immer gehasst. Eins zu betreten, war immer wie der Beginn eines bösen Traums – die Fabrikgerüche, die Reihen von Neonröhren, die unterschwellige Bedrohung.

Jacky lag im obersten Stock des Fremantle Hospital. Sie hatte das kleinste Zimmer in der hintersten Ecke, das sonst für Kriminelle unter Polizeischutz genutzt wurde. Swann zeigte der Empfangsschwester seine Marke, aber der Stuhl des Wachpostens vor dem Zimmer war verwaist. Es schienen auch keine Polizisten in Zivil in der Nähe. Kein Wachposten und keine Detectives – das hieß, Jacky war für die Polizei ohne Nutzen.

Swann zog die Tür hinter sich zu. Jacky lag erhöht auf einem Berg Kissen. Sie war fast totgeschlagen worden, ihr Gesicht glich einem psychedelischen Sonnenuntergang. Schmierige rote Schwellungen und violette Knötchen sprenkelten den nachtschwarzen Schorf auf Kinn und Wangen. Die Nähte auf dem Schädel ließen ihn wie einen Baseball aussehen; das linke Ohr glich einem abgenagten Knochen. Ein Auge sah aus wie eine wild gesprenkelte rote Murmel, das andere war vollkommen zugeschwollen.

Er sah, dass sie mit Medikamenten vollgepumpt war – Reggie hatte die Ärzte über ihre Sucht und sogar über die gewohnte Dosis informiert. Swann empfand die Gewalt, die ihr angetan worden war, wie einen Schatten, wie eine unsichtbare Drohung im Zimmer, die sich mit der Erinnerung an die Schläge verband, die er gestern erhalten hatte. Seine Handflächen begannen zu jucken, seine Schultern zu verkrampfen. Er war böse in die Mangel genommen worden, aber im Vergleich zu dem hier war das gar nichts.

Er zog einen Stuhl ans Bett, so dass sie ihn mit ihrem sehenden Auge erfassen konnte.

Sie hatte ihn beim Näherkommen beobachtet. »Hast du ne Kippe für mich, Swann? Die wollen mir keine geben.«

Kopfschüttelnd betrachtete er ihre Handgelenke, die dort verbunden waren, wo man ihr die Adern geöffnet hatte. »Siehst nicht so aus, als könntest du rauchen.«

Sie blinzelte langsam wie ein Reptil. »Du kannst mir doch dabei helfen.«

Er zündete eine Zigarette an und steckte sie ihr zwischen die verkrusteten Lippen. Sie legte sie um den Filter, konnte sie aber nicht schließen. Irgendwie gelang es ihr zu lächeln. »Manchmal schon gut, nen Finger in den Deich zu stecken«, krächzte sie.

»Kommt mir irgendwie bekannt vor, Jacky.«

Sie versuchte zu lächeln, aber es kam nur ein Klagelaut heraus. »Hat Ruby immer gesagt.«

»Ja, genau.« Er griff in seine Hemdtasche. »Schaffst du's, dir ein paar Fotos anzuschauen?«

»Wenn ich sie sehen könnte, klar.«

Er hielt eines auf Augenhöhe vor sie. »Kennst du das Mädchen?«

Sie betrachtete das Foto und schloss dann das Auge. Beim

Wiederöffnen nickte sie. Schluckte. »Das ist Debbie. Debbie McGinnis. Was ist passiert?«

»Wurde vor zwölf Monaten am Strand angespült, ist noch nicht identifiziert. Sie wird morgen eingeäschert.«

»Das musst du klären, Swann. Sie heißt Debbie McGinnis, ein durchgedrehtes North-Shore-Mädchen. Ist sie eine der beiden, von denen ich erzählt hab?«

»Sieht so aus. Weißt du, wann sie in den Westen kam?«

»Ja, kurz nach mir. Hab sie aber nicht oft gesehen. Ihr Gezicke ging vielen von uns auf die Nerven, auch ner Menge Freier. Die werden schon mal juckig, wenn ihre Nutten aus derselben Schicht kommen wie sie.«

»Hat sie Verwandte, die benachrichtigt werden sollten?«

Jacky versuchte ein Kopfschütteln. »Sie ist vor nichts weggelaufen. Sie hatte einfach niemand.«

»Was ist mit der hier?« Er hielt ihr das Polaroid von Michelles Zimmergenossin vors Auge.

Jacky zeigte keinerlei Reaktion. Sie lag ganz still da, stocksteif. Schien kaum noch zu atmen.

»Jacky?«

Als sie schließlich ausatmete, schluchzte sie laut. Sie rang um Fassung. »Oh Gott! Das ist Trace. Eine alte Freundin. Wir sind gleich alt. Haben zusammen angefangen und auch mal zusammen gesessen. Sie ist aus Sydney, Redfern. Da waren wir sogar ne Zeitlang ein Paar.«

Während er die Hand zu den Papiertüchern auf dem Nachttisch neben ihr ausstreckte, sagte er mit sanfter Stimme. »Sie wurde gestern Nacht ebenfalls an einem Strand nördlich von Perth angespült. Wie die anderen.«

»Mein Gott, Swann, du musst ihn *drankriegen*. Du musst ihn drankriegen.«

Er gab keine Antwort. Aber er nahm ihre Hand und drückte sie, in einer Art Versprechen. Ihre Haut war kalt und trocken, und sie schien plötzlich vollkommen in sich gekehrt, atemlos. Jacky war hart im Nehmen, aber nun hatte sie Angst.

Swann fühlte sich so müde, dass er am liebsten den Kopf auf das Bett gelegt und geschlafen hätte. Er legte ihre Hand zurück aufs Bett und ging.

Er fand Mitchell Davey allein in einem Mehrbettzimmer im Südflügel mit nacktem Oberkörper und bandagierten Rippen auf straff gespannten Laken liegend. Die Tätowierungen auf seinen Schultern leuchteten rot, grün und blau. Auf einem Arm saß ein Vogel, ein Hai war quer über die Brust gestochen und auf den anderen Arm eine nackte Tänzerin. Seitlich auf dem Hals hatte er ein Eisernes Kreuz. Ein Handgelenk war eingegipst, auf dem Kopf hatte er ein grausiges Stahlgestell, das mit Schrauben am Schädel befestigt und im Kiefer verankert war.

Der Krankensaal war kühl, doch Davey schwitzte vor Schmerz, auf seiner Stirn standen glitzernde Schweißperlen. Als er Swann erblickte, weiteten sich seine Augen, und seine Finger tasteten auf dem Bett nach dem Schwesternruf. Vor Anstrengung trat seine Zunge zwischen den fehlenden Vorderzähnen hervor.

Swann schnippte den Klingelknopf sanft beiseite und legte einen Finger auf die Lippen. Wegen seiner geprellten Rippen und des schmerzenden Rückens konnte er selbst kaum lächeln. Er legte seine aufgeschürften Finger auf Daveys kalten unrasierten Hals und fühlte dessen Puls rasen. Die hervorgequollenen Adern. Auf Daveys Lippen sammelte sich schaumiger Speichel.

Swann drückte die Halsschlagadern ab und zählte bis zehn. Sobald sich Davey zu wehren begann, presste er einen Ellbogen in seine gebrochenen Rippen. Er spürte Daveys

Beine zappeln, dann hielten sie still. Kurz bevor er das Bewusstsein verlor, verringerte er den Druck und ließ ihn nach Luft japsen. Danach wiederholte er die Prozedur und zeigte Davey, wo alles enden würde, ehe er den Griff wieder lockerte und Davey zu Sinnen kommen ließ.

Er nahm die Finger vom Hals und beugte sich über Davey, blickte ihm direkt ins Gesicht. Davey schnappte nach Luft. Tränen standen in seinen Augen.

Swann hielt ihm das Polaroid von Tracey hin. »Da ist sie, siehst du das?«, zischte er. »Schau hin. Schau dir Tracey an.« Alles mit gedämpfter Stimme.

Davey blickte auf das Foto. Eine Minute verstrich.

Als Swann wieder das Wort ergriff, flüsterte er in Daveys Ohr. »Zu wem hast du Tracey gebracht? Wohin hast du sie gebracht?«

Davey versuchte zu sprechen, brachte aber kein Wort heraus.

»Was? Hab dich nicht ganz verstanden?«

Nasal und weinerlich stieß Davey zwischen den Zähnen hervor: »Casey. Und Shervo. Zu Caseys Yachtclub gebracht.«

»Bist du auch mit aufs Meer raus? Weißt du, was passiert ist?«

»Nein, ich schwör –«

»Aber du wusstest, was passieren würde, oder?«

Davey schloss die Augen. »Ja.«

»Das Heroin – nehmen sie dafür immer noch deine Mädchen?«

Davey behielt die Augen geschlossen. »Nein«, flüsterte er.

»Wie kommt es dann ins Land?«

Davey presste die gebrochenen Kiefer aufeinander. Sein ganzer Körper erbebte vor Schmerz. Swann legte ihm wieder die Hand auf den Hals, tastete nach den Halsschlagadern und fing an zuzudrücken. Sah, wie sich die Pupillen weiteten und das Leben darin erlosch. Ließ ihn wieder zu sich kommen.

»Ich bin noch da, Davey. Und ich werd dich nicht in Ruhe lassen.«

Davey rang um Atem. »Weiß nicht«, würgte er schließlich hervor. »Mick Isaacs macht mit, der Pferdetrainer. Und ein Tierarzt. Importieren Möbel aus Indonesien. Hab nichts damit zu tun.«

Swann beugte sich näher. »Wer hat Ruby erledigt? Und sag bloß nicht Ray Hergenhan.«

Der Schweiß ließ Daveys Gesicht glänzen wie Plastikfolie. Der Speichel auf seinen Lippen färbte sich lila. »Scheiße, bin ja nicht lebensmüde. Hab nich gefragt – die müssten mich umbringen.«

»Wer müsste dich umbringen?«

»Weißt du doch.«

»Sag, wer.«

Davey schluckte und schloss wieder die Augen. »Casey.«

»Lauter.«

»*Casey*.«

»Jetzt hab ich dich auf Band, Davey«, log Swann. »Ich hab dich, verstehst du? Ich komm wieder und sag dir, was du für mich tun kannst.«

Nach dem kurzen Spaziergang von seinem Hotel zum Fähranleger war Partridges Hemd nassgeschwitzt. Er wischte sich mit einem Taschentuch über die Stirn und bemerkte bestürzt die vielen Fliegen auf der Schulter der Frau vor ihm in der Schlange: eine schwarze Masse mit grün- und bläulich schillernden Einsprengseln.

Vorsichtig fuhr er sich mit einer Hand über die eigene Schulter und zuckte zusammen, als über ihm eine schwarze Wolke aufstieg. Kurz war er versucht, in die kühle Behaglichkeit des Hotels zurückzukehren, doch die Schlange hatte sich bewegt, und er stand vor dem Schalter. Er kaufte sich ein Billet und tappte über die wackelige Gangway auf die Swan-River-Ferry.

Er suchte sich einen Platz auf der sonnenabgewandten Steuerbordseite, wo ihm aber der heiße Wind aus dem Landesinnern ins Gesicht blies. Der Fluss hatte die Farbe von Bier, auf der Wasseroberfläche bildeten die Schwimmglocken von Quallen eine Art Schaumschicht. Es waren aberhunderte Tiere; die kleineren trieben ganz in der schaumigen Schicht, die größeren schwammen im trüben Wasser.

Als der Schiffsdiesel ansprang, setzte auch der Kommentar ein. Touristen mit Schlapphüten, Sandalen und Shorts hörten einem Mann mit Aknenarben zu, der eine Hand auf die Reling gelegt hatte und in der anderen ein Mikrofon hielt. Er blickte suchend durch die Reihen der Passagiere, bis er ganz unverhohlen die nackten Beine einer jungen Frau fixierte. Partridge wandte sich ab, als sich ihre Blicke kreuzten, und sah, wie der Ufersaum hinter dem Heckwasser verschwand.

Es war Zeit für seine Arznei. Partridge fischte das Glas Nitrokapseln aus der Hemdtasche, schraubte den Deckel ab und ließ zwei in seine Hand gleiten. Er schluckte sie und hatte sofort ihren Nachgeschmack im Mund, kohlensauer und leicht bitter. Das Schaukeln der Fähre machte ihn schläfrig, und er nickte ein, bis ihn die Mikrofonstimme aus dem Schlaf riss.

Als er die Augen öffnete, waren sie schon viel weiter flussaufwärts. Das weiße Licht über Wasser und Bäumen schien einen gelblichen Stich bekommen zu haben. Auf der weißen Haut der Handrücken leuchteten seine Leberflecke geradezu. Das unablässige Geschnatter ging ihm auf die Nerven.

Er wusste nicht, ob es an dem wenigen Schlaf in der Nacht oder an den Nachwirkungen seiner Erkrankung lag, aber die dichtgedrängt am schmalen Flusssaum stehenden Holzhäuser kamen ihm ein wenig unwirklich vor. Sie waren alle gleich, alle im selben hellen Grün gestrichen. Am Ufer schwangen Kinder an einem Seil und spielten im Matsch. Ihre weißen Oberkörper kontrastierten mit den tiefbraunen Armen, den aufgeschlagenen Knien und den sonnenverbrannten roten Nasen. Sie starrten der vorbeifahrenden Fähre nach, als wäre sie ein Expeditionsschiff und kein stündlich wiederkehrendes Ereignis.

Das gelbliche Licht changierte nun schon ins Orange, und über der Wasserfläche vor ihnen hing Rauch. Die Fähre begann zu wenden und steuerte dann auf einen kleinen Anleger zu; ihr Ziel, Guildford, war den Erläuterungen zufolge eine alte Siedlung, die nun zu den westlichen Vororten gehörte. Angelnde Kinder holten ihre Leinen ein und zogen ihre vom Anlegerrand herabbaumelnden Beine an. Der Kommentator warf ein Seil an Land und sprang voller Elan von der Fähre; Partridge und die anderen Passagiere folgten ihm in gemächlicherem Tempo.

Und dann stand auch schon sein Gastgeber neben ihm.

»Euer Ehren?« Bill Standard war Mitglied der National Party und der Abgeordnete für Wagin, einen großen Wahlkreis im Wheatbelt. Er war schlank und hochgewachsen und hatte einen festen Händedruck. »Schön, Sie zu sehen. Und danke, dass Sie's raus geschafft haben. Ich kann mir denken, dass Sie viel zu tun haben.« Er machte eine Handbewegung. »Auto steht da hinten.«

»Tut mir leid wegen des Rauchs«, redete er weiter, während sie auf einen Ford LTD zugingen, der mit laufendem Motor im Halteverbot stand. »Am Wochenende zündeln die Kinder immer, und dann brennt's irgendwo. Zum Glück ist es dieses Mal nicht bei uns, sondern drüben in Lesmurdie. Allerdings hat der verdammte Ostwind die Flammen schon weitergetrieben. Hoffentlich kommt der Seewind heute früh und treibt sie wieder in die Hügel zurück. Na ja, ich hab auf jeden Fall eine Klimaanlage. Steigen Sie ein.«

Bill Standard ging noch um den Wagen herum, als Partridge sich schon in den kühlen Ledersitz sinken ließ.

Vom Fremantle Hospital war es nicht weit bis zum Friedhof. Auf der Fahrt dorthin hielt Swann kurz für einen Eiskaffee und schluckte zwei weitere Schmerztabletten. Dass er den Weg zum Grab von Marions Vater eingeschlagen hatte, merkte er erst, als er dort ankam.

George Monroe lag im anglikanischen Teil des Friedhofs. Er war nicht religiös gewesen, aber vor seinem Tod waren er und Swann den Friedhofshügel hinuntergegangen, um für ihn einen Platz auszusuchen. Swann hatte ihn am Arm geführt, als er keuchend und röchelnd an den Grabreihen entlangschritt, im orthodoxen Teil mit den geschmückten Gräbern, den auf dem Kopf stehenden Kreuzen, der kyrillischen Schrift und den großen Steinen. Der katholische Teil war ebenso gut gepflegt – hier hatte man für die Gräber viel Geld ausgegeben. Grabsteine und Grabplatten aus Marmor, goldene und silberne Inschriften, Bildnisse der Jungfrau Maria.

Dann kamen sie in den protestantischen Teil. Hier kümmerte sich kaum jemand um die Gräber. Kleine Grabsteine aus Beton, zum Teil schon umgestürzt oder gesprungen. Auf den Gräbern keinerlei Blumen oder Zeichen des Andenkens. Nur ein rostiger Rasensprenger lag herum.

»Na, das sieht doch nach mir aus«, hatte George geschmunzelt. »Hier gehör ich hin.«

Er blieb unter einem alten Eukalyptus stehen; es schien ihm zu gefallen, dass hier kein Gras wuchs. »Sieh zu, dass ich einen Platz unter einem Baum bekomme, alles andere ist mir egal. Aber sag Marion, dass ich keinen besonderen Sarg will. Eine einfache Kiefernkiste reicht.«

Auf dem Weg zurück zum Auto hatte George über den Grabspruch nachgedacht. »Wie wär das: ›Lieber hier als in

Bunbury‹?«, schlug er vor und lachte keuchend. Bunbury war seine erste Station als junger Constable gewesen, und er hatte den Ort gehasst. In Bunbury war seine Frau gestorben.

Und nun war sie da, diese Inschrift, zu Swanns Füßen. Es war eine große Beerdigung gewesen, mit Dudelsäcken und Kilts und einigen launigen Reden von Freunden. Beim Leichenschmaus betrank sich der Priester, und er blamierte sich gründlich, als er auch noch jemand betatschte. Und bei der späteren Feier im Garten blies der Dudelsackspieler fast bis zum Morgengrauen.

Swann stand mit geballten Fäusten vor dem Grab und blickte hinunter. George Monroe hatte Swann den Unterschied zwischen Gesetz und Gerechtigkeit erklärt; hatte ihm klargemacht, dass das Gesetz nur die Übersetzung von Gewalt in Sprache war. Dass jenseits dieser Grenze aus Worten nur Angst und Schrecken und die Reinheit der unwiderruflichen Tat lagen. Dass ein Mord die Wahrheit selbst war, weit hinter dieser Grenze.

Die Schweine hatten Swanns Familie bedroht. Er hatte keine Ahnung, ob Louise lebte oder tot war.

Er blieb mit gesenktem Kopf am Grab seines Schwiegervaters stehen. Bat einen Geist um Schutz, aber das machte ihn nicht verwundbar. Im Gegenteil, er spürte eine wilde Kraft in sich, die ihm Herz, Verstand und Körper zu einer Einheit schmiedete.

Das Krematorium lag gleich hinter dem Friedhofseingang, nur ein Stück seitlich versetzt. Davor standen Menschen – Männer in schwarzen Anzügen und Krawatten, Frauen in dunklen Kostümen und Hüten. Swann hielt sich zwischen einigen Teebäumen vor den Trauernden verborgen und zündete sich noch eine Zigarette an, ehe er hineinging.

Er warf einen Blick auf die Liste am Krematoriumeingang. Dort wo Debbie McGinnis' Name stehen sollte, war eine Lücke; die Zeitangabe daneben räumte ihr fünfzehn Minuten ein. Danach war der Tag ausgebucht – insgesamt fünfzehn Einäscherungen.

Abgesehen von Debbie in ihrem unlackierten Sarg war Swann der einzige Mensch im Inneren des holzgetäfelten Krematoriums. Als er Platz nahm, trat eine junge Frau in einem grauen Kostüm durch eine Seitentür ein. Seine Anwesenheit schien sie zu überraschen; sie wollte etwas sagen, überlegte es sich dann aber anders. Sie stellte sich vor den Sarg und wartete mit gefalteten Händen. Sah auf ihre Uhr, danach zu dem Tisch mit einem Berg an Blumen für die folgende Zeremonie. Nach einem kurzen Blick zu Swann sah sie erneut auf die Uhr, voller Ungeduld, endlich den silbernen Hebel betätigen zu können.

Es wäre ehrlicher gewesen, Debbie dem alten Abraham und dem Verbrennungsofen im Krankenhaus zu überlassen, dachte er. Sie zusammen mit dem anderen Abfall den Flammen zu übergeben. Das leere Krematorium kam ihm grausamer vor. An der Wand die stumme Orgel. Die Frau in Grau kratzte sich an der Nase.

Swann entdeckte Donovan Andrews, noch ehe der den Raum betrat. Er spähte durch die Buntglastür hinter dem Altar und sprach zu jemandem neben sich. Seine Begleitung kam als Erstes herein. Hohe Absätze klapperten auf dem Fliesenboden. Es roch plötzlich nach Kaugummi. Andrews und seine Freundin nahmen ihre Sonnenbrillen ab, als sie ihn sahen. Marcia aus Dubbo blieb der Mund offen stehen, der Kaugummi lag als weißer Batzen auf ihrer Zunge. Mit Minirock und hochhackigen Schuhen erfüllte sie alle Erwartungen an den Freizeitlook einer Prostituierten. Sie klappte den Mund zu und begann wieder zu kauen.

Andrews kam auf ihn zu, doch Swann schüttelte den Kopf, und das Paar ging weiter den Gang entlang. Die Frau in Grau glotzte Marcia ungläubig an, als sie sich von Andrews löste, Blumen vom Tisch nahm und auf den Sarg legte.

»Kann ich sie sehen?«, fragte Marcia.

Stirnrunzelnd schüttelte die Frau den Kopf.

»Sie war meine beste Freundin. Und Sie wissen nicht mal, wer sie ist, oder?«

Die Frau wurde rot und biss sich auf die Lippe. Offenkundig wollte sie am liebsten in Ruhe gelassen werden. Nach einem weiteren Blick auf ihre Uhr rückte ihre Hand näher an den silbernen Hebel.

»Möchten Sie noch etwas sagen? Über Ihre beste Freundin?«

»Na klar.« Marcia wandte sich wieder zum Sarg. »Schlaf gut, Schwester. Überlass das alles ruhig mir und Donny. Wir kriegen die Schweine –«

»Baby«, drängte Andrews. »Mach nicht so lang.«

Marcia bückte sich, umarmte den Sarg und drückte einen Kuss darauf. Die Frau in Grau zog an dem Hebel, und der Sarg setzte sich in Bewegung, rollte langsam auf den Gummirollen einer Schiene in Richtung Ofen.

Swann fing die beiden gleich am Krematoriumeingang ab. »Was zum Teufel macht ihr denn hier?«, fragte er Andrews.

»Wir wollten nur Wiedersehen sagen. Marcia und Debbie waren Freundinnen, mehr nicht.«

Sie stieß ihn in die Seite. »Da ist schon mehr. Ich bin nur wegen Debbie hergekommen. Im Osten drüben hat sie sich um mich gekümmert. Ich hab überall nach ihr gesucht. Hab gedacht, sie ist wieder weiter. Keiner hat mir gesagt, dass sie tot ist.«

»Wie habt ihr das rausbekommen?«

»Aus der Zeitung logischerweise. Da war heute ein Foto von dem ertrunkenen Mädchen drin, das man gestern identifiziert hat, und welche von den zwei andern. Eine war Debbie, das hab ich sofort gesehen. Ihr Name stand nicht da, aber dass sie heute verbrannt wird. War auf der Titelseite. Sie stehen auch drin, sogar in der Schlagzeile.«

»Glaub bloß nicht alles, was du liest.«

»Tu ich nicht. Ich glaub Donny. Und der sagt, Sie sind kein Perverser.«

Donovan Andrews zappelte nervös und blickte immer wieder unruhig zum Friedhofsausgang. Soweit Swann wusste, war Marcia der erste Mensch, dem Andrews sein besonderes Verhältnis zu ihm anvertraut hatte. Andrews war verständlicherweise besorgt, dass man ihn mit Swann zusammen sehen könnte, aber da war noch etwas anderes – er wirkte verlegen wie ein Junge, der seine erste Freundin mit nach Hause brachte.

»Jetzt fallen Sie nicht gleich aus allen Wolken, Herr Officer. Donny hat mir heut Früh alles erzählt. Als ich ihm gesagt hab, dass ich Debbie kenn, hat er mir verraten, woher er Sie kennt. Wie Sie den Mädchen geholfen haben. Auf uns aufgepasst haben. Sich für Ruby ins Zeug gelegt haben. Als Sie neulich zu uns in den Stall gekommen sind und Mitch vermöbelt haben, wusst ich nicht, wer Sie sind. Sonst hätt ich mit Ihnen geredet.«

»Danke, Marcia, das ist nett von dir. Aber red nicht mit anderen Leute darüber.«

Andrews nahm ihren Arm. »Komm, Babe, lass uns gehen«, sagte er.

»Ich will aber nicht gehen. Ich hab doch gesagt, du brauchst nicht mitkommen. Aber ich hab mich entschieden, Mr. Swann, ich will was tun, und ein paar von den anderen

Mädchen machen vielleicht auch mit. Michelle wurde schon umgebracht, und jetzt angeblich Tracy. Ich kann Ihnen was über die Bullen sagen, die zu uns in den Stall kommen, das was ich gehört hab, und was sie Mitch gesagt haben, und was ich gesehen hab.«

Donovan Andrews wollte so dringend weg, dass die Schlüssel in seiner zitternden Hand leise klirrten. Swann ließ den Blick über die neuangekommenen schwarzgekleideten Trauergäste gleiten. Einer davon, das wusste er sicher, hatte die ganze Zeit über den Friedhofseingang im Auge behalten und auf ihn gewartet.

Marcia sah ihn mit großen Augen an und wartete wie ein trotziges Kind auf eine Antwort. Swann hatte Angst um sie, war stolz auf sie, schämte sich für sich. Viele Verbündete waren ihm nicht mehr geblieben – fast nur noch diese junge Frau, beinahe ein Kind, und ein drogenvernebelter Spitzel.

Die herumstehenden Leute formierten sich zum Leichenzug. »Hast du das Geld noch?«, fragte er Andrews, der nickte und auf seine Hosentaschen klopfte.

»Also, wenn ihr zwei mir wirklich helfen wollt, dann geht nicht mehr in die Pension zurück. Steigt sofort aufs Motorrad und fahrt nach Darwin. Ich find euch schon, wenn ich euch brauche. Und das Allerwichtigste: Haltet in der Zwischenzeit die Klappe. Ernsthaft.«

Was es auch gewesen sein mochte – die Dringlichkeit, mit der Swann gesprochen hatte, die Sorge, die Wut –, es hatte Marcia veranlasst, seinen Kragen zu packen, ihn an sich zu ziehen und ihm einen Kuss auf Wange zu geben. Es war der Kuss einer Tochter, und am liebsten hätte er sie nicht mehr gehen lassen.

»Los jetzt, zischt ab. Und zwar dalli.«

Das ließ sich Donovan Andrews nicht zwei Mal sagen. Er

nahm Marcias Hand, und sie schlenderten fort wie ein Liebespaar, das durchbrennen wollte.

Partridge ließ sich mit einer weiteren Scheibe des auf dem Servierteller schwitzenden Käses füttern. Er hatte nicht die Kraft, dem fortgesetzten Mästen durch Bill Standards Enkelin zu widerstehen. Die vierjährige Melanie hatte ihn fest im Griff. Als sie sich zurücklehnte, um seinen Gesichtsausdruck zu begutachten, bohrten sich ihre Knie in seine Oberschenkel.

Standards Haus stand in der Hügellandschaft von Kalamunda mit Blick auf Perth. Von außen war es beeindruckend – zweifellos von einem schicken Architekten entworfen –, doch das Innere war für Partridges Geschmack etwas zu herausgeputzt, und er war sofort einverstanden gewesen, draußen auf der Terrasse zu Mittag zu essen.

»Mmh, lecker. Vielen Dank, Melanie, jetzt bin ich wirklich satt.«

Zum hundertsten Mal sagte Standard: »Jetzt ist genug, Melanie.« Doch sie nahm sofort die nächste Käsescheibe, und Standard blickte grimmig auf die Fliege in seinem Bierglas.

Partridge rutschte auf seinem Stuhl herum und sagte ein weiteres Mal: »Ich glaube, es wird langsam Zeit für mich.«

»Sie kommen sicher gleich.«

Nachdem sie Melanie an die Männer abgegeben hatte, waren Standards Frau und seine älteste Tochter mit dem Auto in die Stadt gefahren. Standard war strikt dagegen, dass der Richter mit dem Taxi zum Fähranleger fuhr; wenn er das zuließe, wäre er wirklich ein lausiger Gastgeber, meinte er.

Partridge hatte in Perth mehrere Einladungen von Politikern abgelehnt, die von Standard dann aber angenommen, weil die Ermittlungen seines Privatdetektivs nichts gegen ihn ergeben hatten. Seine Umgänglichkeit und joviale Art gehörten zum Anschein von Arglosigkeit, dem demonstrativen Mangel von Hintersinn, den er zu kultivieren suchte. Er schien frisch von der Leber weg zu plaudern, auch wenn Partridge spürte, dass er taxiert wurde und zu einer Reaktion verleitet werden sollte.

Auf einmal wechselte Standard das Thema. »Wissen Sie«, sagte er, »meine Freunde bei der Polizei sind außer sich. Ihr Ansehen wird von diesem Swann in den Dreck gezogen. Es ist ziemlich unschön, um es mal vorsichtig zu sagen. Sie können sich ja vorstellen, wie es in einer Stadt wie Perth zugeht – hier kennen sich die wichtigen Leute alle. Das heißt aber nicht, dass wir uns nur um uns selbst kümmern. Im Gegenteil, das Allgemeinwohl ist uns sehr wichtig, das Bewusstsein dafür, was für uns alle am besten ist. Deswegen fällt jeder auf, der aus der Reihe tanzt.«

Auf den ersten Blick war Bill Standard ein unbedeutender Hinterbänkler, doch der Detektiv hatte ihn als Strippenzieher beschrieben, mit besten Beziehungen in beide Lager. Und was die Lager verband, waren die Bemühungen um die wirtschaftliche Entwicklung von Western Australia, wie Standard es ausdrückte, die von beiden Parteien geförderte Verbindung von öffentlichem und privatem Interesse, wann immer das möglich war.

»Das ist ein großartiges Land«, sagte Standard ohne Ironie, »mit großartigen geschäftlichen Möglichkeiten.«

Dem Privatdetektiv zufolge war Standard der richtige Ansprechpartner für alle, die wollten, dass etwas geschah – oder nicht geschah. Es hatte den Anschein, als könne Standard für seine Hintermänner im Parlament Beschlüsse durchsetzen; mit einem einzigen Anruf konnte er Projekte beschleunigen oder auf unabsehbare Zeit aufschieben. Er konnte dafür sorgen, dass Journalisten den Ruf von jemandem beschädigten oder andere in den Himmel lobten. Er konnte Stimmenmehrheiten in Räten oder Parteien organisieren, bei Abstimmungen für Wahlsiege und Niederlagen sorgen. Seine Macht gründete einzig und allein auf den von ihm gepflegten Beziehungen und gesammelten Informationen.

Standard schenkte sich ein frisches Bier ein und füllte Partridges Glas wieder auf. »An dem Gerede ist zwar sicher nichts dran, aber es heißt, Sie wollen sich beim Gouverneur über den Untersuchungsrahmen der Kommission beschweren und so den Premier umgehen.« Er fuhr sich mit der Hand durch sein schütteres Haar. »Nun, ich bin überzeugt, dass da nichts dran ist, nachdem so viele Belege an der Glaubwürdigkeit von Swann als Zeugen zweifeln lassen, aber die Ungewissheit zehrt doch etwas an den Nerven.«

Partridge traute seinen Ohren kaum, was er da eben gehört hatte. Dabei machte der Mann eine Miene, als hätte er ihn nach der Uhrzeit gefragt. Er riss sich zusammen. »Abgesehen davon, dass der Gouverneur momentan in Europa Urlaub macht und daher nicht zu erreichen ist, kann ich leider nicht weiter auf diese Frage –«

»Aber selbstverständlich! Es wäre allerdings beruhigend zu erfahren, wie Sie zu der Sache stehen. Meine Freunde wären sehr glücklich, Ihre Meinung darüber zu hören. Sehr glücklich und dankbar. Wie schon gesagt, dieser Staat bietet eine Fülle von Möglichkeiten – ah, sehen Sie mal, wer da kommt.«

Partridge wollte sich erheben, weil er dachte, Standards Frau sei zurückgekehrt, aber seine Erleichterung verwandelte sich in Bestürzung, als er den breit grinsenden Polizeiminister Sullivan in kurzen Hosen und Schlappen, in der Hand eine eben geöffnete Bierflasche, durch die Küche zu ihnen kommen sah. Seine Ankunft auf der Terrasse ließ Melanie endgültig von Partridges Schoß hüpfen und dem Hund in den Garten zu folgen.

»Des, schön dich zu sehen. Setz dich zu uns.« Standard schüttelte Sullivans Hand mit ironischer Höflichkeit, dann ging der Minister um den Tisch und streckte Partridge seine Rechte entgegen.

»Euer Ehren.«

»Herr Minister.«

Sullivans Händedruck war absichtlich schlaff, sarkastisch. »Keine Angst, Euer Ehren«, sagte er aufgeräumt, »das ist kein Überfall.« Er wandte sich an Standard. »Ich wusste gar nicht, dass du Besuch hast, Bill. Dachte eher, du bist auf dem Fluss beim Fischen. Hab ein paar bildhübsche Japsen-Köder, bei denen die Plattköpfe beißen wie bekloppt. Schade, dass nicht auch diese Kugelfische drauf stehen. Fischen Sie, Euer Ehren?«

»Gelegentlich. Ich hab's aber schon seit Jahren nicht mehr getan.«

»Ist vermutlich besser so. In dieser Jahreszeit riecht der schwarze Schlamm hier manchmal ganz schön übel. Es regnet zu wenig, da wird der Fluss nicht richtig durchgespült.«

Sullivan setzte sich lächelnd und trank einen Schluck Bier. Dann sagte er mit BBC-Akzent: »Und wie gefällt Ihnen Ihr neues Heim, Euer Ehren? Was ist der erste Eindruck?«

»Sehr hübsch, danke der Nachfrage«, antwortete Partridge, der keinen Augenblick geglaubt hatte, Sullivan sei zufällig vorbeigekommen. Dazu trat er viel zu vergnügt auf, genau wie Standard, der momentan zwar vor allem die Aussicht genoss, aber auch aufmerksam zuhörte. Beide spielten ihm etwas vor. Sie waren zu schlau, es unverhohlen zu zeigen, aber in der Inszenierung ihrer Klassenunterschiede schwang bei beiden Verachtung mit, eine falsche Neugier, eine Schuljungenkeckheit und nun die bewusste Ungehobeltheit, mit der sich Sullivan seinen hervorquellenden, fast auf dem Holzstuhl aufliegenden Bauch kratzte.

»Na, dann ist ja alles gut«, sagte Sullivan mit seiner normalen Stimme, aus der Partridge allerdings eine gewisse Schärfe heraushörte.

Er ließ die Stille wirken. In Sullivans Augen blitzte feine Bosheit auf, und er betrachtete Partridge mit dem wissenden Blick eines ehemaligen Polizisten.

Der Minister brach schließlich das Schweigen. »Mir ist bekannt, dass Sie neulich dem Premier begegnet sind«, sagte er. »Und dass Sie gebeten haben, den Untersuchungsauftrag der Kommission zu erweitern.«

»Das ist richtig. Er hat abgelehnt.«

»Selbstverständlich hat er das«, warf Standard ein. Partridge war überrascht, wie viel Verachtung in den Worten mitschwang. »Das ist *unser* Staat; wir bräuchten nicht mal diesem verdammten Australischen Bund angehören. Unser Staat, unsere Angelegenheit. Und unser Geld.«

Partridge betrachtete Standard, ohne die Miene zu verziehen. Die Schärfe, mit der Bill Standard sprach, stand im Gegensatz zu der komischen Schlaksigkeit seines hochaufgeschossenen Körpers. Er sah aus wie ein altgewordener Schulhofrabauke.

»Was Bill meint, Euer Ehren, dass Sie sich nicht mit dem Premier messen können. Sie haben ja nicht im Krieg gedient, oder?«

»Nein, ich war nicht am Kampfgeschehen beteiligt.«

Standard und Sullivan lachten beide. »Hab ich schon vermutet«, sagte Sullivan. »Hab's Ihnen angesehen. Bill und ich waren bei den Kämpfen am Kokoda Track dabei.«

»Ich habe einen Schwager und einen Vetter in der Schlacht um Neuguinea verloren, aber ich sehe nicht, was das zur Sache tut.«

»Hoffentlich gehörten die nicht zu diesen Feiglingen aus Victoria, die man zum Kämpfen zwingen musste?«

»Was möchten Sie mir sagen?«

Der Minister lächelte wieder, aber sein Blick war kalt. Partridge kannte diesen Ausdruck nur zu gut.

»War ziemlich hart da im Dschungel, was, Bill? Gefangene haben wir nicht gemacht. Keinen einzigen. Sie verstehen doch, was ich sagen will, oder, Euer Ehren?«

Partridges einzige Antwort war die undurchdringliche Richtermiene, die er bei Gericht aufsetzte. Er war gespannt, was nun folgen würde.

»Aber um auf unser eigentliches Thema zurückzukommen, Euer Ehren, auch wenn es nicht von Bedeutung sein mag. Weil also der Premier Ihre Anfrage abgelehnt hat und Superintendent Swann, sagen wir, am Arsch ist, dürfte ich Sie nun nach Ihren Plänen hinsichtlich einer Ausweitung des Untersuchungsauftrags fragen?«

Partridge staunte, wie gut er sich fühlte. Augenblicklich war nichts wichtiger, als diesen zwei Raubtieren gegenüber kein Fünkchen Furcht zu zeigen. Er räusperte sich. »Würde der Untersuchungsauftrag ausgeweitet, würde ich mir vermutlich als Erstes eigene, unabhängige und erfahrene Ermittler besorgen.«

Er überging Standards verächtliches Schnauben und hielt Sullivans Starren stand, ohne zu blinzeln. »Danach würde ich sämtliche Unterlagen über die Vermögen aller Detectives der Consorting Squad anfordern, und zwar der derzeit dienenden wie aller ehemaligen, die jemals mit den Damen der größeren der entsprechenden Betriebe zu tun hatten. Und wenn meine Truppe schon mal dabei ist, könnte sie auch gleich bei den anderen Einheiten die privaten Finanzen durchleuchten – bei den Fraud, Armed Robbery, Drug, Gaming and Liquor Squads.«

Bill Standard war verstummt. Sein Schweigen war ebenso beredt wie das Sullivans.

»Aber warum bei deren Vermögen haltmachen? Als mögliche Geldwäscher müssten auch Buchmacher und Börsenmakler unter die Lupe genommen werden. Grundbücher müssten geprüft werden, genau wie Handelsregister oder private Stiftungen und Treuhandvermögen, die auf Familienmitglieder eingetragen sind – und natürlich Landpachtverträge und Schürfrechte. Man müsste sich die Besitzverhältnisse in Unternehmen ansehen, um festzustellen, ob sich Detectives nicht vielleicht auch in der Privatwirtschaft engagieren. Und angenommen, die Ermittlungen zeitigen Ergebnisse, dann könnte ich mir vorstellen, an die Vorstände national und international tätiger Firmen mit der Frage heranzutreten, ob Gefälligkeiten erwartet wurden für die Genehmigung, in diesem Staat unternehmerisch tätig zu werden – Sie verstehen, welches Modell ich hier im Sinn habe? Dasselbe Modell, das die Consorting Squad angeblich über Jahre genutzt hat, um einen illegitimen Geschäftszweig zu regulieren und zugleich davon zu profitieren. Ich müsste natürlich prüfen, inwieweit diese Praxis auch in andere Bereiche übergegriffen hat.« Partridge machte eine Pause und blickte beiden Männern nacheinander in die Augen.

Standard lachte höhnisch. »Da fischen Sie aber ganz schön im Trüben, alter Junge.«

»Mag sein, die Herren.« Partridge lächelte beide an. »Mag sein«, wiederholte er, »aber das wär auch nur der Anfang, das kann ich Ihnen versichern. Bekanntlich führt immer eins zum anderen, und so würde ich meine Aufmerksamkeit auch auf das Thema Steuern richten. Immerhin hat erst eine Steuerforderung an die unglückselige Mrs. Devine die ganze Affäre ins Rollen gebracht. Mich persönlich würde ja interessieren, in welcher Beziehung dieser Mord zu den Ermittlungen zum Steuerbetrug steht, von dem in letzter Zeit die Rede ist – wie heißt er gleich, Bottom-of-the-Harbour-Trick? Soweit ich weiß, wurde dieses spezielle Schlupfloch zunächst in Western Australia genutzt, aber es hat sich mittlerweile zu einem viel größeren Betrugssystem ausgewachsen. Mit Verbindungen in die etwas zweifelhafteren Sektoren des nationalen Bankenwesens und zu den fragwürdigen staatlichen Investitionsprogrammen sowie zur organisierten Kriminalität …«

Sullivan und Standard hatten ihre kampfeslustige Haltung aufgegeben. Beide saßen zurückgelehnt auf ihren Stühlen, nur ihre Augen schleuderten Blitze. Partridge hatte diesen Ausdruck in den vergangenen Jahren bei Gericht zur Genüge gesehen – die Ruhe, die gewalttätige Menschen überkommt, wenn sie bloßgestellt, verurteilt, vom hohen Ross gestürzt werden, und die nur deswegen nicht ausfällig werden, weil sie auf spätere Rache hoffen. Natürlich hatte Partridge teilweise im Trüben gefischt, aber nun hegte er keinen Zweifel mehr, dass der Schlag, den er den beiden versetzt hatte, sie ins Mark getroffen hatte; seine Spekulationen hatten ein Schlaglicht auf die Wahrheit geworfen.

Das Schweigen hielt an. Irgendwo krächzte eine Krähe.

»Wollen Sie etwa gehen, Euer Ehren? Oder ist eine Frau ins Zimmer gekommen?«, höhnte Sullivan. Aber er sah aus wie ein Jäger, dem die Beute entwischt war.

Offenbar waren bei Ray Hergenhan aller guten Dinge drei. Erst am Sonntagvormittag begriff Swann die eigentliche Bedeutung hinter dessen Aufforderung, ihn zu verprügeln.

Es bereitete ihm keine Freude zu sehen, dass er mit seiner Vermutung recht hatte. In vierundzwanzig Stunden hatte sich Hergenhan von einem stolzen Verbrecher in das verwandelt, zu dem ihn das Gefängnissystem machen sollte – einen gebrochenen Mann. Sein ganzer Widerstandsgeist war verschwunden, er konnte Swann kaum in die Augen schauen. Er saß auf seiner Pritsche, starrte auf seine Füße und hielt eine kleine Vorrichtung in der Hand, die Swann am liebsten nie wiedergesehen hätte.

»Willst du das wirklich benutzen?«, fragte er.

Hergenhan schloss die Hand um die Mausefalle – zwei mit einem Gummiband eng verbundene Nägel, die mit einem zweiten dünneren Gummi zusammengeklappt waren. Wenn man sie schluckte, würde die Magensäure erst das dünne Gummiband auflösen, worauf die Falle aufschnappte und die Nägel sich in die Magenwand bohrten.

Die Mausefalle war ein barbarisches und potenziell tödliches Mittel, aus dem Gefängnis in ein Krankenhaus verlegt zu werden, weil eine Operation nötig war, um die Nägel zu entfernen und die innere Blutung zu stillen.

»Wo ist dein Zellengenosse?«, fragte Swann, als er keine Antwort erhielt.

»Wurde verlegt. Zurück in Block 2, wo er hingehört.«

»Also bist du allein.«

»Yep.«

Swann zündete Hergenhan eine Zigarette an und reichte sie ihm. »Komm schon, red mit mir.

Hergenhan grunzte. »Wie wär's damit? Keinen Schwanz kümmert es einen Scheißdreck, wenn der alte Raymond das Zeitliche segnet.«

»Ach hör auf, Ray.«

Hergenhan gelang es nicht, sich über sein Selbstmitleid lustig zu machen, und runzelte nur die Stirn. »Du weißt doch, wie's ist – wenn du lang genug hockst, verraten dir die Blicke von jedem Schweinepriester hier drin deine Zukunft. Und der Oberschließerarsch von Block 4 schaut mich schon bescheuert an. Gestern lief er mit nem andren Schließerarsch an mir vorbei und quatscht mit nem blöden Grinsen, dass es Zeit wird, den Müll rauszubringen. Dieses Arschgeigenduett.«

»Ich weiß, dass du rauswillst, Ray. Und warum du rausmusst. Also red mit mir.«

Hergenhan nickte langsam. »Ich sag dir jetzt die Wahrheit, Detective. Aus Respekt vor dir, verstehst du? Aber dann, zum Henker, behandle mich auch nicht wie'n Kleinkind. Hör auf mit dem Scheiß von wegen ›Ich hol dich raus‹. Das macht's nur schlimmer. Ich muss meinen Frieden machen, okay?«

Swann willigte ein, indem er schwieg, sich nur eine Zigarette anzündete.

»Also, die Wahrheit. Nichts als die Scheißwahrheit, Detective. Wie gesagt, ich erzähl's dir nur aus Respekt. Die andern Schweine haben nur die Oberfläche gesehen – eiskalt, Mann, eiskalt. Haben nur ihren Vorteil gesucht, mich ausgenutzt, haben nie versucht, mich zu ändern.«

»Hab's kapiert, Ray.«

»Die Wahrheit ist, dass ich mit dem Tod von Ruby Devine nichts zu tun hatte. Und ich weiß auch nicht, wer's war. Ich weiß nur, was sowieso alle wissen.«

»Also hat man dich aufs Kreuz gelegt.«

»Ein Scheißtrottel war ich. Aber weißt du, ein Mord wie der an Ruby – der ist gut für den Ruf hier drin. Ich hab nur nicht gesagt, dass ich's *nicht* war.«

»Und weiter?«

»Wir hatten Streit, Casey und ich. Eine Zeitlang waren wir ziemlich dicke, aber alles ist irgendwann vorbei. Das wird dir aber nicht viel bringen, da steht mein Wort gegen seins.«

»Was lief denn zwischen Casey und dir?«

»Der Scheißkerl hat mir praktisch grünes Licht gegeben. Ich hab jahrelang für ihn Raubüberfälle gemacht. Alles paletti. Doch dann kam er mit was Neuem, ner Scheißidee. Ich sollte für ihn dealen. Casey hat den Itakern nie getraut, er konnte sie einfach nicht richtig kontrollieren. Jetzt sollte ich das Zeug für ihn unter die Leute bringen, als sein Mann an der Spitze, auch was die Kohle betraf, aber ich wollte nicht. In dem Geschäft beißen den Ersten die Hunde. Er dachte, ich wär so blöd und würd nur die Kohle sehen und die Prügel kassieren, wenn die Sache auffliegt, aber da hat er sich geschnitten. Für einen Bastard wie Casey ist es scheißegal, aber ich mach nur Überfälle und bin kein verdammter Dealer – das Zeug ist was für Trottel und Arschlöcher. Vor allem nachdem ich erlebt hab, was es mit meinem Vater gemacht hat. Kam verwundet aus Korea zurück und ist nie wieder von dem Zeug weg. Also hab ich Casey gesagt, er soll sich's in die Haare schmieren, und eh ich bis drei zähle, werd ich eingelocht für nen Raubüberfall. Und nicht mal für einen von mir. Danach erzählt er überall, ich hätte Ruby kaltgemacht. Und jetzt kommst du.«

»Nichts gegen deinen Ruf, Ray, aber ich hab nie geglaubt, dass Ruby auf deine Kappe geht.«

»Natürlich nicht. Jeder Idiot weiß, dass er als Nächster dran ist, wenn er für die Bullen wen umlegt. Außerdem mochte ich die Frau.«

»Wann hast du sie zum letzten Mal gesehen?«

»Als sie angefangen hat zu quatschen. Kurz bevor sie sie erledigt haben. Mit dem Heroin hatte sie nichts zu tun. War nicht ihr Stil. Es ging um irgendeinen anderen Scheiß mit Sullivan, von dem ich nichts wissen wollte. Immer hat sie sich über was aufgeregt, immer.«

»Aufgeregt über was?«

»Als ich sie zum letzten Mal gesehen hab, war's ein fauler Scheck, den sie gekriegt hatte. Von so nem Typen.«

»Kommt mir bekannt vor. Wann war das?«

»Paar Wochen, bevor sie kassiert wurde. Ich hab früher für sie Schulden eingetrieben. Ruby wollte, dass ich den Scheißkerl finde. Aber ich hatte es nicht eilig, und so hat sie sich jemand anderen gesucht.«

»War das ein Firmenscheck?«

»Ja, war's. Nur deswegen hab ich den Auftrag übernommen. Unterschrieben war der Scheck von einem John Stewart. Hast du ne Ahnung, wie viele John Stewarts hier rumlaufen? Aber es stand ein Firmenname drauf.«

»Welcher?«

Keine Ahnung ... irgendwas mit C. So ne Limited-Gesellschaft. Carmichael oder so. Vielleicht Carmichael Enterprises, Pty Ltd. Ich hab Ruby gesagt, das wird eine Scheißarbeit, den zu finden, aber das war natürlich Quatsch. So was ist ein Klacks. Jede Firma in Perth ist ja registriert, im Company House in der St George Terrace. Als ich wegen Casey abgetaucht war, bin ich also mal raus aus meinem Versteck und nach Perth, ich brauchte ja auch wieder Geld. Ich geh also ins Company House, schlag nach, und da ist auch dieser John Stewart als Geschäftsführer eingetragen. Ich hab mir die Adresse notiert und bin hin, aber keine Spur von diesem Kerl. Ein Chinesenopa hat aufgemacht. Den hab ich ein bisschen bearbeitet, hab ihm ein paar verpasst und mich auch kurz umgesehen, aber da gab's nichts, was irgendwas mit nem John Stewart zu tun gehabt hätte. Weil ich trotzdem Geld brauchte, bin ich zu Ruby und hab ihr gesagt, dass sie mal bei ihrer Puffmutterkollegin anklopfen soll?«

»Welche Puffmutterkollegin denn? Wen meinst du?«

»Ruhig, Mann. Annie DuBois. Die war auch als Geschäftsführerin eingetragen. Und nicht nur bei der Firma, sondern noch bei ein paar anderen.«

»Wusste Ruby das, bevor du's ihr gesagt hast?«

»Nö, glaub nicht. So wie sie reagiert hat.«

»Was für Firmen waren das?«

»Woher soll ich das wissen? Steht da ja nicht. Jedenfalls hab ich, wie gesagt, zu lang gebraucht, fand Ruby, und sie war deswegen schon zu jemand andrem.«

»Und wer war das?«

»Annie DuBois' Macker. So'n Anzugtyp, Steuerberater oder was. Ist aber eher ein Steuerabzapfer, wenn du mich fragst.«

»Solomon Sands.«

»Genau der. Aber wie ich Ruby sag, dass Annies Name in dem Register steht, ist sie aus irgendnem Grund komplett ausgetickt. Keine Ahnung wieso.«

»Und da hast du sie zum letzten Mal gesehen?«

»Exakt. Gefiel mir nicht so gut, dass sie ne Zielscheibe auf die Stirn gemalt hatte. Ich hab ihr sogar gesagt, dass sie besser die Klappe hält. Da ist sie fast auf mich losgegangen – Mann, war die geladen. Ich bin dann weg. Bin aber nicht weit gekommen. Casey hat mich geschnappt. Er hat gewartet, bis sie erledigt war, dann hat er mich aufs Kreuz gelegt und hier einbuchten lassen. und danach ging's los mit dem Scheiß, ich hätte Ruby umgelegt.«

Draußen auf dem Laufgitter wurden Stahltüren zugeschlagen, von deren Dröhnen der ganze Block vibrierte.

»Verdammt, Schließzeit. Das war's für heute.«

Im Aufstehen warf Swann Zigarettenschachtel und Feuerzeug auf die Pritsche. »Dafür gibst du mir die Mausefalle.«

Hergenhan reichte sie ihm. »Hätt ich eh nicht benutzt. Hab sie heute Früh gefunden, hatte mir wer unter der Tür durchgeschoben. Wahrscheinlich einer meiner Kumpels, die auf mich aufpassen, oder? Die Schweine würden mich nie in die Krankenstation lassen. Die wollen mich hier drin, allein.«

»Hoffentlich täuscht du dich da, Ray.«

»Tja, jedenfalls werd ich den Schweinen nicht die Arbeit abnehmen und mich selbst erledigen. Und wir sehen uns in der Hölle, Bulle.«

Vom Gefängnis nahm Swann den ungeteerten Weg den Kalksteinhügel hinab zum Krankenhaus.

Auch wenn sie immer noch aussah, als wäre sie eine Meile weit von einem Auto mitgeschleift worden, schien es Jacky heute Vormittag besser zu gehen. Ihr gesundes Auge war klar und funkelte wach.

Swann setzte sich zu ihr ans Bett. »War seit gestern irgendwer bei dir?«, fragte er.

»Außer dem Doc? Nur Annie DuBois. Die Frau hat wirklich Mumm. Warst du bei der Beerdigung?«

»Ja.«

»Kommst du, um zu sagen, dass du das andere erledigt hast?«

»Nein.« Er hob die Hand, ehe sie ihm ins Wort fallen konnte. »Was deine Freundin Annie betrifft – war sie's, die dir vorgeschlagen hat, wieder nach Perth zu kommen?«

»Ja. Sie war ziemlich geschockt, als sie mich heut Früh gesehen hat, das kann ich dir sagen. Sie ist hart, aber –«

»Sie ist nicht nur hart, Jacky, ich glaube, sie steckt hinter der ganzen Sache.«

Jacky verstummte. »*Sie* soll das mit mir gemacht haben?«

»Ja, das glaube ich.«

»Aber warum, verdammte Scheiße?«

»Aus demselben Grund, aus dem sie wollte, dass du zurückkommst. Um rauszukriegen, was du weißt.«

»Wovon weiß? Ich weiß überhaupt nichts!«

»Deswegen bist du ja noch am Leben. Obwohl jeder sehen kann, dass sie zu weit gegangen ist. Vielleicht hatte Annie das auch anders geplant.« Er berichtete ihr, was Ray Hergenhan ihm erzählt hatte, und als er fertig war, drang aus ihrer Kehle ein Geräusch wie brechendes Holz. Ihre rechte Hand begann unkontrolliert zu zucken.

»Ich bin nicht sicher, ob Michelle recht hatte, dass Cooper sich aus Rubys Treuhandkonto bedient hat«, fuhr Swann fort. »Ich glaub eher, Annie wollte, dass sie das sagt. Sands und Cooper sind Konkurrenten, die betreiben dasselbe Geschäft.«

»Glaubst du, dass Annie auch Ruby hat umbringen lassen?«

»Eher nicht. Hätte sie geglaubt, dass Ruby ihr auf die Schliche gekommen ist, dann hätte sie sie irgendwo in den Bergen verbuddelt. Hätte sie verschwinden lassen. Aber Rubys Mörder hat mit der Leiche ein Zeichen gesetzt, jemand eine Botschaft hinterlassen. Und das heißt, sie war nicht die Einzige, die was wusste. Das war eine Warnung an alle anderen Trottel, die bei halbseidenen Bullengeschäften mitmachen. Haltet eure Klappe, sonst geht's euch genauso.«

Jacky hatte zu weinen begonnen. Swann nahm ihre immer noch zitternde Hand. Stromschläge schienen ihr durch den Arm in die Hand zu fahren.

»Meinst du, Annie hat Michelle dazu gebracht zu behaupten, sie wäre die Babysitterin?«, sagte sie.

»Schon möglich. Vielleicht hat sie ihr den Floh ins Ohr gesetzt, dass sie dadurch an Geld kommt. Wir werden's wohl nie erfahren.«

»Ich kapier's nicht. Warum wurde sie dann umgebracht? Wenn sie nur getan hat, was sie tun sollte?«

»Keine Ahnung. Aber sie muss was gewusst haben ... oder was gesehen.

»Wie kannst du das wieder hinkriegen, Swanny?«

»Ich glaub, ich hab genug beisammen, um es jemand anderem zu geben, der danach weitermacht, falls die Gerüchte über mich stimmen.«

»Red nicht so was. Du kriegst ihn, ehe er dich kriegt. Du musst weiterleben. Für deine Töchter, deine Familie.«

»Ja.« Er stand auf und blickte zu ihr herunter. Jacky würde schlimme Narben behalten, aber sie war auf dem Weg der Genesung. Sie hielt ihm die Hand hin, und er drückte sie ein letztes Mal. Dann beugte er sich zu ihr und küsste sie sanft auf die Stirn.

Sie schloss die Augen, um ihre Tränen zu verstecken.

»Ich muss los. Aber wenn Annie DuBois noch mal kommt, kein Wort davon zu ihr. Denk dran, es gibt nur einen Grund, warum du noch lebst.«

»Ja, dann sollte ich mich bei der Schlampe wohl bedanken.«

»Sie kommt schon noch dran.«

»Hoffentlich, Swanny. Ruby war mein Leben. Davon ist nur noch das übrig.« Sie deutete auf ihren zerschlagenen

Körper. »Annie muss dafür bezahlen. Sonst glaub ich nicht, dass ich …«

»Bei meinem nächsten Besuch hol ich dich hier raus, okay?«

Er fand das Boot ohne Schwierigkeiten. Hinter vorgehaltener Hand wurde geflüstert, man könne Donald Caseys wachsenden Wohlstand an den Yachtclubs ablesen, denen er parallel zu seinem gesellschaftlichen Aufstieg beitrat. Der Royal Perth Yacht Club, in dem sein pompöses Schiff nun direkt vor den Sandsteinbauten und flatternden Wimpeln der University of Western Australia lag, war die oberste Sprosse der sozialen Leiter.

Als Swann ihn entdeckte, polierte Casey sein geliebtes Boot auf Hochglanz. Er war so sehr damit beschäftigt, dass er nicht bemerkte, wie Swann mit schmerzgeschärftem Bewusstsein vom Kai auf den Bug kletterte und um die Kajüte schlich. An der Anlegestelle war es ruhig, die meisten Liegeplätze in der Nachbarschaft waren leer.

Casey stand mit dem Rücken zu ihm. Auf der gepolsterten Bank sah Swann eine massige Form unter dem Handtuch liegen. Er griff danach und spannte den Hahn des einläufigen Remington-Gewehrs.

Casey fuhr herum, dann richtete er sich langsam auf. »Na, wen haben wir denn da«, sagte er. »Hab dich schon erwartet. Wie geht's?«

Swann betrachtete die Waffe in seiner Hand. »Kaliber 12, abgesägt – was für den großen Auftritt. Bist du allein?«

»Ich schmeiß die Nutten immer raus, bevor's hell wird und sie zu stinken anfangen.« Casey wischte sich den Schweiß von der Oberlippe. »Was kann ich für dich tun, Swann, du verdammtes Oberarschloch?«

»Wo ist sie?«

Casey lachte und deutete mit dem Kinn auf die Kajüte. »Neben der Kombüse. Im Öltuch.«

»Du kommst mit.« Swann deutete mit der Waffe auf die offene Tür. Folgte ihm hinein. In der Bordküche lagen Körbe voller haltbarer Lebensmittel auf Tisch und Bänken. An der Wand der Kajüte stapelten sich Konserven und Bierkartons.

»Planst du einen Urlaub, Casey? Das da reicht ja für nen Monat.«

»Irgendwann gehen doch alle auf Reisen. Manche halt nur ein bisschen früher.«

Er überging die Drohung. Bedeutete Casey, Platz zu nehmen, griff dann in das Ölzeug auf der Bank und zog seine Dienstwaffe heraus. Noch geladen. Keine Patrone fehlte.

Aber zwischen den Kojen lag noch etwas auf dem Boden. In Form einer Pyramide, mit einem Plastikduschvorhang umwickelt.

»Ich mach mir schon in die Hose.« Swann ging weiter in die Kajüte hinein und hob den Duschvorhang an. Ein ganzer Stapel Goldbarren, an der Unterseite jeweils etwa fünfundzwanzig mal sieben Zentimeter, drückte tief in den Teppich. Nur 12,5-Kilo-Barren der London Good Delivery.

»Dacht ich doch, dass sie etwas tief im Wasser liegt. Willst im Urlaub irgendwo was einzahlen, Casey?«

»Halt's Maul, Penner!«

»Schmeiß den Motor an, wir machen ne Fahrt.«

»Wozu?« Caseys Blick war auf die Goldbarren geheftet, dem auf ihn gerichteten Gewehr schenkte er keine Beachtung. »Du verdammtes hirnamputiertes Arschloch!«

»Nur zu, das macht's mir leichter.«

Er folgte Casey hinauf an die Steuerkonsole. Der Schlüssel steckte im Zündschloss. Casey drehte ihn, und der Motor sprang knurrend an.

»Wohin?«

»Flussabwärts.«

Casey stand so würdevoll, wie ihm möglich war, am Steuerrad seines Boots. Swann wusste, dass er verkatert war – seine Alkoholfahne war deutlich zu riechen. Der Detective Inspector zog den Doppelhebel langsam zurück und fuhr rückwärts in die Fahrrinne zwischen den Anlegestegen, dann steuerte er vorwärts hinaus in das braune Wasser des weiten Flusses. Er hielt sich an die Geschwindigkeitsbegrenzung und winkte anderen Booten freundlich zu.

Swann hielt sich vor möglichen Zeugen versteckt. Solange er sich nicht bewegte, schmerzte sein geschundener Körper nicht übermäßig. Am unangenehmsten war die schwere Waffe in seiner Hand. Von den Handwurzelknochen ging ein dumpfer Schmerz aus, der bis in den Schultergürtel hinaufwanderte.

Casey verweigerte Swann jede Antwort, aber das war nicht von Bedeutung. Die Fragen waren im Grunde auch nicht wichtig, genauso wenig wie Caseys Antworten. Denn es konnte nur zwei Gründe geben, warum Casey ihn nicht erledigt hatte. Entweder wollte er, dass Swann bis zum Abschluss der Royal Commission Angst um sein Leben hatte, oder er wollte, dass er vorher zu ihm kam, um sicherzugehen, dass Swann nichts gegen ihn in der Hand hatte.

Swann fischte einhändig eine Zigarette aus seiner Schachtel und zündete sie an. Die Stille war der Situation angemessen. Die Sonne, der leichte Wind, die Freizeitboote um ihn herum sprachen seinen Gefühlen Hohn. Die am weiten blauen Himmel kreisenden Möwen waren unwirklich und lächerlich. Er kam sich vor wie ein Kind mit einer Spielzeugpistole.

Dennoch musste er die Sache durchziehen. Heute hatte Louise ihren siebzehnten Geburtstag.

»Weiter geradeaus?«

»Jetzt nach rechts.«

Sie hatten die Hafenmündung passiert und glitten an einem amerikanischen Flugzeugträger und einem auf Reede liegenden Kreuzfahrtschiff vorbei. Casey gab mehr Gas, und das Boot hob sich weiter aus dem Wasser. Als sie mit wachsendem Tempo um die Mole herumfuhren, spritzte Salzwasser in Swanns Gesicht. »Du hättest mich ausschalten sollen, als du die Gelegenheit hattest«, sagte er.

Er erhielt keine Antwort.

Er und Casey hatten zur gleichen Zeit angefangen, aber ihre Karrieren waren völlig anders verlaufen. Swann bedauerte nicht, dass sie sich entzweit hatten, nur das, was davor geschehen war. Zusammen hatten sie Dutzende Verbrecher geschnappt. Manche waren auf lange Zeit weggesperrt worden, ein oder zwei hatten es auch nicht überlebt. So wie er jetzt Casey einschätzte, waren wohl nicht alle schuldig gewesen.

»Okay, das ist weit genug. Schalt den Motor aus, aber lass den Schlüssel stecken. Und jetzt runter in die Kajüte, aber schön langsam.«

Swann zog den Schlüssel ab und folgte ihm. Sie waren ein gutes Stück vom Ufer entfernt. Die Norfolk-Tannen hinter Cottesloe Beach waren gerade noch zu erkennen. Vor der Küste kreuzten keine anderen Schiffe.

In der kühlen Dunkelheit der Kajüte stand Casey mit in die Hüften gestemmten Händen und starrte Swann an. In seinem Blick lag nicht die geringste Furcht. Swann zog eine

Schublade auf und kramte darin. Bündelweise Dollars, amerikanische Dollars. Er zog einen Pass heraus und blätterte ihn durch. Mit Stempel der Hongkonger Einwanderungsbehörde. Er legte den Pass zurück in die Schublade, trat zu Casey, hielt ihm den abgesägten Lauf unters Kinn.

»Wie viele Unschuldige waren dabei?«, fragte er.

Casey grinste höhnisch, so als hätte er die Frage erwartet. »Musst du dich erst in Stimmung bringen?«

»Wie viele?«

Casey sah auf das Gewehr, dann wieder auf Swann. Er rotzte und spuckte auf den Boden. »Dieser alte Scheiß. Mach endlich, wozu du hier bist.«

Dieses Grinsen. Swann schlug mit dem Gewehrkolben zu, packte Casey an den Haaren und zerrte ihn zu Boden. »Wo ist meine Tochter, du Schwein?« Er stieß den abgesägten Lauf in Caseys Augenhöhle. Aus dem anderen Auge blitzte Hass – und etwas anderes, ein Wissen.

Eine Antwort.

»Das hier läuft jetzt so«, zischte Swann. »Ich versenk dein Gold irgendwo da draußen.« Er deutete aufs Meer, in Richtung Rottnest Island mit unzähligen Buchten und kleinen Stränden. »Morgen krieg ich sie wieder, selbst wenn sie schon tot sein sollte. Sonst siehst du dein Gold nie wieder.«

Er riss Casey an den Haaren vom Boden auf und zerrte ihn an Deck.

»Über Bord«, sagte er. »Eh ich mir's anders überleg.«

Casey spuckte Blut aus seinem zerschlagenen Mund und trat einen Schritt zurück. Er stieg auf das Dollbord, schnäuzte weiteres Blut aus der Nase und wischte sich die Finger an den Beinen ab. Dann ging er in die Hocke und sprang; erst weit vom Boot entfernt tauchte wieder auf. Dort blieb er wassertretend stehen und schaute zurück.

Swann ging zur Steuerkonsole und steckte den Schlüssel in die Zündung, spürte das Grummeln der beiden Innenborder und schob dann den Doppelhebel nach vorne. Der Bug der *Lucy* hob sich aus dem Wasser, als er auf die Insel zuschoss. Vor ihm lag ein Nachmittag voll Arbeit.

Er hatte schon viel Eigenartiges gesehen, aber das übertraf alles. Er hätte nicht gedacht, dass das Boot ablegen würde, nachdem Swann an Bord gegangen war. Er folgte ihm mit dem Valiant auf der Uferstraße und sah von Point Resolution aus, wie es um die Sandzunge von Point Walter fuhr und dann unter der Fremantle Bridge durch. Danach hatte er keine andere Wahl, als auf die nördliche Mole zu fahren und zu warten.

Nach kurzer Zeit umrundete das Boot die Mole und bewegte sich parallel zur Küste in nördlicher Richtung. Er parkte in Leighton Beach, aber das Boot fuhr daran vorbei. Als er in Cottesloe erneut anhielt, sah er, dass das Boot vor der Küste ankerte.

Er hatte einen guten Blick auf die beiden Männer auf dem Oberdeck, bis sie in der Kajüte verschwanden. Dann war einer der Männer im Wasser, der andere beobachtete ihn vom Boot aus.

Gleich darauf hob das Boot den Bug aus dem Wasser und steuerte aufs Meer hinaus. Der Mann im Wasser schwamm ans Ufer und mischte sich unter die Badenden an dem bevölkerten Strand.

Er fuhr zurück zur nördlichen Mole, wo er an der Wasseroberfläche erkannte, dass der Wind sich drehte und der Fremantle Doctor einsetzte. Er stieg aus dem Wagen und setzte sich auf die Motorhaube. Von den Felsen warfen Fischer ihre Angeln aus und zogen Lachsbarsche, Hornhechte und gelegentlich einen Snook an Land. Ein amerikanischer Flugzeugträger, der selbst am Horizont gigantisch wirkte, glitt durch den Kanal und zog weiter nach Norden. Im Cockburn Sound wurde eine Segelregatta ausgetragen, und der Südwind trug ihm das Tuten des Signalhorns zu, das den Sieger verkündete.

Je später es wurde, desto weniger Fischer gingen noch auf Lachsbarsch. Für sie kamen am späten Nachmittag andere mit längeren Angelruten auf den Dachgepäckträgern. Viele Männer warteten in ihren Autos, rauchten und tranken, verfolgten die Kricketspiele im Radio; erst als die Sonne schon in Richtung Horizont sank, stiegen sie aus und machten sich bereit für die abendlichen Jagdzüge der Blaubarsche.

Auf der Motorhaube des Valiant liegend, spürte er, wie die Sonne auf seinem Gesicht allmählich an Kraft verlor. Die ersten Boote kehrten von den Inseln zurück, die kleineren tanzten im Auf und Ab der Dünung, die größeren pflügten durch die Wellen und drosselten in der Hafenmündung ihre Motoren. Ihre Heckwellen klatschten unten an der Mole gegen die Felsen – dort, wo nun fast alle Blaubarschfischer standen und ihre Leinen gegen den Wind ins Kabbelwasser auswarfen.

Er richtete sich auf und blickte durch seinen Feldstecher auf die Abfolge von Yachten und Motorbooten bis nach Rottnest Island. Und da war es wieder, in der Heckwelle der alten Fähre dahingleitend.

Er stieg von der Motorhaube, setzte sich ans Steuer und packte den Feldstecher ins Etui. Er hielt die Zündkabel aneinander, trat ein paar Mal kurz aufs Gas und ließ den Wagen auf der Kiesstraße gemächlich in Richtung Stadt rollen.

Am Montagmorgen betrat Partridge den Gerichtssaal mit einem dünnen Lächeln. Der Raum war voller Zuschauer und Journalisten, die sich tuschelnd erhoben und dabei mit den Plastikstühlen geräuschvoll über den Boden kratzten. Die Sonntagszeitung hatte von einer »undichten Stelle« berichtet, laut der die Royal Commission beendet werden sollte, und Stellungnahmen von Sullivan und Barth gebracht, die dies andeuteten. Beide behaupteten, der Kommissionsvorsitzende habe sein Mandat überschritten. Sie erwähnten nichtautorisierte Ermittlungen, die Möglichkeit eines juristischen Vorgehens der Gewerkschaft der Polizei wegen der Verleumdung dreier Officers und die völlige Haltlosigkeit aller Korruptionsvorwürfe.

Partridge hatte Carol von seinem Hotelzimmer aus angerufen; es sollte der letzte Anruf von diesem Telefon aus gewesen sein, das, wie ihm dabei einfiel, vermutlich verwanzt war. Sie hatte das Gerücht bestätigt: Der Gouverneur saß im Flugzeug aus Europa und sollte heute Nachmittag hier ankommen. Es lag in seiner Macht, auch wenn es ein unerhörter Vorgang wäre, das Ende der Untersuchungen durch die Kommission anzuordnen. Er musste nur das Dekret unterschreiben, und die Kommission wäre aufgelöst.

Partridge nahm auf dem Richterstuhl Platz und rückte das Mikrofon zurecht. »Bitte, setzen Sie sich.«

Er ließ den Blick über die Reihen der Sensationslüsternen schweifen, sah unangenehme Neugier in vielen Gesichtern und wollte nicht beginnen. Er blickte zu Sullivan, sah dessen selbstgefällige Miene und wollte nicht beginnen. Dann sah er Superintendent Swann an – und erblickte nicht, wie erwartet, einen geknickten Mann, sondern jemand, der entschlossen war, das Urteil anzunehmen. Als Partridge den Hammer hob, tauschten sie einen verständnisvollen Blick aus.

Nach seiner Rückkehr nach Melbourne würde Partridge eine Nachfolgekommission einklagen, die nicht von dem hiesigen Klüngel abhing, der sich Regierung schimpfte. Eine Kommission mit der Befugnis, Dokumente zu beschlagnahmen und Zeugen vorzuladen, eine Kommission, die ernsthaft versuchte, die von Superintendent Swann erhobenen Vorwürfe zu prüfen. Und weil diese Vorwürfe sich auf grenzüberschreitende Kriminalität bezogen, war auch die Forderung nach einer überstaatlichen Untersuchungskommission berechtigt.

Wallace trat vor und kündigte als nächste Zeugin Helen Tempest an. Kaum war ihr Name gefallen, ging ein Raunen durch die Zuschauerreihen. Partridge sah, dass Swann die Augen schloss, als sie an ihm vorbeiging, und sie wieder öffnete, als sie den Eid ablegte.

»Ja«, antwortete sie auf die erste Frage, »für ungefähr ein Jahr waren Superintendent Swann und ich eng befreundet. Das war in Albany, der ersten Dienststelle, an der ich stationiert war. Anfangs war alles sehr angenehm ...«

Swann wirkte schockiert über das, was hier geschah. Die Frau hatte sich etwas von ihm abgewandt, schien aber seine Blicke im Rücken zu spüren. Ihr goldblondes Haar war so lang, dass es ihr über die Wangen fiel, aber ihre Augen waren nicht davon verdeckt. Aus ihnen sprach Bedauern, und Partridge war sich sicher, dass sie nicht ihre eigenen Worte sprach.

»Mr. Wallace«, sagte sie, »das ist sehr schwierig für mich.«

» Sie machen das sehr gut, Miss Tempest fahren Sie ruhig fort.«

»Eines Tages war ich im Aufenthaltsraum unserer Dienststelle, als Superintendent Swann hereinkam. Wir waren allein, und er …«

Ihre Darstellung war knapp und nichtssagend. Sobald Wallace sie entlassen hatte, verließ sie den Saal. Der Queen's Counsel hatte seine Arbeit getan. Er kehrte an seinen Tisch zurück, schob einige Unterlagen zusammen und legte die Hände in den Schoß.

Partridge räusperte sich. »Superintendent Swann, möchten Sie noch etwas sagen, ehe ich meine Schlussbemerkung mache?«

Swann nickte und erhob sich. Er sah zur Decke, dann senkte er den Blick und sprach mit klarer Stimme in die Stille. »Ich möchte Sie nur alle daran erinnern, dass Ruby Devine die Mutter von drei Kindern war. Ich hoffe, dass sie eines Tages erfahren werden, was Gerechtigkeit ist.« Er nahm Platz, legte beide Hände flach vor sich auf den Tisch, ohne auf das Getuschel der Zuschauer, das überraschte Gemurmel zu achten, weil er nicht einmal versucht hatte, sich zu verteidigen.

Partridge schlang seine Robe eng um sich. Sein Herz schlug ruhig und stetig. Er würde Swanns Beispiel folgen, egal welche Folgen es haben mochte. Er hatte nicht die Absicht, andere das Ende seiner Kommission verkünden zu lassen. Das würde er selbst bestimmen.

»In Abhängigkeit von den Ereignissen des kommenden Tages«, begann er, »wird mein Bericht rechtzeitig an den Gouverneur übergeben. Es versteht sich von selbst, dass die nun folgenden Bemerkungen darin ausführlicher erläutert werden.

Diese Royal Commission ist zu ihrem Abschluss gekommen. Entsprechend des Untersuchungsauftrags, der ihr zuteil wurde, kann ich nur zu dem Urteil kommen, dass die Glaubwürdigkeit und die Persönlichkeit von Superintendent Swann im Verlauf dieses Verfahrens offenkundig in Zweifel gezogen wurden, und zwar von Kollegen, von Sachverständigen und, am schwerwiegendsten erst heute, vor wenigen Momenten. Dennoch, trotz dieser gewichtigen Zeugenaussagen, bin ich weiterhin nicht überzeugt, dass diese Zweifel die in meinen Augen durchaus berechtigte Sorge der Öffentlichkeit über Polizeikorruption in diesem Staat beheben können. Zumindest solange der Mord an Mrs. Ruby Devine nicht aufgeklärt ist, wird die öffentliche Besorgnis in Bezug auf die gegenwärtig zirkulierenden Gerüchte eher zu- als abnehmen.«

Er hielt inne, um Atem zu schöpfen. Seine Hand lag ruhig auf dem Hammer. »Ehe ich schließe, möchte ich außerdem zu Protokoll geben, dass ich den Premierminister von Western Australia um eine Ausweitung des Untersuchungsauftrags ersucht habe, diese von ihm jedoch ohne eine zureichende Begründung abschlägig beschieden wurde. Eine solche Unwilligkeit, den außerordentlich eng gesteckten – man ist versucht zu sagen restriktiven – Untersuchungsrahmen dieser Kommission zu erweitern, die unter Bedingungen arbeiten musste, die meiner Ansicht nach die ordnungsgemäße Durchführung behindert haben, wird meiner Vermutung nach die Öffentlichkeit nur in ihrer Wahrnehmung bestärken, der derzeitigen Regierung dieses Staates widerstrebe die Aufklärung des zugrunde liegenden Sachverhalts.«

In gespenstischer Stille hob er den Hammer und ließ ihn niedersausen.

Mit dem Knall des niedersausenden Richterhammers stand der Killer auf. Er wartete geduldig, bis sich seine Sitzreihe leerte und die Leute in den Gang hinaustraten. Ihm gefiel seine eigene Enttäuschung über ihr dumpfes Unverständnis. Ihm gefiel der Geruch von Schweiß und Pomade, der Eiersandwichatem seines Nachbarn.

Da stolperten sie hinaus in die strahlende Vormittagssonne, stumm und beunruhigt, Zeugen eines absurden Schauspiels, das sie ganz offensichtlich nicht unterhalten hatte. Ihre Welt war kein bisschen verändert, und er sah an ihren Gesichtern, dass sie gar nichts begriffen hatten.

Am Ausgang drehte er sich um und blickte in den Saal zurück. Die Richterbank wurde bereits abgebaut – das schwarze Tischtuch war entfernt, die Tischbeine eingeklappt. Verlängerungskabel wurden über Hand und Ellbogen bis zu den Steckdosen aufgewickelt. Als Nächstes kamen die Tonverstärker dran, wurden von ihren wackligen Gestellen gehoben, kopfüber auf einen Rollwagen gestellt. Auf sie kam ein Milchkarton mit Kabeln, dann wurde alles hinausgerollt, den zusammengeklappten Tischen hinterher. Kurz darauf kam ein Junge in Shorts und Turnschuhen, deren Sohlen auf dem Linoleum quietschten, und fing an, die Stühle der ersten Reihe aufeinanderzustellen und in Fünferstapeln hinauszutragen.

Für einen Moment war er allein im Raum. Am liebsten hätte er etwas gerufen, nur um sein Echo zu hören. Er war schon in vielen Gerichtsälen gewesen, aber an diesen würde er sich immer erinnern. Er hob die Hand und schaltete die Lichter aus, eins nach dem anderen.

Die Glasziegel unter der Decke waren nur noch graue

Blöcke. Er hörte die quietschenden Turnschuhe näherkommen und zog die Doppeltür hinter sich zu, trat auf seinen geräuschlosen Sohlen hinaus in die Sonne. Bald würde er in Markos GT Monaro sitzen und nach Norden fahren. Bald wäre er draußen auf dem Meer. Bald würde er wieder eine Nacht durchschlafen.

Swann saß auf der Polyestercouch in seinem Hotelzimmer und wartete auf das Klingeln des Telefons. Seine Hände zitterten. Sein Atem ging hektisch. Er hatte bereits zwei Mal erbrochen. Der ganze Raum roch nach Versagen und Verzweiflung.

Er hatte die Australienkarte von der Wand genommen, die roten und blauen Stecknadeln weggepackt, dann die Briefe in dieselbe Tüte gesteckt. Einen der Handzettel ließ er auf dem Couchtisch liegen, so dass ihn Louise ansah, lächelnd und unschuldig, ihr Gesicht der einzige heitere Fleck inmitten der trostlosen Aussichten. Wie schön sie war. Wie vollkommen.

Er riss sich von ihrem Anblick los und sah auf die Uhr. Beinahe vierundzwanzig Stunden waren vergangen, seit er Casey das Ultimatum gestellt, das Gold in der Nähe der Cathedral Rocks vor dem westlichen Ende von Rottnest Island in zwanzig Meter Tiefe versenkt hatte. Wieder rechnete er, ging die Zahlen durch, die Casey zum Telefon greifen lassen sollten: 4375 Unzen zu 140 Dollar die Unze – mehr als 600 000 Dollar. Das Sechzigfache des Jahresgehalts eines normalen Polizisten. Viel zu viel, um es auf dem Meeresboden zu lassen.

Das Telefon auf dem Tisch machte keinen Mucks. Sein Schädel pochte, wieder stieg Übelkeit in ihm auf. Er zündete sich die nächste Zigarette an, goss sich ein weiteres Glas Whiskey ein und stürzte es mit zittriger Hand hinunter. Die Stille des Zimmers summte in seinen Ohren.

Eigentlich wäre es besser, wenn er jetzt nicht allein wäre; er hatte keine Ahnung, was geschähe, wenn die Sache schiefging, aber konnte auch niemand um sich ertragen. Er war noch nie in größerer Gefahr gewesen. Entweder würde ihm Casey im Gegenzug für das Gold Louises Aufenthaltsort verraten, oder sie würden die Tür eintreten und das Versteck der Barren aus ihm herausprügeln. Seine Pistole lag geladen neben dem Handzettel. Ihn nicht in die Hand zu nehmen, erforderte all seine Willenskraft.

Als das Telefon schließlich klingelte, stierte er es nur begriffsstutzig an.

»Ich bin's, Frank.« Helens Stimme. Leise, unsicher. Danach Schweigen. Er seufzte, war kurz davor, in Tränen auszubrechen. Mit ansehen zu müssen, wie Helen ihren Eid brach und falsch aussagte, hatte wehgetan. Irgendwann würde er den Grund dafür rausbekommen. Aber jetzt noch nicht.

Er zwang sich, etwas zu sagen. »Helen, ich ... Du, es tut mir leid, aber ...«

Er hörte, wie am anderen Ende der Leitung schwer geatmet wurde, geseufzt, so wie er es getan hatte. Als sie wieder das Wort ergriff, klang sie wie eine andere Person, ihre Stimme bedeutungsschwer. »Hör mir zu, Frank. Louise war in der Nacht des Mordes bei Ruby im Haus. Verstehst du, was das heißt?«

Oh, Gott. Er spürte, wie ihm Tränen in die Augen stiegen. Seine eigene Tochter war die Babysitterin gewesen. Erschüttert begann er, mit dem Oberkörper vor und zurück zu wippen, um Atem zu ringen. Was das für Louise bedeutete.

»Frank, sie ist nicht tot. Sie lebt.«

Er schüttelte den Kopf. Konnte noch immer nicht atmen.

»Sie ist in Queensland – ich hab grad mit ihr gesprochen. Louise ist in Sicherheit. Sie kommt heim.«

Das also hatte Casey gegen sie in der Hand gehabt. Deswegen hatte sie vor Gericht gegen ihn ausgesagt. Sie hatte sich darauf eingelassen, um seine Tochter zu schützen. Als er etwas sagen wollte, kam nur Luft heraus, ein einzelner Klagelaut. Es war alles so unwirklich. Was er nicht im Traum zu hoffen gewagt hatte.

»Casey hat gesagt, ich soll dich anrufen«, sagte sie, und dann wurde ihre Stimme brüchig. »Er ist jetzt hier.«

Swann spannte seinen Kiefer an, schluckte den aufwallenden Zorn herunter. Helen war noch in Gefahr. Louise war noch in Gefahr. Er legte die Hand auf die Muschel, als er versuchte, wieder zu Atem zu kommen, brachte aber nur ein Flüstern heraus.

»Sag ihm Folgendes. Erst wenn ich Louise sehe, lebend, sag ich's ihm. Wo.« Er atmete schwer. »Und, Helen ... Danke.«

»Frank, es tut mir leid –«

Das Telefon erstarb in seiner Hand. Der Knoten in seinem Magen löste sich auf. Er saß auf der Couch und hielt den Hörer wie einen Hammer, die Telefonschnur war mehrfach um sein Handgelenk gewickelt, und sein Schluchzen wurde zu einem Freudenschrei.

Der Fluss roch nach Tang und schwarzem Schlamm, genau wie in seiner Kindheit. In der Nähe des Ufers krächzte ab und zu eine Krähe. Und genau wie als Junge spürte er die Erregung des Lauerns auf Beute.

Er hatte sich das Haus gründlich angesehen und festgestellt, dass es keine Sicherheitsmaßnahmen gab. Der Valiant stand dahinter in der Gasse, in der früher nachts die Karren kamen und durch ein Loch in der Wand des Klohäuschens die Abortkübel einsammelten. Das Klohäuschen gab es nicht mehr, aber die Gasse bot eine gute Möglichkeit, ungesehen zu entkommen. Er brauchte nur die seitliche Zauntür zu öffnen, über die hintere Mauer zu klettern und sich in die Gasse fallen zu lassen.

Seit zwei Stunden stand er nun schon versteckt vor den Blicken der Nachbarn im Dickicht einiger Eukalyptusbäume, aber das machte ihm nichts aus. Es tat ihm gut, in das Dunkelgrün des Laubwerks mit blauen Sprenkeln zu starren. Hinter dem Schleier aus Blättern sah er die Spuren der Holzbohrerlarven, die sich in den Stamm gefressen hatten. Er sah etwas genauer hin und entdeckte die Raupen einer Spitfire-Pflanzwespe, die sich auf einem Ast niedergelassen hatten. Zwischen den Zweigen hingen Spinnennetze. Zwar sah er keine Spinnen, aber in den Netzen hingen zahlreiche Ameisen.

Er sog den alten Modergeruch vom Flussufer ein und sah die sepiafarbenen Untiefen nahe des Ufers vor sich, wo die Meeräschen laichten und die Plattköpfe im Kies und Schlamm auf der Lauer lagen, dachte daran, dass das Wasser immer kühler wurde, je weiter man hineinwatete. Er stellte sich den bleichen Sand der Sandbänke vor, auf denen alte

Taue, Quallen und Styroporbrocken in die knotigen Wurzeln der Myrtenweide verschlungen waren und wo auf dem dunkleren Sand vor der Gezeitenlinie die Spuren von Wildkatzen, Pelikanen und Möwen zu sehen waren.

Er hörte das tiefe Motorenbrummen, ehe der Wagen in die Einfahrt bog und stehen blieb. Eine Tür ging auf, und der Fahrer stieg aus. Die Angeln des Briefkastens knarrten.

Er dachte an die anderen Male, als er den Abzug gedrückt hatte, an die Gesichter der widerlichen Bastarde, die er aus eigenem Antrieb und nicht für Geld erschossen hatte, weil sie den Tod verdient hatten und kein anderer sich ihrer annahm. Wenn er auf diese Weise tötete, war er der Albtraum jedes verbrecherischen Hurensohnes, weil er nicht zu kontrollieren war, weil er nicht zu kaufen war, weil er nicht zu verstehen war.

Er dachte an die Dudelsäcke, die bei der Beerdigung des Mannes spielen würden, an die Reden der Politiker und die seiner Vorgesetzten, an die Zeitungsnachrufe, in denen mit keinem Wort die Wahrheit erwähnt werden würde.

Er dachte an die Geheimnisse, die der Mann mit ins Grab nehmen würde, und an jene, die ihn hassen würden, weil diese nun verloren waren.

Er dachte an die Angst und die Bestürzung seiner Freunde, die nie erfahren würden, wer geschossen hatte, und auch nicht, warum.

Er dachte an die alte Angst des einsamen Attentäters, des namenlosen und zahllosen Schreckens, der die Träume der Mächtigen heimsuchte.

Er dachte an den Detective Sergeant, den er immer Onkel genannt hatte, der ihn hatte entkommen lassen und der niemals gewollt hätte, dass er Derartiges tat, weil er ein guter Mensch gewesen war und sich für ihn geschämt hätte. Derselbe Detective Sergeant, der ihm erzählt hatte, wie leicht es war, einem Menschen die Waffe in den Mund zu zwingen und es wie Selbstmord aussehen zu lassen. Der ihm erklärt hatte, dass das Gesetz nur in Worte übersetzte Gewalt war und dass sein Vater immer jenseits der Grenze gelebt hatte, hinter der solche Dinge geschahen.

George Monroe hatte ihm gesagt, dass das, was heute unklar war, eines Tages in Klarheit hervortreten würde, und erst dann solle er zurückkehren. Er hatte ihm all das gesagt, kurz bevor er seine Hand geschüttelt hatte und ihn daran erinnerte, dass Krieg herrsche, dass er nach Osten gehen solle und der Armee beitreten, und dann die Tür geöffnet und ihn freigelassen hatte.

An all das dachte der Killer, während er mit der Schuhspitze Mulch hin und her schob, um die Fußabdrücke zu verwischen, die er darin hinterlassen hatte. Er dachte daran, als er seine Pistole nahm und eine Patrone in die Kammer schob und das Magazin herausfuhr und jedes der 9mm-Geschosse mit dem Daumen andrückte, ehe er das Magazin in den Griff zurückschob und dann die schwere kühle Pistole in der Hand wiegte.

Mit tiefem Grummeln fuhr der Statesman im ersten Gang die leicht ansteigende Auffahrt hinauf und blieb abrupt vor ihm stehen. Mit einem Knarzen wurde die Handbremse angezogen, und als die Tür aufgestoßen wurde, wehte den Killer der Geruch von Salzwasser an, vermischt mit altem Tabakrauch. Er holt so viel Luft, dass sie bis zu dem Augenblick reichen würde, an dem er die Entscheidung treffen würde, und trat aus seinem Versteck. Er bemerkte die Taucherflasche auf dem Rücksitz des Wagens und sah den Taucheranzug, den der Mann anhatte, den halben Bierkarton, den er unter dem Arm trug, und näherte sich ihm von hinten auf seinen lautlosen Gummisohlen.

Er merkte, dass er wieder Luft holen musste, schluckte aber den Namen zu dem Gesicht herunter, das er nie sehen würde. Er trat den letzten Schritt in das Wahrnehmungsfeld des Mannes hinein und drückte ab, ein Mal, zwei Mal, drei Mal.

»Für meinen Vater«, sagte er und ging.

NED KELLY AWARD 2014

Candice Fox
Hades
Thriller
Aus dem australischen Englisch
von Anke Caroline Burger
Herausgegeben
von Thomas Wörtche
st 4673. 341 Seiten
(978-3-518-46673-5)
Auch als eBook erhältlich

»Gänsehautlektüre.«
Sydney Morning Herald

Vor zwanzig Jahren wurden zwei Kinder gekidnappt und dem Tod überantwortet. Doch das kriminelle Mastermind von Sydney, Hades Archer, nimmt sich ihrer an, und sie werden Cops bei der Mordkommission. Sehr ungewöhnliche Cops …

»Ein Krimi, der süchtig macht.«
Marten Hahn, Deutschlandradio Kultur

»Candice Fox ist eine Entdeckung, ihr Roman setzt Maßstäbe.«
Ulrich Noller, WDR

»Ein gigantisches Epos … Wirklich umwerfend grandios.«
Ingrid Müller-Münch, WDR 5

suhrkamp taschenbuch

Weitere Informationen erhalten Sie unter www.suhrkamp.de
oder in Ihrer Buchhandlung.

Candice Fox
Eden
Thriller
Aus dem australischen Englisch
von Anke Caroline Burger
Herausgegeben
von Thomas Wörtche
st 4714. Etwa 480 Seiten
(978-3-518-46714-5)
Erscheint September 2016
Auch als eBook erhältlich

Gerechtigkeit ist gut. Rache ist besser.

Hades, das kriminelle Mastermind von Sydney, wird bedroht. Er ›bittet‹ Detective Frank Bennett, den Kollegen seiner Tochter Eden, um diskrete Hilfe, denn die Spuren könnten tief in das faszinierende, gewaltsatte Vorleben von Hades führen. Gleichzeitig hat Eden, Top-Detective bei der Mordkommission, einen extrem schwierigen Auftrag: Drei Mädchen sind verschwunden. Die Spur führt sie zu einer Farm, auf der sich ein Serienkiller rumtreibt. Sie begibt sich dort *undercover* in eine Kommune, ein rabenschwarzes Paralleluniversum mit Mördern und Vergewaltigern. Sie muss all ihre erstaunlichen Fähigkeiten einsetzen, um zu überleben ...

»Einer der herausragendsten Thriller der letzten Jahre.«
The Chronicle

suhrkamp taschenbuch

Weitere Informationen erhalten Sie unter www.suhrkamp.de
oder in Ihrer Buchhandlung.

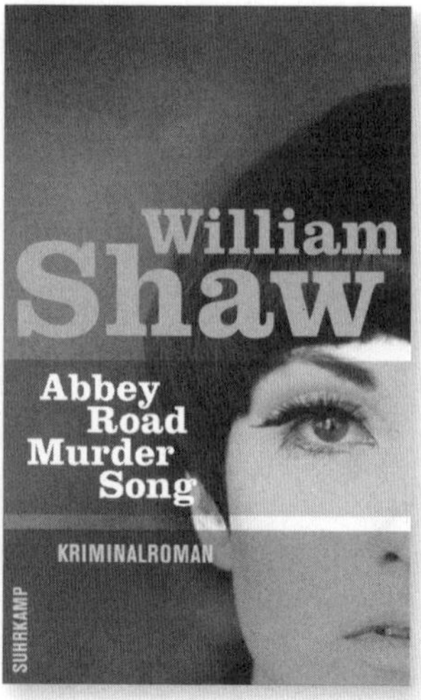

William Shaw
Abbey Road Murder Song
Kriminalroman
Aus dem Englischen
von Conny Lösch
st 4602. 472 Seiten
(978-3-518-46602-5)
Auch als eBook erhältlich

Swinging Killing London

Unweit des Abbey Road Studios wird die Leiche einer jungen Frau gefunden. Es gibt keinen Hinweis darauf, wer sie war oder warum sie ermordet wurde. Detective Breen und seine Kollegin Tozer folgen einer vagen Spur in die Welt der Beatles-Fans. Hinter der bunten Fassade aus Musik und Mode offenbart sich ihnen nach und nach Swinging Londons düstere Seite.

»Ein Polizeithriller par excellence.«
Dresdner Morgenpost

»Gibt wunderbar die Atmosphäre der Swinging Sixties wieder.«
NDR

suhrkamp taschenbuch

Weitere Informationen erhalten Sie unter www.suhrkamp.de
oder in Ihrer Buchhandlung.

William Shaw
Kings of London
Kriminalroman
Aus dem Englischen
von Conny Lösch
st 4610. 473 Seiten
(978-3-518-46610-0)
Auch als eBook erhältlich

London swingt, London brennt

In einem niedergebrannten Haus wird die Leiche eines stadtbekannten Playboys und Kunstsammlers gefunden. Die Ermittlungen führen Detective Sergeant Breen und seine Kollegin Tozer in die schillernde und drogengeschwängerte Galerieszene Londons. Dabei legt ihnen nicht nur der Vater des Toten, ein einflussreicher Politiker, Steine in den Weg – jemand will Breen unbedingt tot sehen …

»Breen und Tozer sind keine knallharten Ermittler, sondern echte Menschen. Ihre Beziehung – die berufliche wie die private – macht diesen Krimi zu etwas Besonderem.«

Publishers Weekly

suhrkamp taschenbuch

Weitere Informationen erhalten Sie unter www.suhrkamp.de
oder in Ihrer Buchhandlung.